Hortensia Ubi

MW00331385

La casa de las magnolias

Nuria Quintana

La casa de las magnolias

Papel certificado por el Forest Stewardship Council®

Primera edición: enero de 2022

Printed in Spain – Impreso en España

ISBN: 978-84-9129-682-9
Depósito legal: B-17685-2021

Compuesto en Mirakel Studio, S.L.U.
Impreso en Rotoprint By Domingo, S. L.
Castellar del Vallès (Barcelona)

SL 9 6 8 2 9

Para mis padres,
por llenar de cientos de historias nuestro hogar

CAPÍTULO 1

Marzo de 1992

Como si de pronto hubiese recordado que tiene una cita en el extremo opuesto del mundo y llegase tarde, el sol acelera su caída en los últimos instantes del día. Se esconde entre los altos cipreses creando alrededor de ellos un halo dorado y extendiendo sus sombras sobre el césped, inundado de destellos anaranjados, y luego vuelve a asomarse durante unos segundos obligándome a parpadear varias veces para acostumbrarme a su intensa luz. Finalmente, sin mirar atrás, desaparece.

Me parece casi insultante que el día de hoy haya sido tan espléndido. «El dolor duele más cuando la vida continúa sin esperarte», solía decir mi profesor de Literatura en el instituto. Estas palabras han regresado a mi mente, como si hubiesen estado todos estos años esperando a que lo viviese en mi propia piel para que comprendiese su verdadero significado. Han vuelto a buscarme y me han recordado cuánta razón tenía. Supongo que una parte de mí, por muy irracional que parezca, daba por sentado que hoy la vida se detendría para acompañarme en el dolor y esperaría pacientemente a que estuviese lista para poder continuar. Una especie de tiempo muerto, una pausa para poder recapacitar, asumir y recomponerme. Pero, por supuesto, no ha sido así. La vida ha seguido como si fuese un día cualquiera, bajo un cielo extrañamente despejado y templado por un sol que parecía estar retándome.

No puedo evitar sentir que la normalidad ahora se ha convertido en una compañera extraña para mí, que la vida ya nunca será la misma. Recuerdo las palabras de Carmen esta mañana, con sus pequeños ojos enrojecidos que emanaban una profunda y sincera tristeza: «Isabel, cariño, retoma cuanto antes tu rutina. Hazme caso, te vendrá bien».

Observo a través del ventanal cómo el cielo va abandonando el azul, sonrojándose poco a poco como si acabaran de lanzarle un cumplido. Un artista invisible despliega su pincel y comienza a dar color frenéticamente a las pocas nubes que hay, como si fuesen lienzos en blanco. Utiliza colores vivos, luminosos: tonos malvas, rosáceos, dorados. Consigue crear en cuestión de pocos minutos un atardecer hipnotizante, con bellos matices momentáneos que obligan al observador a poner en la obra toda su atención. Finalmente, todo vuelve al azul. El artista recoge su pincel, apaga la luz de su estudio y la imponente quietud que inunda el terreno al otro lado del cristal empieza a disolverse en la oscuridad.

Me limpio las lágrimas y miro mi reloj, que marca las seis y media de la tarde. Estoy exhausta. El día ha transcurrido impregnado por una extraña atmósfera, mezcla de agradecimiento y cariño por todas las personas que se han acercado para arroparme; mezcla de tristeza y agotamiento por tener que explicar una y otra vez cómo ha ocurrido todo y contestar pacientemente todas las preguntas que, espero, me hayan hecho desde la preocupación y no desde la curiosidad propia de los pueblos. La verdad es que nunca me he sentido cómoda en estos sitios, necesitaba salir al pasillo para coger aire.

Al apartar la mirada del ventanal, veo aparecer a Luis guardándose un paquete de cigarrillos en el bolsillo trasero del pantalón. Al verme apoyada en el alféizar, viene hacia mí. Los pantalones, como siempre, le están demasiado grandes y se le caen constantemente provocando que la camisa se le salga por fuera. Siento compasión y preocupación a partes iguales por su desgarbado aspecto. Por la mueca que se forma en las comisuras de su boca, sé que él siente lo mismo hacia mí. Se ha dado cuenta de que el bocadillo y la manzana que me ha traído al mediodía siguen intactos, junto a mi bolso. No puedo evitar cierta sensación de culpabilidad, es posible que él mismo no haya comido nada en todo el día, nunca se le ha dado demasiado bien cuidar de sí mismo. Sé que hace un esfuerzo enorme asumiendo en estas circunstancias el rol de cuidarme, cuando no es esa su naturaleza. Afortunadamente, compruebo aliviada que no está dispuesto a insistir, seguramente esté demasiado cansado como para recordarme de nuevo que debería comer algo. Tiene unas profundas y oscuras ojeras, consecuencia del agotamiento acumulado en los últimos días.

Recojo mi bolso y con mi mano le señalo la sala, indicándole que ya estoy lista para entrar de nuevo. Dentro apenas queda gente, la mayoría de los conocidos de mamá han venido esta mañana. Supongo que es hora de que acepte que Mario no va a venir. En realidad, no sé muy bien por qué esperaba su presencia, si llevamos meses sin hablarnos. Puede que haya sido un error fruto del agotamiento y de la autocompasión. Lo más probable es que no se haya enterado, la verdad es que no teníamos amistades en común.

Me siento otra vez junto a Carmen y Manuel, que están como siempre cogidos del brazo. Carmen, en uno de los sofás de la sala; Manuel, en su silla de ruedas. Ambos han adelgazado mucho en los últimos años, a la par que la salud de Manuel ha ido deteriorándose con rapidez. Le cuesta un gran esfuerzo caminar, ha perdido mucha movilidad, lo cual obliga a Carmen a estar pendiente de él en todo momento. De manera innata, ella siempre ha antepuesto las necesidades de los demás a las suyas propias. El problema es que no quiere ningún tipo de ayuda. Yo misma me he ofrecido mil veces, haciéndole ver que no me supone ninguna molestia. Nuestras casas colindan entre sí y, salvo que haya muchas visitas guiadas en una misma tarde, solamente trabajo por las mañanas. Pero todo lo que tiene de buena persona lo tiene también de testaruda.

Durante toda su vida se ha negado a dejar que alguien la libere de una parte de la carga de trabajo. Hace años, cuando mamá y ella regentaban la pastelería, era feliz haciendo horas extra y levantándose antes del alba cada día, si con eso evitaba contratar a una tercera persona. «Mientras nos vayamos apañando, no veo qué necesidad hay de que hagan las cosas por mí», suele decir una y otra vez. Así que a sus setenta y ocho años vela día y noche por la salud de su marido, se encarga de todas las tareas del hogar, cuida de su querido huerto y todas las tardes encontraba el tiempo necesario para venir a vernos un rato antes de preparar la cena. Además, durante las últimas semanas ha acudido puntual cada tarde al hospital para ver a mamá, momento que yo aprovechaba para ducharme en casa y descansar un rato antes de pasar allí la noche.

Por supuesto, de toda esa larga lista de quehaceres, ella es siempre la última. No cuida de sí misma hasta que no termina todo lo anterior, hasta que no está segura de que todos a su alrededor tienen todo lo que necesitan. Por eso está tan desmejorada y ha perdido tanto peso. Las líneas que surcan su pequeño rostro cada vez son más profundas. Supongo que su presencia es en cierta forma necesaria, para recordarnos que los años no pasan en balde. Qué puedo decir yo, hace ya mucho tiempo que me despedí de mi juventud y acepté sin demasiado convencimiento la aparición lenta pero imparable de los achaques por la edad. Supongo que el cansancio de los últimos meses nos ha pasado factura a todos.

Los miro con cariño, llevan el día entero aquí, acompañándome, y sé que hasta que yo no me vaya ellos tampoco lo harán. Así que decido que es hora de marcharnos, es tarde y no parece que vaya a venir nadie más. Elevando la voz para que ambos me escuchen, les digo:

—Vamos, Carmen, Manuel, volvamos a casa.

Carmen enseguida levanta la vista preocupada, tal y como esperaba. Su intención era quedarse hasta que apagasen todas las luces, quizá incluso la noche entera, aferrada a las antiguas costumbres. Así que opto por persuadirlos con algo que no me pueden rebatir:

—Ya sabéis que no me gusta conducir de noche. Es mejor que nos vayamos ahora que todavía hay algo de claridad, antes de que sea noche cerrada. Además, mañana la ceremonia será a primera hora de la mañana y el cementerio está a más de una hora de distancia.

Carmen y Manuel se miran indecisos, pero finalmente asienten en silencio. Sé que el último deseo de mi madre les ha descolocado tanto como a mí. Ha sido desconcertante para todos ver que en sus últimas voluntades ella había dejado por escrito su deseo de ser enterrada junto a sus padres, cuya figura siempre ha estado rodeada de un halo de secretismo. Apenas sé nada de ellos, mi madre solo me habló de mis abuelos una vez, en un día que pese a mi temprana edad y los años transcurridos desde entonces, nunca se me olvidará por el impacto que supuso para mí.

Durante mi infancia, con nueve o diez años, empecé a tomar conciencia de la importancia que los abuelos tenían para algunas de mis amigas. Veía que iban a recogerlas a la escuela, me contaban que el domingo habían ido a comer a su casa. Sin embargo, yo no recordaba haber conocido a los míos, no tenía ningún recuerdo de ellos. Sintiendo un creciente interés por aquellas personas de las que mi madre nunca me había hablado, de manera inocente comencé a hacer preguntas. Pero, para mi sorpresa, me topé con extraños silencios por parte de mi madre, y aquello no hizo sino aumentar mi curiosidad. Tras varias semanas rogando que me hablase de ellos, preguntándole cómo eran, qué les había ocurrido, una mañana se levantó muy seria y me dijo que si quería aclarar todas mis preguntas me vistiese deprisa, que teníamos que coger un autobús. Recuerdo la gravedad de su expresión durante todo el trayecto. A mitad de camino, viendo que mi madre no correspondía a mis comentarios con su habitual entusiasmo y parecía estar ensimismada, comencé a lamentar haber insistido tanto. Deseé que dejase de comportarse de aquella forma tan extraña. Cuando nos apeamos, en un lugar desconocido, sin apenas mediar palabra mi madre compró unas flores en una tienda y cogiéndome de la mano me llevó hasta una iglesia. Alrededor del edificio, esparcidas sobre la hierba, había muchas piedras grises. Mi madre me explicó que así descansaban las personas cuando se acababa su vida. Aquello me impresionó, era la primera vez que visitaba un cementerio. Al llegar frente a una de las sepulturas mi madre depositó el ramo de flores sobre ella y me dijo que allí era donde estaban descansando mis abuelos. Por primera vez mencionó que ambos habían fallecido en un accidente de automóvil cuando ella era pequeña.

A continuación me habló acerca de una parte de su pasado desconocida para mí. Me contó que tanto sus padres como ella cuando era muy joven habían servido durante varios años a una familia que habitaba una casa cerca de allí. Que era en aquella casa donde había conocido, hacía mucho tiempo, a Luis. Él también formaba parte del servicio. Tanta novedad resultó tan abrumadora para mí que ya no tuve ganas de formular ninguna pregunta más. Tan solo quería abandonar aquel lugar tan silencioso e inquietante, regresar a casa y que mi madre volviese a comportarse como siempre. Temía que estuviese enfadada conmigo por mi insistencia en las semanas previas.

Aquella noche, incapaz de dormir, con un regusto amargo por lo que había ocurrido, preocupada porque mi madre había continuado callada y ausente toda la tarde, acudí a su dormitorio. Pero antes de entrar en él me detuve. Mamá había cerrado la puerta y a través de ella pude oír sus sollozos en la oscuridad. Fue tan poderoso el impacto al sorprenderla por primera vez llorando, el sentimiento de culpabilidad al ver lo que había provocado con mi curiosidad y el miedo a que no me perdonase, que en aquel momento me juré a mí misma que nunca más le iba a preguntar nada relacionado con esa parte de su pasado. Si ella no quería hablar, yo tenía que respetarlo. Nunca más me atreví a preguntar nada, enterré en mi mente aquella etapa de mi madre como si nunca hubiese existido.

Por eso me resulta muy complicado asimilar esta inesperada sorpresa. Si mi madre evitó durante toda su vida aquella parte de su pasado, si era incapaz de hablar de sus padres, ¿por qué entonces quiere descansar junto a ellos, lejos de casa y de mí? Me cuesta comprender por qué no me dijo nada de esto antes.

Exhalo un suspiro, recojo las tarjetas de condolencias que han sobrado y, con un profundo pesar, me despido de mi madre. Abatida, al apagar las luces no puedo evitar sentir que también se apaga una parte de mi vida.

Avanzamos despacio hacia la entrada donde nos está esperando Luis, que se ha vuelto a adelantar y está fumando el que será quizá su tercer o cuarto cigarrillo en cuestión de minutos. Tantas horas metido en un mismo lugar acaban con sus nervios, ya de por sí bastante agitados. Nos dirigimos en silencio al aparcamiento y allí nos despedimos de él, que ha dejado el coche en el otro extremo. De nuevo le doy las gracias por todo y acordamos quedar a las ocho de la mañana para conducir con calma.

Mi viejo coche necesita unos minutos para calentarse y decidir si echa a andar o no, así que arranco con paciencia y, cuando por fin se enciende el motor con un rugido de hastío, conduzco despacio hacia la carretera, dirección Santillana del Mar.

Pese al cansancio acumulado de tantas semanas en vela, mi subconsciente me traiciona y me despierto muchas veces. A partir de las seis ya no consigo dormirme. Harta de dar vueltas, sintiendo cómo se apodera de mí una amenazante nube de tristeza, decido levantarme y bajar a la cocina para hacer café, confiando en que su aroma cálido y tostado me ayudará a despejarme. Tomo asiento en mi rincón favorito de la cocina, uno de los dos antiguos arcones de madera pintados de blanco situados bajo la ventana. En medio de ambos, un estrecho tablero de madera hace las veces de mesa. Guiada por la costumbre, me coloco en el lado izquierdo. Frente a mí, el asiento ahora vacío de mamá me recuerda que este es el comienzo del primer día sin ella, y una punzada de dolor me atraviesa el estómago.

Como si adivinaran mi pesar, una docena de margaritas mustias me observan desde el jarrón de cerámica blanca colocado en medio de la mesita. En un intento por buscar tareas en las que ocupar el tiempo que ahora se abre peligrosamente ante mí, me prometo que hoy sin falta cambiaré las flores. Las pobres llevan varios días de capa caída y, en vez de alegrar la estancia, le dan un toque de melancolía que no necesito en estos momentos. De fondo, oigo el incesante segundero del reloj de la cocina y, al cabo de unos minutos, la cafetera comienza a silbar. Me levanto a apagar el fuego. Todavía es de noche y, por lo que puedo ver apartando las cortinas a través de las ventanas empañadas, se ha levantado una densa niebla matutina. Atraída por la calma y el silencio que rodean las calles a estas horas, decido salir para intentar despejarme. Me bebo de un trago el café, me visto, cojo mi parka y, no sin su habitual chirrido, abro nuestra pesada y antigua puerta de madera para sumergirme de lleno en la niebla.

Al salir a la calle, el aire fresco y húmedo previo al amanecer despierta mi piel. Me envuelvo en mi bufanda y echo a andar hacia la colegiata. Centro mi atención en cada paso que doy para no resbalar con el humedecido empedrado. Si no fuese porque he recorrido este tramo cientos de veces, pensaría que estoy yendo en dirección contraria; la niebla es tan densa que la colegiata no se adivina hasta que me encuentro a escasos cien metros de ella. No estoy acostumbrada a conducir de noche y en estas condiciones, así que recogeré a Luis antes de lo previsto para llegar a tiempo al cementerio.

Después de dejar atrás el antiguo lavadero, apuro el paso mientras atravieso la plaza de las Arenas, donde se saborean los últimos instantes de calma previos al inminente ajetreo, y giro a mi izquierda, tomando el camino de tierra que bordea el recinto de la iglesia. Este es sin duda mi tramo favorito, también era el de mi madre.

Cuando era pequeña me recogía en la escuela y, siempre que el tiempo lo permitía, veníamos aquí a pasear. Una amplia explanada de hierba alta se abría a mano derecha delimitando el final de Santillana por su parte norte. Más allá, solo se adivinaban prados y tierras de labranza; hoy salpicados por varias construcciones. Durante horas y horas yo me dedicaba a correr entre la hierba, a explorar y gritar cada vez que descubría un animalillo de nombre desconocido. Entonces mi madre, pacientemente, se acercaba y me explicaba de qué se trataba. Al llegar a casa, apuntábamos los nuevos hallazgos en un pequeño cuaderno verde de tapa desgastada que ella me había regalado. Especialmente deliciosos eran los días de verano en los que brillaba con fuerza el sol, calentándonos la piel. En esos días mis exploraciones podían alargarse hasta el anochecer porque al día siguiente no tenía que ir a la escuela.

Hoy una masa oscura se sitúa a mi derecha, tenuemente iluminada por la débil luz de una farola al final del camino. A duras penas la luna consigue abrirse paso entre la impenetrable niebla para mostrarme el camino. Aunque no puedo verlos, oigo el lejano tintineo de cientos de cencerros acompañado por los habituales gritos de Alberto, que intenta enderezar la trayectoria de sus ovejas. De fondo, los ladridos de sus fieles mastines. Ya están de vuelta de su pasto matutino y mi reloj aún no marca siquiera las siete de la mañana.

Despacio, dejo atrás la colegiata y me dirijo hacia la plaza del Mercado, guiada por un cálido y agradable olor a pan recién hecho que se vuelve más intenso a cada paso que doy. La panadería de la familia Abad fue en su día la pastelería de Carmen y de mi madre. Aunque hace ya casi quince años que la vendieron, cada vez que me acerco a ella todavía puedo respirar el olor dulce y absorbente que emanaba del diminuto local cada vez que horneaban sus característicos buñuelos de mermelada y nata, sin lugar a dudas su seña de identidad durante sus casi cincuenta años de actividad. Con sacrificio y muchas horas de trabajo, mi madre y Carmen lograron que la pastelería adquiriese gran fama en su época. Aquellos pasteles eran un reclamo no solo para la gente del pueblo, sino para los turistas e incluso para los pueblos de alrededor. Los fines de semana me despertaba sola en casa porque mi madre se iba muy temprano a la pastelería. Después de vestirme, me dirigía yo sola hasta la plaza, tal y como mi madre me había enseñado, y a veces, especialmente los domingos a media mañana, para poder llegar hasta el pequeño mostrador tenía que atravesar largas colas de gente que se acercaba hasta Santillana solo para comprar los dulces.

Cuando tuvieron que vender el local, mi madre, que era quien había ideado la receta de los buñuelos, se mostró reacia a compartirla con los nuevos dueños, así que estos optaron por reconvertir el establecimiento en una panadería. A día de hoy tan solo Carmen y yo somos las afortunadas que conocemos el proceso paso a paso para hacer los pasteles. Lo cierto es que durante mi juventud fueron cientos de ellos los que ayudé a cocinar. Trabajar en la pastelería durante los veranos y las Navidades, las épocas en las que más se vendían, fue mi manera de ahorrar para poder costearme la carrera. Recuerdo como si fuese ayer el ajetreo y el calor sofocante a primera hora del día en la cocina, que se reducía a un angosto pasillo con el horno al fondo. Apenas conseguíamos entrar en él las tres sin pisarnos entre nosotras. Carmen atendía a los clientes más madrugadores, yo moldeaba y daba forma a la masa y mi madre hacía a mano la mermelada de ciruela, el verdadero secreto de la receta. El tiempo volaba en medio de tanto revuelo hasta que, antes de las diez de la mañana, llegaba la calma en forma de bandejas con pasteles recién hechos cuyo olor inundaba la plaza entera.

Me detengo y observo el viejo local, que ocupa la parte baja de un estrecho edificio que parece estar asfixiándose encajado entre la Torrona y el Ayuntamiento, como si se hubiera metido en el último momento en medio de un efusivo abrazo y se hubiera quedado allí atrapado para siempre. Hoy la plaza está desierta y la clienta madrugadora soy yo. Respiro hondo y entro para comprar dos barras de pan, una para mí y otra para Carmen y Manuel. La dueña me da el pésame por mi madre. Le doy las gracias y me apresuro a regresar a casa. Tengo el tiempo justo para darme una ducha e ir a recoger a Luis si quiero salir antes de lo previsto.

Aunque intento no pensar en el duro momento que se acerca y que todavía no sé cómo voy a afrontar, mi cuerpo lo sabe y poco a poco se forma dentro de mí un nudo que parece ahogarme. Busco refugio en una ducha caliente, pero la dichosa caldera vuelve a fallar y, lejos de templarme, salgo tiritando. Me visto con un traje y una blusa negra de seda que me regaló mi madre hace unos años y abandono la casa por la puerta trasera de la cocina. Bajo las escaleras de piedra hacia el pequeño jardín trasero y, mientras me dirijo al cobertizo que hace las veces de garaje, me doy cuenta de que hay alguien de pie en la verja de entrada. Es Carmen, que enseguida se me acerca preocupada para asegurarme que pueden acompañarnos.

—No te preocupes, Carmen, de verdad. Mamá sería la primera en entenderlo. Manuel necesita descansar, y tú también. Estos últimos días han sido largos y agitados y ya has hecho más que suficiente permaneciendo siempre a mi lado.

Sé que nada va a aliviar su sentimiento de culpa, pero, limpiándose las lágrimas con un pañuelo, acepta mi ruego y me tiende una corona de flores que había apoyado en el muro de piedra.

—Las encargué ayer. Haz el favor y pónselas a Aurora. Tened mucho cuidado, espero que la niebla se abra con el amanecer.

Le doy las gracias, me despido de ella y arranco mi Ford Fiesta. Tras su habitual cavilación, se pone en marcha y me dirijo hacia las afueras, Luis vive en una de las últimas casas del pueblo. Me espera fumando, nervioso. Cuando se sube al coche, sé que esa noche también la ha pasado en vela. Sus ojeras se han oscurecido aún más si cabe, pero se apresura a decirme que ha descansado, que no me preocupe.

Para mi sorpresa, pues francamente me esperaba un viaje silencioso y tenso, Luis habla sin parar. Él mismo se interrumpe para darme las indicaciones pertinentes y de nuevo retoma el hilo de su conversación. Rememora momentos con mamá, me pregunta si yo me acuerdo de algo, sin darme tiempo para responder; me señala la inusual niebla que se ha formado hoy, pero asegura que sin duda va a abrir antes de que lleguemos; y termina hablando de algo sobre el último partido de fútbol. Distraída, centrando mi atención en la carretera, me pregunto si a los nervios que de por sí ambos sentimos por el momento al que nos enfrentaremos en cuestión de unas horas a Luis se le está sumando la excitación por volver a la zona en la que vivió cuando era joven. Que yo recuerde, no ha regresado desde entonces. En cualquier caso, le agradezco su incesante conversación. Su cálido murmullo de fondo me reconforta y le doy las gracias en silencio por no tener que pasar por esto sola.

A medida que avanzamos por la carretera comarcal, una luz lechosa lucha por abrirse paso entre la densa y grisácea capa de nubes que se extiende a lo largo de todo el horizonte. Muy lentamente la niebla está empezando a levantarse. Echo un vistazo al reloj. Pese a la climatología adversa todavía es pronto, estamos a escasos kilómetros del pequeño pueblo donde están enterrados mis abuelos y queda una hora para que comience la ceremonia, así que pienso distraída dónde podríamos resguardarnos, pues el día es húmedo y poco apacible como para dar una vuelta. De pronto, se me ocurre una idea.

—Oye, Luis, debemos de estar cerca de la casa en la que trabajasteis tú y mamá cuando erais jóvenes. ¿Por qué no vamos a verla? Tenemos tiempo más que suficiente y siento interés por conocerla. ¿No te hace ilusión ver qué es de ella?

Inmediatamente, Luis interrumpe su amena conversación. Está claro que mi proposición le ha pillado desprevenido. Lo miro de reojo, parece estar considerando mi oferta. Tarda varios segundos en responderme:

—Hace muchos años que no voy allí. No sé ni siquiera si estará abandonada.

Su voz ahora sí deja entrever los nervios, pero aun así insisto:

—Intentémoslo. ¿Recuerdas más o menos hacia dónde hay que ir?

Luis no responde enseguida, pero al cabo de unos minutos alza la mano y señala un letrero: «Hotel La casa de las magnolias ****, 5 kilómetros». Sin pensarlo, atraída por la curiosidad, pongo el intermitente y tomo el desvío a mano derecha, hacia una carretera estrecha y bastante peor asfaltada que la comarcal. En cuestión de segundos, la vegetación se vuelve tupida a ambos lados del camino, oscureciendo el trayecto y dificultando aún más la escasa visibilidad del día. Agarro con fuerza el volante con ambas manos y estirándome me inclino hacia delante para ver bien la carretera, por si acaso se cruzase algún animal. Grandes árboles nos flanquean y terminan uniéndose encima de nosotros formando un frondoso túnel. Por un momento me planteo preguntarle a Luis si está seguro de si este es el camino correcto, pero rápidamente descarto esta posibilidad, pues no se le ve muy entusiasmado con mi decisión y temo que sea el motivo que le falta para pedirme que demos la vuelta.

Pese a la oscuridad del trayecto, encuentro un halo de encanto y de misterio entre tanta vegetación.

Ahora que Luis se ha quedado en silencio, más allá del motor del coche no se oye nada a nuestro alrededor, como si nos hubiéramos alejado de toda civilización. Durante varios kilómetros avanzamos sumergidos en la más profunda quietud. Apenas se vislumbran tímidos claros entre los árboles, hasta que al fin giro hacia la derecha y, cuando termino de bordear la curva, la espesa vegetación se disipa y aparece ante nosotros un majestuoso edificio de piedra rosada de tres plantas. Está situado en el centro de un claro delimitado por una verja de hierro repleta de enredaderas y apoyada sobre un antiguo muro de piedra. La magnitud del edificio me impresiona.

—No me digas, Luis, ¿aquí es donde trabajasteis? ¿Cómo puede ser que os lo tuvierais tan callado? ¡Es impresionante!

Atravieso la gran puerta de hierro, aparco el coche en la entrada y me apresuro a bajar para contemplar la casa en la que hace muchos años trabajó mi madre, ahora reconvertida en un hotel. Tal y como está, sumergida entre los últimos resquicios de niebla y protegida a ambos lados por dos grandes y frondosos árboles que la superan en altura, parece verdaderamente como si la hubiesen sacado de un cuento. Recorro fascinada su fachada, dividida en tres partes, recreándome en cada detalle. Los bloques laterales, que enmarcan la entrada, tienen unas ventanas sencillas, blancas, en el primer y en el segundo piso. En el central sobresale una preciosa galería blanca poligonal sostenida por seis esbeltas columnas de hierro unidas por elegantes arcos decorados. Bajo estos arcos está la puerta de entrada a la casa, grande y también blanca, a la que se llega mediante una escalinata decorada con leones y jarrones esculpidos, todo en piedra.

Alzando la vista, llama mi atención una gran cristalera en el segundo piso decorada con cortinas de encaje blancas. Sobre ellas se abre en la buhardilla una amplia terraza rematada por una balaustrada. Parece evidente que en su época debió de ser una imponente casa señorial. En lo alto de la fachada, esculpido en piedra, se adivina entre la niebla un escudo familiar. Aunque salta a la vista que han sabido cuidarla y restaurarla, el inevitable paso de los años la ha ido envolviendo en un halo de encanto y misterio. Le transmito este pensamiento a Luis, que está a mi lado observando también el edificio con una expresión indescifrable. Con una voz apenas audible, murmura:

—No sé si esto ha sido una buena idea.

Y a continuación echa a andar hacia el hotel. Pese al reacio comportamiento de Luis, no puedo evitar sentir una creciente curiosidad e incluso un estallido de emoción al subir la escalinata de piedra. Estoy francamente sorprendida de que aquí viviese mi madre durante su infancia, desde luego no me imaginaba una casa de tales dimensiones. Ahora que estoy frente a ella, me muero por saber quiénes la habitaron y cómo fue el día a día trabajando en ella.

A ambos lados de la puerta de entrada dos farolillos blancos todavía encendidos cuelgan de la fachada. Por supuesto la puerta está cerrada, supongo que no esperan recibir a nadie tan temprano, así que la golpeo suavemente con una aldaba de hierro en forma de mano. Enseguida oímos unos pasos que vienen hacia nosotros y una mujer joven y menuda aparece al otro lado de la puerta y nos invita, con una sonrisa, a pasar.

—Buenos días, bienvenidos.

Titubea un instante, pero acto seguido deduce que nuestra intención no es alojarnos y nos indica amablemente:

—Pueden pasar al restaurante si lo desean, está aquí mismo, a mano derecha.

Al cruzar el umbral, nos recibe un ambiente húmedo que se entremezcla con algún tipo de fragancia floral. Observo todo a mi alrededor. El recibidor del hotel es de techos altos, con una lámpara de araña que cuelga justo en medio. En el lado izquierdo nace una escalera de madera que sube al segundo piso. Las paredes son de escayola hasta media altura y el resto está empapelado con colores apastelados. Una alfombra a juego con las paredes ocupa la zona del hall, pero echo un vistazo al pasillo que avanza en paralelo a la escalera hacia el otro lado de la casa y compruebo que el suelo es de madera. Está desgastada y parece antigua, con algunas hendiduras, me pregunto si será el suelo original.

La estancia que nos indica la mujer con la mano está decorada en tonos cálidos y posee una chimenea de madera encendida en la pared opuesta.

—Adelante, pasen, pueden sentarse donde quieran. En breve serviremos los desayunos y bajarán los huéspedes, pero ustedes son los primeros hoy.

El ambiente seco y el calor del restaurante enseguida me reconfortan y respondo a la efusiva invitación con una sonrisa de agradecimiento. La sala, con suelos de madera, no es muy grande: cuenta con unas diez mesas con sillas acolchadas y tapizadas y hay un mostrador al lado de la puerta. Los manteles y las sillas son de tonos ocres, a juego con las paredes. Además, cada mesa tiene un jarrón de cristal con un tupido ramillete de flores amarillas. El resultado es una estancia acogedora.

Por supuesto, elegimos la mesa más cercana a la chimenea y pedimos dos cafés. Aunque el día es gris y el sol todavía está bajo, deduzco que la habitación debe de ser muy luminosa, pues cuenta con dos grandes ventanales de madera blanca, uno en la fachada principal del hotel y otro al lado de la chimenea. Otra gran lámpara de araña cuelga del techo. A mi parecer, han sabido combinar la antigua estructura de la casa, de techos altos y porte señorial, con una decoración actual a la vez que suave y muy discreta.

Observo a Luis. Él también está recorriendo cada centímetro de la estancia, con una mezcla de asombro y de incredulidad. Incapaz de retener por más tiempo mi curiosidad, le pregunto:

—¿Qué tal te está sentando rememorar viejos tiempos? ¿Recuerdas qué era esta estancia antiguamente?

—Por supuesto, claro que lo recuerdo —responde sin dudar un solo segundo, alzando un poco el mentón, como si la pregunta le hubiese ofendido—. Era el salón de la casa, aunque quizá sería más justo decir el salón de la señora, pues aquí era donde hacía su vida. Justo aquí, donde nosotros estamos sentados, solía haber un tresillo con una pequeña mesa en medio. A la señora le gustaba este rincón al lado de la chimenea. Sobre todo en los húmedos meses del invierno, ella pasaba mucho tiempo aquí. Debajo del ventanal tenía su secreter, desde donde escribía con frecuencia su correspondencia. El suelo estaba cubierto con una gran alfombra persa que le trajo su marido de uno de sus habituales viajes. La lámpara del techo podría jurar que es la original, pero todo lo demás ha desaparecido. Parece mentira... —dice meneando la cabeza de un lado a otro.

—¿Cómo se llamaban?

—El señor se llamaba Ignacio Velarde, igual que su padre, que fue quien mandó construir esta casa en 1886. Tanto sus iniciales como el año de construcción están todavía en la verja de entrada y, por lo menos en mi época, en forma de escudo en lo alto de la fachada principal. Quizá todavía sigue ahí, pero la niebla no me ha permitido distinguirlo. El nombre de la señora era Adela, Adela Balboa.

Pese a todos los años que han transcurrido desde aquella época, me sorprende que su voz todavía emane un profundo respeto servicial al hablar de la antigua familia para la que solía trabajar.

—¿A qué se dedicaban? Pocas personas podrían permitirse esta casa en aquella época.

—Efectivamente, pero aquellos eran otros tiempos. Muchos habitantes de la zona se fueron a América para probar suerte. Algunos, los menos, conseguían reunir una buena fortuna y al volver a Cantabria levantaban construcciones de este tipo. Ya sabes, los indianos. Es lo que ocurrió con el tío del padre del señor Ignacio, solo que falleció antes de que pudiese volver a su tierra. Fundó una importante compañía de vapores que operaba con barcos que realizaban la trayectoria La Habana-Santander. Reunió una fortuna inmensa que, al fallecer soltero y sin hijos, heredó el padre del señor. Le pilló joven, recién casado, y su nuevo cargo en la compañía le obligó a viajar constantemente a América. Ese fue el verdadero motivo por el que mandó construir esta casa. Fue un regalo, una especie de compensación a su mujer por las largas temporadas que tuvo que pasar fuera de casa. No la llegué a conocer, María, creo recordar que se llamaba. Ya había fallecido cuando empecé a trabajar aquí, pero recuerdo que alguna vez tu madre me hablaba de ella. Al parecer era natural de esta zona y solía decir que a ella en América no se le había perdido nada. Adoraba estas tierras, su gente, sus montes, su clima y, desde que su marido se la regaló, esta casa. Vivió aquí toda su vida y aquí fue donde falleció. Pese a las innumerables veces que su marido le rogó que le acompañase en alguno de sus viajes, ella nunca fue a América.

—No me extraña que se enamorase de esta casa. Parece encerrar entre sus muros cientos de historias interesantes. Estoy segura de que sería el escenario perfecto de cualquier novela.

Sin compartir mi entusiasmo, Luis asiente con seriedad y guarda silencio. Mientras esperamos los cafés, aproximo mi silla a la chimenea para aprovechar al máximo su calor. Me doy cuenta de que hay una fotografía enmarcada encima de la repisa. Me levanto para verla de cerca, pero no veo nada sin las gafas. Me apresuro a rebuscar en mi bolso hasta dar con ellas y entonces varios rostros alineados se vuelven nítidos y comprendo que se trata de una fotografía antigua. ¿Quizá de sus antiguos habitantes?

Incapaz de reprimir la emoción, en un tono de voz un poco más elevado de lo adecuado, insto a Luis a que se aproxime.

—¡Luis! ¿Recuerdas esta fotografía? ¡No saldrás en ella!

Luis se levanta y se acerca despacio. Observa la imagen con ojos brillantes.

—Vaya..., así que aún la conservan... Pues sí, da la casualidad de que estoy aquí —me dice señalando a un muchacho vestido con esmoquin, bastante regordito, con mirada un poco perdida y seria—. Aquí está Aurora —añade y su dedo indica a una joven formal vestida con una larga falda oscura y una camisa de paño.

Aunque me cuesta reconocerla, no puedo evitar emocionarme al distinguir su familiar mirada serena y decidida. La conservó hasta el último día de su vida.

Luis me cuenta la historia de la instantánea.

—Es el año 1935, lo recuerdo bien porque fue poco después de que yo comenzase a trabajar aquí. Por aquel entonces, el señor Ignacio pasó una larga temporada en casa, algo excepcional. Tuvo una grave infección que le obligó a estar convaleciente durante un par de meses y a guardar reposo. El señor se desesperaba en casa porque siempre necesitaba estar haciendo cosas, pues era un hombre muy activo que viajaba asiduamente de un país a otro, así que buscó refugio en la lectura. Se pasaba la mayor parte del tiempo tumbado en el sofá de la biblioteca, en medio de las grandes estanterías de madera repletas de libros que su padre había mandado construir para su madre, lectora nata, a los pocos años de inaugurar la casa. Había cientos de ejemplares, libros actuales de aquella época y libros antiguos.

Escucho las palabras de Luis con atención, sorprendida por la aparente claridad con la que regresa a una época sobre la que casi nunca le he oído hablar hasta ahora.

—Fue sin duda un periodo de reflexión para él. Por aquel entonces rondaba los cuarenta años y tanta lectura y tanto tiempo inactivo le hicieron ahondar en sus pensamientos. Una de las consecuencias de aquella temporada fue que nació en él un impaciente deseo de retratarnos a todos. Decía que quería inmortalizar aquel momento, así que hizo venir a un prestigioso fotógrafo desde Santander. Aquello fue algo inédito para nosotros. Quizá ahora te parezca una tontería, pero recuerdo los nervios de aquel día y la extraña sensación que experimenté ante aquel gran y cegador flash. Este fue el resultado.

Lo miro mientras él se observa a sí mismo desde la distancia de los años. Me pregunto qué pensaría cuando le hicieron la fotografía, qué motivaciones y sueños tendría aquel muchacho. Y me pregunto también qué pensará ahora mismo, si se siente satisfecho o si ha logrado cumplir sus aspiraciones. La mirada de Luis avanza de rostro en rostro, de izquierda a derecha. Estoy a punto de interrogarle por una joven que lleva un elegante vestido, pues sospecho que debe de ser la hija de los antiguos dueños, cuando, de repente, advierto cómo su rostro se ensombrece y sin mediar palabra se retira y se vuelve a sentar. El brillo ha desaparecido de su mirada. Me quedo perpleja ante su comportamiento, no entiendo qué le ha hecho cambiar tan rápido de actitud. En ese momento, la mujer que nos ha recibido se dirige a nosotros con los cafés humeantes, así que echo un último vistazo a la fotografía antes de tomar asiento intentando descubrir qué es lo que ha alterado a Luis, pero salvo ocho solemnes rostros no hay mucho más. A pie de foto hay una placa dorada en la que está inscrito: «Pablo I. Duomarco. La familia Velarde, 1935». Me imagino que será el nombre del fotógrafo y, efectivamente, data del año que ha dicho Luis. ¿Acaso su rostro se habrá oscurecido a consecuencia de la añoranza de aquellos tiempos?

—A mí también me gusta contemplarla cuando puedo, al fin y al cabo no hace tanto esas personas vivían en esta casa.

La mujer encargada del hotel se dirige a mí amablemente al verme junto a la fotografía, mientras deja los cafés sobre la mesa. Asiento y sonrío mientras vuelvo a mi sitio y dirijo mi mirada hacia Luis, esperando que anuncie que él es uno de esos rostros. Sin embargo, por toda respuesta, él abre el azucarero, colma su cuchara, la vuelca en su taza y da vueltas al café con la vista fija en la mesa. Lo miro sorprendida, molesta por su reacción. Ante su pasividad, me apresuro a darle las gracias a la mujer, que continúa de pie a nuestro lado solícita, con una amplia sonrisa. Le aseguro que todo está bien y que el café huele de maravilla.

Como si lo hubiéramos invitado a ocupar la tercera silla sobrante de la mesa, se instala entre nosotros un inesperado silencio. Observo a Luis varias veces mientras saboreo mi café, pero él opta por beber despacio de su taza, sin mirar a ninguna parte, así que desisto de entablar cualquier tipo de conversación. Cuando pasa esto, tal y como mamá me recordaba siempre, es mejor dejarlo tranquilo.

Distraída, me fijo en el reloj de pared que hay en una de las esquinas de la estancia y de repente me doy cuenta de que ya son casi las nueve de la mañana. El tiempo parece que se ha acelerado aquí dentro. Me levanto para pagar y Luis aprovecha para adelantarse e ir fuera a fumar. La mujer me da las gracias efusivamente y, cuando estoy a punto de salir de la sala, me cruzo con una pareja que baja a desayunar. Entonces descubro que en una de las mesas hay preparado un suculento desayuno humeante. De la cocina emana un cálido y sabroso olor a cruasanes recién hechos. No puedo evitar pensar en lo mucho que me gustaría que ese desayuno me estuviese esperando a mí y que mi única preocupación fuese qué destino turístico visitar hoy. Anhelo esa calma, esa despreocupación. No sé qué cara pongo mientras pienso esto, porque la encargada me tiende amablemente una tarjeta del hotel.

—Por si algún día se anima a volver.

Le doy las gracias mientras ella se va a atender a sus huéspedes y me dirijo hacia el coche. Arranco para deshacer el camino de vuelta hasta la carretera comarcal y, a medida que nos alejamos de la casa, la sorpresa que ha supuesto descubrir esta parte desconocida del pasado de mi madre se pierde en el manto oscuro que nos envuelve. Una honda tristeza se va apoderando de mí, como si la frondosa vegetación hubiese retenido todas mis preocupaciones en el viaje de ida y ahora, durante el trayecto de regreso, me hubiese devuelto de golpe a la realidad. En cuestión de segundos el sentimiento es tan intenso que he de emplear todas mis fuerzas en concentrarme en la carretera y apartar el nudo asfixiante que me sube por el estómago y amenaza con precipitarse por mis ojos. En cuestión de minutos, tengo que enfrentarme al momento que tanto temo, para el que nada ni nadie nos prepara.

CAPÍTULO 2

4 de abril de 1924

M i sueño se desvanecía a medida que el tintineo de las campanas se volvía cada vez más nítido e insistente.

—Aurora, vamos, despierta. Ya es de día.

Mamá, ya vestida, estaba en el pie de mi cama moviéndome suavemente los pies de un lado a otro.

—Arriba, Aurora, hay mucho que hacer. Desayuna y ayuda a Gloria. Yo me voy arriba, la señora me necesita.

No podía abrir los ojos, tenía la misma sensación que si los tuviese pegados. Escuché cómo mi madre abandonaba mi habitación, pero yo no quería salir de debajo de mi manta. En el piso de abajo por las mañanas hacía un frío húmedo que me traspasaba el camisón y me hacía tiritar. Me di la vuelta dispuesta a prolongar el sueño unos minutos más, pero poco a poco mis adormilados pensamientos fueron tomando conciencia y de pronto recordé que aquel era un día especial. Como movida por un resorte, me incorporé, me estiré y me apresuré a bajar de la cama.

Rápidamente me quité el camisón y me puse la ropa que mamá me había dejado preparada encima de la silla, en el orden en el que me había enseñado. Primero las medias, luego la enagua y la camisa y después la falda, de tal forma que la camisa quedase metida por dentro. Normalmente ella me ayudaba a vestirme, pero aquel iba a ser un día de mucho trabajo y sus tareas habían comenzado temprano. Yo intuía que iba a pasar bastantes horas en la cocina ayudando a Gloria, por lo que abrí el armario y cogí una chaqueta para no pasar frío. Por la tarde me pondría mi chaqueta favorita que reservaba para las ocasiones especiales, pero mientras tanto debía usar la otra, una ya antigua, porque seguramente se mancharía.

Abandoné la habitación y recorrí el pasillo hasta el comedor. Me apresuré a abrir y cerrar la puerta tal y como me habían enseñado para que el olor de la comida no llegase a las habitaciones. Al entrar en la cocina, la comida que Gloria estaba preparando me recibió con un cálido y dulce olor. En la gran mesa de madera, tan solo quedaban mi tazón de leche y mis cubiertos, los demás ya habían desayunado y estaban trabajando. Papá seguramente llevase haciendo sus tareas desde antes del amanecer.

—¡Buenos días, bella durmiente! —me gritó Gloria desde los fogones—. ¿Qué tal has dormido?

—Bastante bien, he tenido un sueño bonito, aunque no lo recuerdo del todo —le respondí mientras recorría el pasillo que conectaba el comedor con la cocina.

—Ay, Señor, tú y tus sueños. Ven aquí y dame un beso, anda. No tardes mucho en desayunar, que necesito que me ayudes con los pasteles. Ahí tienes las tostadas y creo que queda algo de bizcocho en la despensa si quieres.

Sus mejillas encendidas de un color rosa intenso, como siempre que tenía mucho trabajo, eran una señal de que más me valía darme prisa, pues había mucho por hacer.

—Gracias, Gloria, no te preocupes, desayuno rápido.

—¡Y recoge la mesa cuando termines! Ten cuidado, que no se te caiga el tazón.

—¡Sí!

Me apresuré a untar mis tostadas con mermelada y cuando estaba a punto de terminar, papá entró en el comedor.

—¡Pero bueno! ¡Mira a quién tenemos aquí!

—Hola, papá, buenos días —le respondí mientras me levantaba corriendo para ir a darle un abrazo.

Él me cogió en sus brazos y yo enlacé mis piernas alrededor de su gran tripa. Él soltó una de sus carcajadas.

—Pareces un koala, Aurora. Un koala con legañas.

—Pero ¿qué es eso, papá? —le pregunté divertida.

—¿No sabes lo que es un koala? Pues entonces ya sé qué animal aprenderemos esta noche —respondió satisfecho—. ¿Has dormido bien?

—Sí, papá, muy bien. ¿Tú has tenido sueños?

—Se dice mejor que si has soñado, y me temo que hoy no. Anda, corre a lavarte la cara antes de que te vea mamá. Te acompaño a la habitación, he de coger mi abrigo para acercarme al pueblo a por los últimos preparativos. Volveré cerca del mediodía —dijo mientras consultaba a su fiel compañero, su reloj de bolsillo.

Con la cara limpia y con mi mandil puesto regresé a la cocina para ayudar a Gloria. Me mandó a la despensa a por leche, mantequilla y azúcar. Para aquel día teníamos que hacer unos pasteles de piña y frambuesa. No eran mis favoritos, los que más me gustaban eran los de chocolate, pero igualmente disfrutaba cocinándolos.

—A ver, Aurora, ahora presta atención. Necesito que subas a por huevos y los metas en esta cesta, porque yo no doy abasto. Pero ten cuidado, sobre todo al bajar las escaleras, ¿me oyes? No se te pueden caer ni quiero que te caigas tú.

Asentí mirando a Gloria con gravedad, satisfecha de que me encargasen una tarea tan importante. Emocionada, agarré la cesta con ambas manos y me dirigí escaleras arriba. Tuve suerte y el portón de salida estaba abierto, porque estaba muy duro y me costaba mucho empujarlo. Durante unos instantes no pude ver nada, me quedé quieta en la puerta hasta que mis ojos se acostumbraron a la luz exterior. Poco a poco fueron tomando forma ante mí el jardín con el frondoso bosque al fondo, a mi derecha el invernadero de cristal y a mi izquierda, escondido tras varios setos y recorriendo un camino de tierra, el corral. Aquel día el cielo estaba despejado y el sol ya se estaba elevando. Algunos rayos se colaban en el gallinero y dentro había un reconfortante calor. Fui a los ponederos y cogí todos los huevos distribuyéndolos con cuidado en la cesta. Eché un vistazo a las gallinas, que no parecían estar haciendo nada interesante. Yacían amodorradas aprovechando el calor.

—¡Qué suerte tenéis! —les dije riéndome.

Agarré con mis dos manos la cesta y, antes de volver a la cocina, me acerqué al jardín, donde ya habían comenzado los preparativos para la fiesta. Había varias mesas esparcidas alrededor de la explanada de hierba entre el invernadero y la casa, bajo un árbol enorme, de cuyas ramas colgaban decenas de farolillos. En un rincón, muchas sillas de hierro blancas esperaban a ser colocadas. Se respiraba un ambiente diferente, parecía que incluso los pajarillos lo percibían y no paraban de piar y revolotear bajo un cielo de un azul intenso. Respiré hondo y me apresuré ilusionada hacia la cocina para hacer los pasteles.

—¡Despacio, Aurora, necesito que los huevos no se estrellen!

—Aquí están, Gloria, intactos —le respondí con una sonrisa triunfal cuando llegué a su lado mientras le tendía la cesta.

—Vaya picarona estás hecha, ¿eh? —me contestó mientras me hacía cosquillas en la tripa—. Anda, ven aquí y ponte esta cofia, que ahora me vas a ayudar a batir la masa.

Mezclé los huevos con el azúcar, la mantequilla, la leche y la harina. Me terminó doliendo mucho el brazo de tanto dar vueltas, así que Gloria me pidió que fuese colocando las rodajas de piña en pequeños moldes con una frambuesa en el medio y, a continuación, pude hacer una de mis tareas favoritas: amasar el pan. Siempre le dedicaba más tiempo del necesario, me encantaba hundir mis manos en aquella masa esponjosa y darle forma una y otra vez separándola y volviendo a unirla, hasta que Gloria se impacientaba y me aseguraba que ya estaba más que lista y que era hora de meterla en el horno. En aquella ocasión sería junto con el cordero con ciruelas que Gloria había preparado para el segundo plato.

Gloria estaba frenética y se movía de un lado para otro sin parar. No cesaba de repetir una y otra vez que todo debía estar listo para cuando llegase el señor Ignacio, alrededor de la una de la tarde, pues era probable que estuviese hambriento y muy cansado después de un viaje tan largo. Con todas las tareas que había que hacer, la mañana se me pasó en un santiamén.

A la una en punto, papá anunció que la mesa estaba preparada y lista para que los señores se sentasen. Gloria también tenía listo el *risotto* y estaba a punto de sacar del horno el cordero, aunque continuaba agobiada con todos los preparativos para la fiesta de por la tarde. En el jardín ya habían colocado las sillas y cubierto todas las mesas con manteles blancos. Mamá me había pedido que la ayudase a coger flores silvestres del jardín para preparar pequeños ramilletes que pusimos en los jarrones de cristal de cada mesa. Tan solo faltaba que llegase el señor Ignacio. Papá comentó que sería muy natural que se retrasase un poco, puesto que había un largo camino desde Santander.

Cristina apareció por la puerta trasera con un vestido blanco de manga larga y un sombrero de paja con un lazo atado muy largo, también blanco. En cuanto la vi, salí corriendo hacia ella.

—¡Muchas felicidades! —grité mientras la abrazaba—. Como es un día especial, mamá me ha dejado cortar estas flores del jardín para ti. Me ha dicho que se llaman hortensias.

—¡Oh, gracias, Aurora! Son muy bonitas, rosas como mi color favorito —me respondió sonriéndome—. ¿Qué te parece si las pongo en uno de esos jarrones de cristal que hay en las mesas y decoramos nuestra cabaña? Seguro que no pasa nada por que falte uno.

—¡Claro! —exclamé emocionada.

Sin duda, aquella era nuestra hora favorita del día. No es que a mí no me gustase pasar tiempo con papá y mamá en el piso de abajo, que era donde en realidad me correspondía estar, tal y como me recordaban muchas veces; o que no disfrutase ayudando a Gloria; pero lo cierto es que en ese piso casi siempre todos se movían frenéticos y muy ocupados en sus quehaceres, rara vez había un momento de calma.

A Cristina le ocurría lo mismo. Después de estar toda la mañana sentada recibiendo lecciones con Rosa, su institutriz, necesitaba salir al aire libre. Así que, los días en los que no llovía, nos juntábamos y pasábamos las horas en el jardín: corriendo, explorando y contándonos todo. Por aquel entonces yo me consideraba afortunada por tener una amiga como Cristina en la misma casa donde vivía, éramos muy parecidas y tan solo nos llevábamos unos meses de diferencia.

Tras coger el jarrón, echamos a correr y dejamos atrás los preparativos de la fiesta y el invernadero. Nos dirigimos al sendero de arena que bordeaba la fuente hasta alcanzar la última explanada del jardín. Esta zona lindaba con el bosque, pero no podíamos sobrepasar aquel límite, pues no nos estaba permitido jugar tan lejos. A medida que avanzábamos hacia el final de la finca, la hierba se volvía cada vez más alta y nos acariciaba las rodillas. Seguimos corriendo hacia la antigua caseta de herramientas, rebautizada por nosotras como Nuestro Sitio Secreto. Se trataba de una pequeña casita de madera, un poco destartalada e inclinada hacia la derecha por el paso del tiempo. Tenía un techo bastante bajo que nos obligaba a entrar encogidas y a veces el pelo se nos enganchaba entre los tablones de madera, pegándonos unos tirones tremendos. Al principio nos sentábamos en el suelo, pero los días en los que la tierra estaba mojada por la lluvia terminábamos empapadas. Así que un día en el que la señora Adela ordenó tirar una vieja alfombra de la habitación de invitados, Cristina se adelantó para rescatarla y la trajo a nuestra cabaña. Además, desde hacía unas semanas teníamos también dos pequeños troncos de madera a modo de asientos que habíamos cogido prestados del cobertizo donde se guardaba toda la leña para la chimenea. Todavía necesitaba muchas mejoras, porque los días de lluvia el agua se colaba entre las desvencijadas maderas y la cabaña no servía para refugiarnos, pero habíamos ideado un plan para solucionarlo: una vez a la semana nos metíamos a hurtadillas en el cobertizo e íbamos cogiendo todos los troncos que podíamos y así íbamos cubriendo los agujeros del techo. Por supuesto, estábamos muy atentas siempre que andábamos por el jardín para no pasar por alto cualquier objeto que nos pudiese servir para dicha tarea. Una vez Tomás, el mozo que ayudaba al jardinero, olvidó recoger varios plásticos en uno de los rincones del invernadero y enseguida se convirtieron en una valiosa ayuda para nuestro desvencijado techo. Al día siguiente lo vimos dando vueltas por el jardín buscándolos, pues los necesitaba para tapar las flores hasta la temporada siguiente, y al vernos nos preguntó si sabíamos algo. Muy serias, Cristina y yo negamos con la cabeza y después salimos corriendo hacia nuestra cabaña echándonos a reír divertidas. Nuestros cálculos nos indicaban que si seguíamos así, aquel otoño ya podríamos pasar en Nuestro Sitio Secreto los días de lluvia.

Cristina abrió la puerta, entró en la casita y colocó con cuidado el jarrón con las flores en una antigua balda de madera que no ofrecía demasiada seguridad. Dentro de la cabaña la tierra todavía olía a humedad debido a las lluvias de los días anteriores.

—Toma, antes de que se me olvide, yo también te he traído un regalo. Como me dijiste que te gustaba mucho el lazo que llevaba ayer y yo tengo tantos, hoy, mientras Rosa me peinaba, he cogido este del tocador para ti sin que se diese cuenta.

Aunque sabía que a papá no le gustaba mucho que Cristina me regalase cosas, porque decía que no debía olvidar cuál era mi lugar, no pude evitar sonreír entusiasmada al ver aparecer un precioso lazo amarillo. Dudé durante un instante, pero balanceó la mano para indicarme que lo cogiese y me apresuré a hacerlo.

—Muchas gracias, Cris, me hace mucha ilusión. Es muy bonito, nunca he tenido uno tan suave.

Era verdad, nunca había tenido un lazo como aquel. En mi armario, por aquel entonces, tenía las prendas de ropa necesarias para realizar dos cambios completos del uniforme que debía llevar y alguna prenda extra por si acaso me manchaba o para los días libres. El uniforme era mi vestimenta habitual, por eso no tenía mucha más variedad de ropa, pero me gustaba ver el armario de Cristina repleto de bonitos vestidos de todos los colores que rara vez repetía. No sentía envidia, tan solo curiosidad por todo lo que llevaba puesto y que yo no veía en mi armario. A veces me sentaba en la cocina y observaba cómo mi madre planchaba su ropa y me imaginaba cómo me quedaría a mí.

Me acerqué para darle un beso a Cristina en señal de agradecimiento y entonces me di cuenta de que tenía los ojos húmedos, como si hubiese estado llorando. En aquel momento pensé que le daba pena desprenderse de su lazo, pero luego caí en la cuenta del verdadero motivo. Como se quedó callada, la distraje desviando la conversación para que no estuviese triste.

—¿Sabrías ponérmelo en el pelo como el tuyo?

Mientras Cristina me hacía una trenza, no sin dificultad, pues mi pelo, siempre tan fino, se le escurría entre los dedos a cada lazada, le pregunté si le habían regalado algo.

—Mi madre me ha dado un pasador para el pelo bastante antiguo, dice que era de mi abuela, es de color dorado oscuro. También me ha encargado un vestido nuevo, pero todavía no lo he visto, dice que es una sorpresa para la fiesta. Rosa dice que el suyo me lo dará esta tarde con todos. ¿Sabes que vienen mis primos? Tengo muchas ganas de verlos, hace muchos meses que no los veo. También van a estar mis tíos de Comillas, se quedarán aquí a dormir.

—El jardín está muy bonito, va a ser una fiesta estupenda.

Cristina no hizo ningún comentario, sino que guardó silencio. Yo ahogué un par de quejidos por los tirones que me hacía sin querer en el pelo. Por fin me ató el lazo, que me colgaba sobre los hombros. Cuando volví a sentarme en mi tronco, Cristina me preguntó mirando hacia sus rodillas:

—¿Tú crees que mi papá llegará a tiempo?

—¡Pues claro! ¿Cómo no va a estar en tu fiesta de cumpleaños? Piensa que es un viaje muy largo desde Santander, por eso tarda un poco más. —Traté de tranquilizarla repitiendo las palabras de mi padre.

—No sé, es que mamá ha dicho que no le extrañaría nada que no viniera.

Recuerdo con claridad el día de mi sexto cumpleaños. El vestido de color rosa pastel que mamá había encargado como regalo para la ocasión resultó ser de lo más incómodo. Se ceñía a mi cintura cada vez que intentaba coger aire y me impedía respirar con normalidad. Una vez que Rosa, mi institutriz, me lo puso, deseé con todas mis fuerzas que llegara el momento de poder quitármelo.

—Mamá, me aprieta mucho —me quejé.

Estaba preocupada no solo por cómo iba a poder jugar, sino por cómo podría moverme con comodidad con aquel vestido.

—Has de llamarme madre, Cristina. Te lo hemos dicho muchas veces. Y no seas desagradecida, por favor. Es un vestido precioso, muy elegante. Más te vale que no lo manches el día que lo estrenas, nada de revolcarte por la hierba, por favor.

Mi madre, que estaba detrás de mí y de Rosa observando mi reflejo en el espejo, parecía satisfecha con el resultado. «Seguro que su vestido no le impide respirar», pensé para mis adentros. Aquello no me parecía justo, pero tampoco tenía otra opción si no quería que mamá se enfadase. Así que, resignada, me bajé del taburete de madera al que me había subido Rosa y me senté en mi cama a esperar a que llegase papá. Me moría de ganas por verlo, hacía meses que se había ido. Ya me avisó antes de irse que ese viaje iba a resultar especialmente largo. Me dijo que se iba a otro continente, a América. Que le deparaba una larga travesía en uno de los barcos de su compañía. Yo lo miré entusiasmada y le rogué que me dejase acompañarlo en tan emocionante recorrido. Me moría de ganas por ver uno de esos gigantes flotantes de los que tanto me había hablado y que solo había visto en los libros. Deseaba poder subir en uno y adentrarnos en el mar, lejos de casa. Papá me contestó que aunque le parecía una gran idea no podía dejarme ir con él, pues aún tenía que crecer un poco más.

Por supuesto, con mis seis años recién cumplidos me consideraría ya mucho más mayor, casi adulta, así que estaba segura de que me llevaría con él en su siguiente aventura y de ese modo no estaríamos tanto tiempo sin vernos. Y para qué mentir, también deseaba ver qué exótico regalo me había traído aquella vez.

En aquel momento mi regalo favorito era una muñeca rusa que papá había conseguido en una feria intercambiando con un comerciante ruso un viejo jarrón que a mamá ya no le gustaba. Era preciosa, con el pelo largo, muy liso, de un color rubio muy parecido al mío. El vestido, sin embargo, era muy diferente a los míos, de terciopelo azul oscuro, con encaje blanco en la zona de los botones y en el pliegue de la falda. También su expresión y sus rasgos me resultaron sorprendentes. La primera vez que la vi supe que esa muñeca era de un país muy lejano, pues nunca había visto una niña con esa piel tan pálida, los ojos tan azules y los pómulos tan marcados. Solía preguntarme siempre quién sería su dueña antes que yo y por qué motivo se habría cansado de una muñeca tan hermosa.

Unos golpes en la puerta interrumpieron mis pensamientos y salté de la cama de un brinco. Por fin, papá había llegado. Pero entonces por la puerta entreabierta apareció Pilar, el ama de llaves, y anunció:

—Señora, creo que la celebración debería comenzar. Las nubes negras que antes se veían a lo lejos se están acercando y es posible que llueva.

Rápidamente miré a mamá, suplicándole con la mirada que confirmase en voz alta lo que yo ya sabía, que la celebración no iba a comenzar hasta que no llegase papá. Pero no me miró, se levantó del tocador alisándose la falda y, mientras se colocaba una última e innecesaria horquilla mirándose en el espejo, dijo con determinación:

—Está bien. Vamos, Cristina, colócate bien el lazo y bajemos. No podemos hacer esperar más a los invitados. Sé que te gustaría que tu padre estuviese aquí, pero seguro que estará con nosotras antes de que abras los regalos. Compórtate mientras tanto, haz el favor.

A continuación miré a Rosa, presa de una repentina exasperación. Seguro que papá estaba a punto de llegar, no podíamos empezar sin él mi cumpleaños, no se lo podía perder. Pero Rosa no podía hacer nada, salvo mirarme con compasión. Me colocó el lazo con cuidado en su sitio e intentó animarme recordándome que mis primos me esperaban abajo para jugar conmigo.

Al salir al jardín, olvidé mi tristeza y lo mucho que me apretaba el vestido. Al otro lado de la puerta reinaban la alegría y la diversión. El jardín estaba precioso. Había farolillos de colores, mesas con manteles blancos repletas de comida y muchos regalos, tantos que habían empezado formando una torre en una de las sillas, pero finalmente habían optado por esparcirlos alrededor, colocados sobre la hierba. Todo ello bajo el gran y viejo árbol del jardín, que ofrecía protección a todos los invitados y una agradable sombra cada vez que el sol asomaba entre nube y nube. Mis primos correteaban por el jardín, jugando a alcanzarse el uno al otro. En cuanto me vieron vinieron hacia mí para hacerme partícipe. Como siempre, los dos iban vestidos igual, esa vez con una camisa blanca y pantalones cortos verdes con tirantes. Habían crecido mucho desde la última vez que los había visto. Su madre, la tía Carolina, también vino a saludarme cariñosamente, agachándose para darme un beso y preguntarme qué tal lo estaba pasando. En secreto, era mi tía favorita. No es que la tía Inés, la otra hermana de mi padre, no me cayese bien, pero a ella apenas la veía, casi nunca venían a nuestra casa y las veces que íbamos a Comillas a visitarlos, nunca quería jugar conmigo. Sin embargo, la tía Inés podía hablar con mamá durante tantas horas que yo podía ver a través de los ventanales de su salón al sol brillando en lo alto del cielo, luego cómo comenzaba a descender e iba desapareciendo poco a poco para finalmente caer la noche sobre las oscuras aguas del mar. Y la tía Inés todavía seguía teniendo cosas que decir, mientras mi madre y mi tío asentían educadamente, sin poder intervenir demasiado, mientras yo me moría de sueño. Si por lo menos me hubiesen dejado en aquellas visitas explorar su casa, ya que era enorme y estaba llena de recovecos..., pero mamá me lo tenía absolutamente prohibido en casas ajenas.

También habían venido a mi fiesta algunas amistades de mamá que vivían en los alrededores del pueblo con sus hijos y aunque con ellos apenas solía jugar, porque eran muy pequeños o muy grandes, ese día fue diferente gracias a Rosa. Tenía preparado un juego en el que todos podíamos participar. Había recortado una gran sábana blanca en forma de círculo y en el medio había hecho un agujero. En cuanto intuí que nos iba a enseñar uno de sus divertidos juegos, corrí hacia Aurora, que estaba de pie junto al resto del servicio en uno de los márgenes de la fiesta, y les rogué a sus padres, don Francisco y doña Pilar, que la dejasen participar. Tras insistir con vehemencia en mi súplica, don Francisco cedió:

—Está bien, siempre que la señora Adela esté de acuerdo y dado que es su cumpleaños, supongo que podremos hacer una excepción. Aurora, puedes ir a jugar con Cristina, pero luego has de volver para ayudarnos a traer los pasteles.

Automáticamente el rostro de Aurora se iluminó, nos cogimos de la mano, atravesamos las mesas donde los mayores se servían los aperitivos y nos reunimos bajo el gran árbol con los demás niños. Formando un círculo, todos sujetamos la sábana con ambas manos, subiendo y bajando los brazos, haciendo elevar y descender la tela. Entonces Rosa gritaba afirmaciones tales como «¡Cabello castaño!» o «¡Todos aquellos con más de seis años!», y todos los que cumpliéramos estas características debíamos salir corriendo bajo la sábana y encontrar otro lugar para volver a aferrar la sábana con ambas manos. Nos reíamos y gritábamos cada vez que Rosa anunciaba una nueva instrucción y nos teníamos que sumergir bajo ese universo blanco llenos de nervios, pues perdía quien quedase atrapado bajo la sábana sin conseguir salir.

Me sorprendí sintiéndome afortunada y orgullosa de que Rosa fuese mi niñera. Estoy segura de que todos los niños que estaban allí se dieron cuenta de lo divertida que era y desearon que fuese su cuidadora. Sé que se esforzó para distraerme y lo cierto es que durante un buen rato consiguió que me olvidase de mis preocupaciones. Sin embargo, a medida que transcurría la tarde, al sentir que el tiempo se agotaba, comencé a mirar cada vez con más insistencia la puerta trasera de casa, por donde en teoría papá aparecería de un momento a otro. Y entonces me quedé atrapada por primera vez bajo la sábana. Contrariada, me dije a mí misma que me había despistado mirando la puerta y que debía concentrarme para que en la siguiente ronda no me volviese a ocurrir. Pero volvió a suceder y, de nuevo, me quedé atrapada bajo aquella tela que, de repente, se había vuelto agobiante, pues no conseguía encontrar una salida. No soportaba perder y aquella era la segunda vez que me pasaba. Aquel juego ya no me gustaba tanto, era incapaz de concentrarme. Además el vestido que me había regalado mamá cada vez me apretaba más y me impedía respirar con normalidad, y, por más que miraba desesperada hacia la puerta, papá seguía sin aparecer. ¿Acaso se había olvidado de mi cumpleaños?

Y entonces llegó el tan esperado y a la vez temido momento: la tarta de cumpleaños, los pasteles y los regalos. Los aperitivos ya se habían retirado y don Francisco apareció por la puerta de la cocina con una gran tarta de dos pisos de altura, de color rosa, seguido por Gloria, la cocinera, visiblemente orgullosa de su creación. Detrás les seguían doña Pilar y Aurora, que portaban las bandejas de pasteles. Por un momento deseé que la tarta se escurriese y se desparramase por el suelo, para que el accidente acaparase la atención de todos y, con un poco de suerte, se olvidasen de que tenía que soplar las velas y abrir los regalos. Todos los paquetes parecían mirarme amenazantes desde lo alto de la torre tambaleante, como advirtiéndome que ya no podía esperar más.

Colocaron la tarta en la mesa más céntrica. Rosa me cogió de la mano y con cuidado me ayudó a subirme a una de las sillas para que pudiese alcanzar y soplar las velas. Todos los invitados se arremolinaron en torno a mí ocultándome la puerta trasera de la casa por donde deseaba con todas mis fuerzas que papá apareciese. Don Francisco fue encendiendo las velas. Me di cuenta entonces de que ya no había vuelta atrás y comencé a sentir mucho calor. No me atreví a pedirle que parase, que no me encontraba bien. Sentía el aire a mi alrededor sobrecargado, agobiante, y por más que me estiraba no conseguía ver si papá había llegado ya. El vestido me apretaba mucho, se pegaba a mi piel. A mi alrededor una docena de caras expectantes me miraban sonrientes, ajenas a mi tristeza, como si no echasen en falta a mi padre. En breve entonarían la canción de cumpleaños, pero yo solo quería gritar, desaparecer, quitarme ese asfixiante vestido. No quería soplar las dichosas velas ni quería invitados, ni farolillos, ni juegos, ni regalos. No quería esa gran tarta de dos pisos. Yo solo quería que papá estuviese allí.

No sé qué fue primero, si mi primera lágrima o la primera gota de lluvia. Pero en el momento en el que rompí a llorar todos alzaron la vista hacia el cielo y aproveché ese instante para bajarme de la silla, abrirme paso entre los asistentes y entrar en casa, desabrochándome como pude el vestido mientras subía las escaleras.

Corrí a mi habitación y me tumbé en mi cama, desde donde pude ver a través de la ventana cómo, tras unos instantes de confusión, todos los invitados se desperdigaban por el jardín para protegerse de la lluvia mientras maldecían la repentina llegada de la tormenta, que para mí había supuesto la salvación. Excepto mis primos, que se dedicaron a corretear bajo la lluvia gritando, los asistentes se refugiaron dentro del invernadero, otros entraron en casa y el servicio intentó salvar sin mucho éxito los regalos, la tarta y los pasteles. En cuestión de minutos el papel de los farolillos se deshizo por completo. El jardín quedó desierto, el fuerte repiqueteo de la lluvia contra el alféizar de mi ventana acallaba los gritos y las risas. El día radiante y de cielo despejado, con una luz que horas atrás había iluminado cada rincón del jardín, se tornó gris y oscuro.

Me quedé tumbada en mi cama hasta que se hizo de noche. Durante ese tiempo oí cómo la lluvia cesaba poco a poco y comenzaban a llegar carruajes para devolver a los invitados a sus casas. Se fueron y yo continué tumbada en mi cama. Solo levanté la vista cuando Rosa entró en mi habitación. Traía un plato de sopa caliente. Me ayudó a ponerme el camisón, me deshizo las trenzas y después me peinó el pelo con delicadeza. Me acostó, me arropó y esperó a que me quedase dormida.

Mamá no subió a verme. Al día siguiente me regañó por haber sido tan desconsiderada y haber salido corriendo en mitad de mi fiesta de cumpleaños. Como reprimenda por haber sido tan desagradecida, ordenó que tirasen todos mis regalos.

Papá tardó dos días más en llegar.

CAPÍTULO 3

Verano de 1930

De mi infancia recuerdo con especial cariño los veranos. Los días largos y los deliciosos atardeceres mientras yacíamos tumbadas entre los juncos de los márgenes del río. Durante la caída del sol, densas y caóticas nubes de mosquitos se alzaban sobre nuestras cabezas emitiendo un sonoro zumbido que se entremezclaba con el sonido de las cigarras, monótonas y estridentes.

En particular regresa a mi memoria el verano de 1930. Fue especialmente caluroso, de cielos despejados. No estábamos acostumbradas a aquel calor persistente, húmedo y pegajoso, que nos hacía sudar y provocaba que la ropa se nos pegase a la piel. Así que pasábamos las tardes metidas en el río. Nos escapábamos después de comer y no regresábamos hasta la hora de la cena. Aquel fue también un verano de largos paseos en bicicleta.

A Cristina le regalaron una por su duodécimo cumpleaños. Era preciosa, grande y de color morado, con borlas a juego a ambos lados del manillar y una pequeña cesta de mimbre colgada al frente. Aprendió muy rápido a montar y a mediados de primavera le quitaron las dos pequeñas ruedas a ambos lados de la trasera que brindan estabilidad. No se cayó ni una sola vez. Bajo su insistencia yo también aprendí, solo que a mí me llevó más tiempo. Pero por las tardes, finalizadas todas las tareas que me encomendaban, aquel era nuestro único cometido. Así que a base de paciencia y un sinfín de caídas, conseguí hacerme con aquella bicicleta.

El problema fue que pronto nos cansamos de dar vueltas y más vueltas por la zona del jardín que nos estaba permitida, que enseguida se quedó pequeña. Entonces llegó aquel verano. Y el oportuno descubrimiento de dos desvencijadas bicicletas olvidadas en el desván cuando la señora mandó a mi padre subir unos cuadros que quería reemplazar por otros. La que mejor aspecto presentaba tenía la cadena oxidada, pero, tras una limpieza en profundidad y un par de reparaciones que realizó papá, el resultado fue todo un éxito. Era gruesa, muy pesada, apenas podía levantarla, pero funcionaba, que era lo importante, y pronto me hice a ella. Así fue como, de manera inesperada, conseguí mi propia bicicleta.

Comenzaron entonces los ruegos para que nos dejasen bajar hasta el río. Andando tardábamos una media hora y en bicicleta, a buen ritmo, intuíamos que poco más de diez minutos. Estábamos excitadas ante la idea de poder utilizarlas como medio de transporte y no para dar vueltas por puro entretenimiento. Tras días de ruegos, no sé si por compasión o por cansancio, finalmente la señora y mis padres accedieron, bajo la condición de que Rosa nos acompañase, usando la segunda bicicleta que había aparecido en el desván.

Así fue como las tres emprendimos, Cristina y yo visiblemente emocionadas, el primer paseo en bicicleta al río, que pronto se convertiría en rutina. Rosa se portaba muy bien con nosotras. Nos dejaba actuar con libertad, gritar, reír a carcajadas y jugar a salpicarnos. En ningún momento sentíamos que tuviésemos a una persona vigilándonos, todo lo contrario, parecía una amiga más ante la que nos podíamos comportar con naturalidad. Rosa nos trataba con cariño a las dos. Además, sabía respetar nuestro espacio y siempre se retiraba a alguna roca cercana a la sombra para leer uno de los libros que cogía prestados de la biblioteca del señor Ignacio mientras nosotras nos bañábamos. La recuerdo así, sentada con las piernas cruzadas, la camisa remangadas, mirando fijamente el libro, con el ceño ligeramente fruncido y las mejillas sonrosadas por el calor. Admiraba aquel poder de concentración. Cada dos o tres días tenía entre las manos un libro nuevo.

Por aquel entonces yo no sabía leer. Tenía algunas nociones básicas de escritura que me había enseñado papá, pero aún no alcanzaba a imaginar cómo era posible que hubiese tantas cosas que contar como para llenar cientos de páginas de cientos de libros que había en la biblioteca. No comprendía qué podía ser tan interesante para que Rosa leyese siempre con tanto ahínco. Así que cada vez que la veía con un nuevo libro, me picaba la curiosidad y le preguntaba de qué trataba el anterior. Ella me contaba con paciencia el argumento en caso de que fuese una novela o me explicaba que se trataba de un libro acerca de un campo determinado: ciencias naturales, historia, física, matemáticas, arte. Yo asentía ante esas palabras sin saber muy bien a qué se refería realmente, pero lo que sí me quedaba claro era que Rosa sabía sobre muchas cosas diferentes y no podía evitar mirarla, preguntándome cómo podía entrar tanta información en una cabeza. A veces compartía con nosotras su conocimiento. Me gustaban sus lecciones, porque siempre nos explicaba fenómenos que acontecían cada día a nuestro alrededor, pero que hasta entonces nunca me había cuestionado.

«Mirad a vuestro alrededor. El agua donde estáis sumergidas ahora mismo, sin ir más lejos, ¿de dónde viene? ¿Adónde va? Porque, si os fijáis, lo cierto es que siempre avanza en la misma dirección. Los ríos son un eslabón más del necesario ciclo del agua que la naturaleza ha puesto a nuestra disposición para que podamos sobrevivir». Sus explicaciones comenzaban cerca de nosotras para luego avanzar hacia países lejanos. «Sois afortunadas de vivir tan cerca de una zona fluvial como esta. El hombre siempre ha buscado enclaves como este para asentarse y poder salir adelante. El agua es vida. Así es como nacieron dos de las más antiguas y asombrosas civilizaciones de la historia de la humanidad: Mesopotamia y Egipto». Y entonces nos adentraba a través de sus narraciones en aquellos países que a mí me parecían inalcanzables. Nos hablaba de ellos como si hubiese estado allí, mientras le brillaban los ojos y confesaba que soñaba con poder visitarlos algún día.

Cristina no solía prestar demasiada atención, pues eran cosas que estudiaba por las mañanas y le resultaban familiares, en cambio yo la escuchaba atentamente. Rosa hablaba con sencillez y claridad. Al final de cada explicación, quizá porque me veía tan atenta y entusiasmada o quizá para alentarme a continuar aprendiendo, añadía dirigiéndose a mí:

—¿Lo ves, Aurora? De eso es sobre lo que tratan algunos de los libros que me ves leer. Te trasladan a otros lugares sin necesidad de ir, incluso a otras épocas a las que ya no es posible retroceder si no fuera por ellos. Y eso, por ejemplo, es el campo de la historia, que no es otra cosa que todo lo que ha acontecido desde que las personas habitamos la tierra. Los libros lo explican en profundidad, pero resumiéndolo mucho es esto que te estoy contando. Así que ahora tú también sabes historia.

Y entonces yo me sentía emocionada y me prometía a mí misma que, esa noche, cuando papá, que sabía leer y escribir, me impartiese su lección diaria sobre escritura, iba a estar muy atenta para no perderme nada y pronto poder leer yo también todos esos libros.

Las tardes de aquel verano volaron entre chapuzones en el río, lecciones, descubrimientos, risas y paseos en bicicleta por los caminos de tierra que bordeaban los prados cercanos. Cuando quisimos darnos cuenta, estábamos ya a finales de agosto, el calor comenzaba a remitir y los días refrescaban en cuanto el sol bajaba en el cielo, obligándonos a regresar a casa antes de lo deseado. Reticentes a abandonar aquella rutina tan apacible que nos había acompañado durante todo el verano, aunque ya no nos bañábamos, acordamos seguir yendo al río hasta que el frío lo impidiese. Fue en una de esas tardes, jugando a que éramos arqueólogas, cuando Cristina y yo sorprendimos a un muchacho mirándonos desde la otra orilla del río. Apareció de manera repentina, no supimos por dónde había venido. Su presencia fue una novedad para nosotras, que no estábamos acostumbradas a cruzarnos con nadie por aquella zona, y mucho menos con alguien de nuestra edad. Me sorprendió cómo iba vestido: con una camiseta de manga corta medio roída y unos pantalones desgastados que saltaba a la vista que le quedaban demasiado grandes. No apartaba la vista de nosotras, como si fuéramos las primeras niñas que veía en su vida; por eso, Cristina y yo nos miramos y, entre azoradas y divertidas, nos echamos a reír. Nació en nosotras el impulso de salir huyendo. Rosa, que se percató de la presencia de aquel muchacho, nos instó a que le invitáramos a jugar con nosotras, pero él se apresuró a responder:

—No puedo, ahora me tengo que ir.

Y tal y como había aparecido, se fue sin más.

De no haber sido por todo lo que sucedió años más tarde, este suceso en concreto tan solo habría sido una anécdota más de aquel verano que probablemente se habría desvanecido en su totalidad sin dejar huella en mi memoria. Pero lo cierto es que aún a día de hoy recuerdo con perfecta claridad aquel primer encuentro.

CAPÍTULO 4

Marzo de 1992

L a ceremonia, cumpliendo con el deseo de mi madre, es íntima y discreta. Ahora que estoy aquí sé que el recuerdo me engañaba, supongo que magnificado por la abrumadora sensación que tuve cuando lo vi por primera vez. Lo que en mi memoria era una explanada enorme de hierba salpicada por numerosas lápidas es en realidad un pequeño cementerio situado en la parte de atrás de una antigua iglesia con no más de treinta sepulcros.

El párroco de la zona es quien oficia el acto, un hombre de unos sesenta años de edad con el pelo blanco y unas pequeñas gafas caídas, apoyadas casi al principio de su nariz. Nos mira por encima de ellas cada vez que alza la vista del libro de tapa negra en el que lee las oraciones. Con su otra mano sujeta un gran paraguas negro. La niebla ahora ha dejado paso a una fina pero persistente lluvia que lentamente va empapando todo, así que nos hemos visto obligados a resguardarnos bajo los paraguas. Pese a que estoy protegida por mi abrigo y a que no bajaremos de los quince grados, estoy tiritando. Sé que no puedo hacer nada por remediarlo, el frío brota de mi interior. Estoy conmocionada. Me siento vacía y derrotada. Necesito afrontar todo esto en la intimidad. Tras estos meses de constantes sobresaltos y duermevelas, me doy cuenta de que este es el golpe final.

Se me empaña la vista mientras el cura reza una última oración. Me acerco para colocar la corona de flores que me ha dado Carmen y despedirme por última vez de mi madre. Y entonces, en ese mismo instante, Luis se desploma repentinamente a mi espalda. Tardo varios segundos en reaccionar. Asustada, me apresuro a agacharme para comprobar que está bien. El párroco enseguida viene a nuestro lado y, dejando caer al suelo su paraguas, alza las piernas de Luis en un intento por devolverle el color a su rostro blanquecino. Me esfuerzo para que mi voz no revele mi agitación interior y evitar empeorar la situación. Intento tranquilizar a Luis. Mis confusos pensamientos creen que ha debido de ser un desvanecimiento a causa del impacto por la situación que estamos viviendo. Continúo hablándole y trato de mantener la calma. Luis sigue muy pálido y no parece escucharme ni hace intención de moverse, entonces descubro que tiene la mirada fija en un punto, más allá de nosotros, más allá de la sepultura, hacia la verja de entrada. Es una mirada atormentada, como si estuviese viendo un fantasma delante de él.

—¡Luis, Luis!, ¿me oyes?

No consigo que me haga caso. Inquieta, sigo la trayectoria de sus ojos y entonces yo también me quedo paralizada. Bajo un gran árbol cercano a la entrada, a unos doscientos metros de nosotros, hay un hombre al que no conozco de nada. Tiene la ropa empapada y su cuerpo está demasiado erguido, en tensión. Su expresión es tan severa que pese a la llovizna la distingo con claridad. Observa a Luis con dureza, fijamente. Muy incómoda por su intromisión, me dispongo a levantarme para ir a exigirle una explicación por aparecer en el funeral de mi madre de esta forma, pero Luis se apresura a levantar una mano y me detiene débilmente. En ese momento, el hombre se percata de mi presencia y dirige hacia mí su mirada. Tan solo es un instante, pero su rostro se relaja y, durante un segundo, su expresión me resulta vagamente familiar. Acto seguido se da media vuelta y, cogiendo dos muletas en las que hasta ahora no había reparado, se aleja apoyado en ellas. Al verlo andar, me doy cuenta de que la pernera derecha de su pantalón está vacía. Con movimientos ágiles, atraviesa la entrada y desaparece de nuestra vista.

—Luis, ¿quién es ese hombre? ¿De qué lo conoces? ¿Qué hacía aquí?

Las preguntas y la incomprensión se agolpan en mi garganta, pero Luis no me escucha, continúa con la mirada perdida, hipnotizado. Intento levantarlo antes de que la tierra mojada le cale la ropa por completo.

—De acuerdo, Luis, tranquilo. Ya hablaremos de esto más tarde. Ahora vamos a tratar de levantarte poco a poco, te estás empapando.

Tras varios minutos, Luis recupera su color. Con ayuda del párroco, logramos que se ponga de pie. Su expresión continúa ausente, demacrada. El traje, medio caído, está lleno de barro en el costado. Sé que quiere mantener la compostura, pero sus manos le tiemblan con brusquedad. Me apresuro a ponerle encima mi abrigo y le doy las gracias al párroco, que por su semblante deduzco que está tan impresionado como yo. Hago que Luis apoye su brazo izquierdo sobre mis hombros para así poder sostener su peso, y nos dirigimos despacio hacia el coche. Le ayudo a subirse en él y le quito como puedo su abrigo y la chaqueta del traje para evitar que coja frío durante el trayecto de vuelta. A continuación me apresuro a subirme a mi asiento y enciendo la calefacción al máximo. Siento un nudo de angustia que crece en mi estómago, todavía estoy incómoda por la extraña visita de ese hombre.

No sé a qué atenerme, necesito alguna explicación. Elijo muy bien mis palabras para evitar que se bloquee y le pregunto únicamente lo que de verdad me inquieta:

—¿Ese hombre conocía a mamá?

Pero Luis tiene la vista fija en el frente y ni siquiera se gira para mirarme. Sé que me está ocultando algo y no puedo evitar sentir rabia en mi interior ante su actitud, pues es algo que me atañe, y más después de lo que acaba de suceder. Decido, sin embargo, no insistir más. Encogido en el asiento de copiloto, con las piernas y los brazos entumecidos, su aspecto es frágil. Pongo el coche en marcha y deseo llegar a casa cuanto antes. A mitad de trayecto la lluvia cesa y a lo lejos se distingue algún claro en el cielo. Pero la niebla ahora parece haberse trasladado al interior del coche, envolviéndonos a Luis y a mí en una silenciosa y borrosa realidad, en la que ninguno parece poder ni querer percibir al otro, tan sumidos como estamos cada uno en nuestros propios pensamientos.

De nuevo frente a la pequeña mesa de madera de la cocina, con un café humeante entre las manos, el sonido del segundero de fondo dictando el paso del tiempo y el jarrón vacío de flores, repaso una vez más lo vivido esta mañana. Una segunda ducha, esta vez caliente, y el delicioso guiso de Carmen, siempre pendiente y cuidándome, han conseguido templar mi cuerpo. Pero cuando he llegado a casa me sentía muy extraña, inquieta y confundida. La pérdida de mi madre, toparme tan de cerca con su pasado oculto, la visita de un extraño en su ceremonia, lo que sea que Luis está ocultándome... Demasiados acontecimientos en muy poco tiempo. Por un momento dudo si acercarme a casa de Carmen y Manuel para contarles lo ocurrido, pero sé que para ellos va a suponer un disgusto y no quiero ocasionarles otro más, al menos no hoy. Además, sinceramente, no creo que sepan algo más de lo que yo sé.

Ha sido extraño tener tan cerca a mis abuelos y al mismo tiempo sentirlos como las personas lejanas y desconocidas que siempre han sido para mí. La primera vez que acudí con mi madre al cementerio estaba tan inquieta que ni siquiera recordaba sus nombres. La inscripción en su lápida rezaba: «Don Francisco Giménez (1878-1934) y doña Pilar Giménez (1883-1934)». Tras aquel día desconcertante en el que enterré mi curiosidad hacia ellos por el bien de mi madre, acepté la ausencia de su figura, igual que la de mi padre. Atribuí el hermetismo de mi madre a una profunda tristeza por aquella dolorosa pérdida cuando era tan joven. Sin embargo, no dejo de pensar en el motivo por el que hoy Luis ha reaccionado con el mismo hermetismo que mi madre, pese a que ella ya no está. No lo he visto emocionado por regresar al lugar en el que trabajó cuando era joven, todo lo contrario: estaba visiblemente incómodo. Después de lo ocurrido en el cementerio, no ha respondido a ninguna de mis preguntas, como si él también guardase un mal recuerdo de aquella época que prefiere no tocar. ¿Acaso ocurrió algo más en aquella casa que explique el hecho de que nunca rememorasen juntos esa etapa? Parece como si ambos, bajo un tácito acuerdo, hubiesen obviado siempre ese capítulo de sus vidas, pese a la claridad con la que, al menos Luis, recuerda todo, a juzgar por la manera en que esta mañana me fue refiriendo todos los detalles de la historia de la casa, sin ningún esfuerzo. No mantuvieron el contacto con ningún otro compañero y hasta hoy ninguno de los dos volvió a visitarla. ¿Qué les llevó a abandonar su trabajo y venirse a Santillana? ¿La guerra, quizá?

Bebo un trago largo de café. Mi mente reproduce una vez más la visión del hombre del cementerio a través de la lluvia. ¿Quién demonios era? Por un momento su expresión me ha recordado a alguien, pero por más que hago memoria no consigo ubicarlo. Me desespera pensar que Luis lo conoce, su reacción ha sido inmediata y está claro que no era alguien que esperase ver por allí. Incluso me atrevería a decir por el impacto que ha supuesto para él que es una persona a la que hacía mucho tiempo que no veía. De pronto me viene a la cabeza la expresión de Luis al observar la fotografía en el restaurante del hotel. En ese momento he dudado de si no serían imaginaciones mías, pero, tras lo que ha acontecido después, empiezo a pensar que no me he inventado nada. Luis ha palidecido al mirar la fotografía y quizá su reacción no ha tenido nada que ver con la nostalgia, sino con que ha visto a alguien en concreto. Alguien, teniendo en cuenta el recorrido que ha hecho de la fotografía, situado en la esquina derecha. Pero por más que intento evocar la imagen no consigo recordar el rostro de la persona situada en ese extremo. Al observarla, quienes han capturado mi atención han sido mi madre, Luis y los antiguos propietarios, por los que sentía una gran curiosidad.

Suspiro mientras me bebo el último sorbo de café. Mi mirada vaga distraída a través de la ventana. Sé que Luis podría ayudarme y que él conoce algunas de las respuestas que necesito ahora mismo. Luis trabajó varios años con mamá. Estoy segura de que si ocurrió algo en esa casa él lo sabe. Pero esto no es ningún consuelo, más bien todo lo contrario. Le conozco y sé lo difícil que va a ser conseguir que exprese sus sentimientos, que me cuente qué es lo que ha ocurrido con ese hombre, de qué lo conoce o por qué ha sido tan reacio a visitar la casa. Luis no es precisamente una persona que se abra con facilidad y siempre esquiva todo aquello que le hace sentirse incómodo. Además, está claro que el día de hoy ha estado lleno de sobresaltos y estará agotado. En todo caso, tendré que dejar pasar unos cuantos días antes de volver a hablar con él.

El repentino timbre del teléfono interrumpe mis pensamientos. Me levanto rápidamente hacia la mesita al lado del sofá en el salón, impulsada por la idea de que quizá sea Mario quien está al otro lado del teléfono. Descuelgo acelerada y me responde una voz femenina. Obviamente no es él; sin embargo, que Rocío se haya acordado de llamarme me reconforta enormemente. Ambas forjamos una amistad durante la carrera. Hacía tiempo que no hablaba con ella y posiblemente hayan pasado varios años desde la última vez que nos vimos, pero mantenemos el contacto cada cierto tiempo, especialmente en ocasiones importantes como esta. Hablamos durante media hora, tiempo suficiente para rememorar recuerdos y anécdotas que me permiten desconectar del presente y modificar el rumbo de mis pensamientos. Al colgar, enciendo la televisión para aliviar el silencio en el que se ha vuelto a quedar la casa y, poco después, voy a prepararme la cena. Me acostaré pronto, me encuentro física y psicológicamente agotada.

CAPÍTULO 5

Mayo de 1932

Era de noche y me encontraba en medio de una amplia pradera, con hierba cortada al raso. Había ido allí de excursión con mis padres y nos acompañaban también mis tíos y mis primos, dispuestos a pasar el día en el campo, pero al llegar todo el mundo había desaparecido y el cielo se había oscurecido repentinamente. Los árboles que rodeaban la pradera por tres de sus cuatro lados proyectaron sombras enormes e impenetrables sobre la hierba, como espectros mecidos por el viento. Todo estaba muy oscuro, tan solo lograba distinguir alguna silueta gracias a la tenue luz de la luna creciente que brillaba en lo alto. Por más que giraba sobre mí misma, no veía a nadie. Sin embargo, sentía que algo se estaba acercando, aunque no sabía en qué dirección venía. Notaba que algo acechaba a mi espalda, pero al volverme rápidamente allí no había nada y de nuevo sentía que venía detrás de mí. No podía verlo, pero cada vez se aproximaba más rápido. Lo sentía más y más cerca. No paraba de girar sobre mí misma, desesperada por encontrarlo, por saber qué era aquello que me estaba persiguiendo. Los espectros parecían reírse de mí, acechándome y arrinconándome en el centro de la pradera. Entonces se levantó un repentino aire gélido, provocándome un escalofrío que me recorrió el cuerpo entero y me hizo tiritar. Asustada por su proximidad, por la certeza de que estaba a punto de atraparme, salí corriendo en dirección al único lado del prado que no estaba flanqueado por aquellas sombras siniestras. Corrí con todas mis fuerzas, mientras notaba cómo mi corazón desbocado se aceleraba y me martilleaba el pecho. Sentía que me faltaba el aire, que mis piernas flaqueaban y se plegaban intentando tirarme al suelo, como si me suplicaran que parase, pero no podía dejar de correr. Estaba detrás de mí. No quería que me alcanzase.

Al salir del prado, vislumbré a lo lejos una fortaleza, el muro de piedra de lo que parecía ser un antiguo castillo. Impulsada como por un resorte auné de nuevo fuerzas y seguí corriendo, más rápido si cabe. Me concentré en avanzar hacia la fortaleza, porque si conseguía llegar allí estaría a salvo.

Unas aves enormes aparecieron de repente surcando el cielo y, tras planear sobre mi cabeza unos instantes, se lanzaron en picado hacia mí. Las esquivé como pude, pero al zigzaguear apoyé el pie derecho en el canto de una roca y acto seguido se me dobló y me caí al suelo. Al tratar de reanudar la marcha, el pie me ardió, sentí un intenso dolor, y al mirármelo vi asustada que se iba enrojeciendo y estaba comenzando a hincharse. Miré agobiada hacia atrás e intenté calcular cuánto tiempo me quedaba antes de que me atrapase. Sabía que estaba ahí, pero no podía verlo. Y entonces una ráfaga de aire helada volvió a erizarme la piel. Esta vez más intensa, y durante más tiempo. Como si poco a poco un vendaval cada vez más fuerte se estuviera desplegando a mi alrededor.

Tenía que seguir. Olvidarme del dolor y continuar adelante. Estaba a mitad de camino de la fortaleza. Me puse en pie tambaleándome y eché a correr de nuevo, azotada por el aire que cada vez era más violento, sintiendo cómo el dolor iba en aumento. Me tropecé, caí y volví a levantarme y, por fin, logré alcanzar la muralla. Pero cuando alcé la vista, me di cuenta de que era mucho más alta de lo que parecía a lo lejos y que estaba rodeada por un foso. Me apresuré a bordearla para encontrar la puerta de entrada, tenía que haber un puente en algún lado. Me dirigí hacia la derecha, deseando que aquel fuese el camino más corto y la puerta estuviera en la siguiente pared perpendicular. Pero por más que avanzaba aquel muro no acababa nunca. Corrí asfixiada sin descanso durante instantes que se me hicieron eternos sin conseguir llegar a ninguna esquina. ¿Cómo era posible? Desde lejos había visto que aquella fortaleza tenía forma rectangular y ahora parecía haberse convertido en una muralla interminable, como si abarcase el horizonte entero de extremo a extremo. No veía ninguna puerta a lo lejos, ninguna manera de acceder, y el muro era demasiado alto como para escalarlo. El aire gélido me envolvía, me agitaba con fuerza y soplaba en mi contra, de tal manera que me obligaba a luchar usando el doble de mis agotadas fuerzas para poder avanzar a contracorriente.

No podía más, el pie me iba a estallar. Estaba asfixiada y exhausta. Llevaba horas corriendo y aquello que me perseguía, fuera lo que fuese, cada vez estaba más cerca, sentía que me pisaba los talones y me soplaba en la nuca. Estaba a punto de rendirme y dejar que me atrapase cuando distinguí a lo lejos una figura humana. Estaba demasiado lejos como para saber quién era, si quería ayudarme o si se trataba de una trampa, pero ya no tenía escapatoria, no podía dar media vuelta. Tan solo podía continuar hacia delante.

La figura cada vez se iba volviendo más nítida y, entonces, al distinguir a mi padre, comencé a sollozar. Había venido a salvarme, a sacarme de allí y a luchar contra aquello que me acechaba. Me fijé bien y me di cuenta de que detrás había otra persona... ¡Era mi madre! Allí estaban los dos, unidos, preocupados por mí, sonriéndome para darme ánimo. Sentí un alivio enorme, incluso me olvidé por un breve instante del dolor.

Pero entonces fui consciente de que no se movían. No avanzaban hacia mí para propiciar el encuentro. Ahora que estaba más cerca y podía observarlos mejor, percibí que sus semblantes estaban inmóviles, no reflejaban ninguna expresión.

—¡Papá, mamá! Ya llego, esperadme. Estoy aquí, ¿me veis? —les grité entre jadeos.

Ya quedaba muy poco, estaba a punto de alcanzarlos, pero por más que corría no lograba salvar la distancia que nos separaba. Sollozaba, les rogaba que avanzaran hacia mí, les gritaba lo mucho que los necesitaba, porque sabía que aquellas eran mis últimas fuerzas. Estaban tan cerca..., casi podía tocarlos con las manos, pero al mismo tiempo eran inalcanzables. No me veían, no me animaban para que luchara hasta el último aliento, no hacían nada por acortar la distancia entre nosotros, no me tendían su mano; no se movían. Sus miradas impertérritas me hicieron desistir. No podía hacer nada más, el dolor se había vuelto insoportable y ya era incapaz de detener el temblor de mis piernas y apenas veía a través de las lágrimas.

El aire gélido me absorbía, me arrastraba cada vez con más fuerza hacia su epicentro. Supliqué hasta el último momento que mis padres despertasen de aquel trance y vinieran a por mí. Pero no se movieron, permanecieron impasibles, ajenos a todo lo que ocurría a su alrededor, con la mirada ausente mientras yo desaparecía, vencida y arrastrada por el vendaval.

De pronto abrí los ojos entre jadeos. Me desperté sobresaltada, empapada en sudor. Había vuelto a tener la misma pesadilla otra vez. Mi acto reflejo fue llamar a Rosa, pero aquel día era domingo, su día de descanso. Aturdida por el sueño, me levanté para correr las cortinas. El sol estaba ya bastante alto, a punto de sobrepasar en altura al gran magnolio junto a mi ventana. Había movimiento en el jardín, Aurora y su familia iban en dirección al río para celebrar el cumpleaños de Pilar. A través del cristal, vi cómo se alejaban. Los tres caminaban en línea, uno al lado del otro. Don Francisco agitaba efusivamente las manos, parecía estar contando algo divertido, porque Aurora lo miraba y reía. Los observé hasta que desaparecieron, adentrándose en la profundidad del bosque que limitaba con el jardín, y permanecí allí hasta mucho después. Las lágrimas rodaron por mis mejillas precipitándose hasta el camisón de seda, humedeciéndolo y formando pequeñas manchas. Me sentía como una niña pequeña, abandonada, sola. Maldije en silencio que Rosa no estuviera allí para ayudarme. No obstante, debía ir acostumbrándome a esta situación, pues mi madre había decidido que ya era lo suficientemente mayor como para tener mi propia doncella, así que aquel sería el último verano en el que Rosa viviría con nosotras. A partir de entonces, solo vendría para impartir las lecciones cada mañana y después se iría a una pequeña casa que tenía pensado alquilar en el pueblo. Sabía que Rosa no iba a estar eternamente a mi lado, pero lo cierto es que la necesitaba, quizá más de lo que yo misma era consciente. La inminencia de aquellos cambios junto con la conmoción por la pesadilla no hicieron sino acrecentar la inestabilidad de mis sentimientos.

Aurora caminando por el jardín, arropada por su familia, era la imagen de la protección, y de la unidad. Vivían y trabajaban juntos, se iban todos a pasar el día en el campo, celebraban las fechas importantes... Espiándolos desde mi ventana, con la mente aturdida por el nítido recuerdo de la pesadilla que me perseguía y con el camisón salpicado de lágrimas, saboreé con demasiada nitidez la amargura de la soledad. Por más que lo anhelase, a aquellas alturas sabía perfectamente que yo nunca alcanzaría a tener aquello con mi propia familia.

La luz del sol, elevado en lo más alto del cielo, iluminaba las copas de los árboles con tanta fuerza que sus hojas más altas parecían de color plateado. Sentía su intensidad a través de mi blusa, calentándome la piel. A intervalos regulares una suave brisa contrarrestaba su efecto provocando un agradable susurro entre las hojas de los árboles. A esa hora del día todo parecía brillar, los colores mostraban con orgullo sus resplandecientes tonalidades. La primavera, ayudada por las intensas lluvias que se habían producido en los días anteriores, había bañado todo a nuestro alrededor de un verde intenso. Papá, entusiasmado, caminaba rezagado diciéndome que prestase atención.

—Aurora, ¿no te parece todo verde? Y lo es, claro que sí, pero, fíjate bien, ¿cuántas tonalidades de verde distingues en realidad? Es maravilloso, solo en los árboles soy capaz de distinguir cientos de ellas y, a medida que avance el día y el sol vaya descendiendo iluminándolas por detrás, los colores serán totalmente diferentes, más cálidos, más dorados. Me sentaría aquí mismo y estaría horas contemplando cómo la luz va pintando el paisaje a su antojo, cómo los colores evolucionan a cada instante..., quizá incluso me atrevería a pintarlo.

Mamá, que encabezaba la caminata a través del bosque, se giró para mirarlo con una sonrisa afectuosa y respondió:

—No me cabe duda, pero más vale que apresures el paso o cuando queramos llegar al río la comida estará helada. Además estas botellas de leche me están baldando, ¡más nos vale bebernos hasta la última gota si queremos volver ligeros!

Mamá estaba muy guapa. Como siempre en las ocasiones especiales, llevaba el pelo suelto, con un par de mechones recogidos con un pasador en forma de flor. Parecía mucho más joven cuando se quitaba el moño tirante y alto con el que se peinaba a diario. Siempre me asombraba cómo le cambiaba la forma de la cara. Recuerdo que aquel día me sorprendió ver lo largo que tenía el cabello: le caía ya por debajo de los hombros. Aunque ambas teníamos el color muy parecido, castaño claro, el suyo me gustaba más porque tenía mechones casi rubios. Resplandecían bajo el sol y la hacían brillar. Papá aceleró un poco el paso, pero a los pocos minutos volvió a detenerse.

—Acércate, Aurora, ¿ves esta flor tan alargada que cae hacia abajo, que parece una espiga invertida? Se trata de la flor masculina del abedul. Si por el contrario fuese rojiza y brotase en medio de la rama, en vez de al final, sería una flor femenina. Aunque a simple vista quizá no te lo parezca, este árbol es capaz de curarte. De pequeño, cuando mis hermanos y yo nos caíamos, mi madre nos embadurnaba las heridas con el líquido que soltaba la corteza al cocerla. No solo nos las desinfectaba, sino que además ayudaba a que cicatrizasen.

—Pero, Francisco, por favor, ¡encima no frenes a la niña, que también va cargada! —Intuimos que la voz de mamá nos llegaba desde el otro lado de una curva, porque ya no la veíamos.

—Vamos, Aurora, antes de que tu madre se enfade, pero recuerda: uno en la naturaleza nunca puede aburrirse. Quien se aburre es porque...

—... desconoce todo lo que puede llegar a ofrecerle —interrumpí para completar su habitual frase, mientras le sonreía alzando las cejas para demostrarle que tenía dominada la lección.

Papá rio complacido.

—Vaya, veo que ya te lo sabes de memoria, pero es tan cierto que nunca me cansaré de recordártelo. Aquí siempre hay algo que descubrir, algo que aprender. Otro día te enseñaré cómo te puede ayudar ese otro gran árbol de allí.

Yo miraba hacia todas las direcciones que mi padre me señalaba. Aquellos paseos no eran muy frecuentes, si acaso algunos domingos cuando la señora Adela visitaba a sus parientes en Comillas o alguna de las tardes que teníamos libres cada dos semanas. Pero lo cierto es que siempre había algún recado que hacer y nos dirigíamos al pueblo o directamente el mal tiempo no lo permitía. Así que avanzaba feliz a través del bosque, disfrutando de cada momento del día. Era el séptimo año que bajábamos los tres al río para celebrar el cumpleaños de mi madre. Durante los días previos, mis padres se las arreglaban para adelantar todas sus tareas y así conseguíamos la aprobación de la señora, quien no había puesto ninguna objeción a nuestro día libre, sino todo lo contrario, nos ofreció incluso el carruaje. Pero, por supuesto, la caminata formaba parte de la tradición, así que los dos declinaron amablemente su oferta.

El asa de la cesta de la comida me estaba dejando una marca roja en mi antebrazo y sentía cómo las gotas de sudor me caían desde la nuca y resbalaban por dentro de la blusa, haciéndome cosquillas en la espalda, pero no prestaba demasiada atención a ninguno de estos pequeños inconvenientes, alentada por la recompensa que me esperaba al final del camino: un refrescante baño en el río. Nuestras pisadas y el roce de mi falda al andar eran lo único que se escuchaba junto con el canto de cientos de pajarillos. Dos mariposas nos adelantaron volando enredadas a nuestro alrededor justo en el momento en el que el bosque se abría y daba paso al tramo final, formado por grandes prados de hierba atravesados por el sendero que descendía hacia el río.

—¡Vamos, chicas! ¡Ya no queda nada! —dijo papá, que había acelerado el paso—. Prácticamente ya puedo ver el río, ¡seré el primero en llegar y bañarme!

—De eso ni hablar —le respondí riendo al tiempo que echaba a correr sujetando la cesta con ambas manos para que la comida no se bambolease.

Aunque el sendero alcanzaba la orilla del río, en la última bajada no pude evitar resistirme y abandoné el camino para sumergirme en la alta hierba que me llegaba hasta las rodillas y estaba salpicada por pequeñas flores malvas y amarillas. Eran las mismas, con cuatro pétalos en forma de corazones, que recogíamos en primavera Cristina y yo cuando éramos pequeñas alrededor de nuestra cabaña para decorarla. Una vez a la sombra del gran árbol bajo el que siempre comíamos, me apresuré a dejar la cesta con la comida y a quitarme la blusa y la falda. En ropa interior, me dirigí con cuidado hacia el desnivel que salvaba la altura entre el prado y el río. Fue entonces cuando lo vi por segunda vez.

Se estaba bañando en el río, a poco más de doscientos metros de donde yo me encontraba. Nadaba sin parar de una orilla a otra cruzando transversalmente el cauce, que bajaba con fuerza en el tramo en el que él se encontraba antes de frenar en una pequeña presa, caer como en una especie de cascada y formar el remanso en el que yo me hallaba. Al principio no lo reconocí. Simplemente aquel muchacho, con sus ágiles y rápidos movimientos, provocó en mí una repentina curiosidad y no pude evitar observarlo. Aunque con cierto sobrecogimiento y siendo consciente de que aquello no era apropiado, no aparté la vista de él durante los primeros instantes.

Entonces se incorporó poniéndose en pie con agilidad en una de las orillas y, a través de las ramas de los árboles que bordeaban el cauce del río, pude ver su torso desnudo, percatándome alarmada de que aquel desconocido se bañaba sin camiseta interior, tan solo con unos finos pantalones de hilo. Al verlo de pie intuí que debía de ser varios años mayor que yo. Se dobló sobre sí mismo para recoger con ambas manos el agua helada del río y lavarse con presteza la cara. Después cogió una toalla que colgaba de una rama y, agitando los brazos, se sacudió el agua del cabello.

Aquella piel tan morena, aquel pelo tan oscuro, esos movimientos tan rápidos y confiados en ese mismo lugar solitario en el que no era frecuente encontrarse a alguien... Fue entonces cuando caí en la cuenta. Me resultaban familiares porque era el mismo muchacho que había visto años atrás con Cristina en el río. Había crecido mucho, su cara se había alargado y su cuerpo, antes delgado, se había ensanchado y ahora era fuerte y musculoso. Pero sin ninguna duda era él. Su manera de desenvolverse y su mirada eran las mismas. Reconocí aquellos ojos castaños rasgados con los que se nos había quedado mirando fijamente.

Recogió la camisa que había dejado tendida sobre una piedra y, antes de darse la vuelta, como si lo hubiera premeditado, como si supiese desde hacía un rato que yo le estaba observando, alzó su vista y me miró. Al sentirme descubierta, me sonrojé de pies a cabeza y, alarmada, disimulé fijando la mirada en el río. Pero sabía que sus ojos seguían clavados en mí, mientras sentía una intensa ola de calor arremolinándose en el centro de mi estómago. En contra de mi propia voluntad, no pude evitar alzar de nuevo los ojos y entonces me sonrió. Era una media sonrisa, ladeada, que me hizo sentir ridícula y me maldije por haber permitido que me descubriese espiándolo a escondidas. Acto seguido, se giró y se alejó. Sin más, como la primera vez que lo vi.

Me quedé donde estaba, inmóvil, con el agua cubriéndome hasta las rodillas, enfadada conmigo misma y abrumada por la extraña sensación que aquel desconocido había desatado en mi cuerpo. En los últimos meses este parecía estar despertando, igual que la naturaleza comenzaba a brotar a mi alrededor tras un largo letargo. Mi cuerpo estaba evolucionando y estaba experimentando cambios que yo todavía no comprendía.

—Pero ¡Aurora, qué haces ahí parada, al final gano yo! —gritó a mi lado mi padre sacándome de aquel trance.

Adelantándome por la derecha, pegó un salto y se sumergió en el río con un solo movimiento.

—¡Caray, será posible que cada año esta agua esté más fría! —exclamó mientras ahogaba un grito.

Aunque ya era tarde, me metí en el río, deseando que el agua helada se llevase aquella extraña sensación y mis pensamientos volviesen a su cauce habitual. Sin embargo, no pude evitar echar un último vistazo hacia la parte alta del río. A lo lejos, aquel joven desaparecía entre los árboles caminando descalzo en dirección a los prados.

—Corre, Aurora, ven. Despacio. Mira, una culebra de agua.

Como no podía ser de otra forma, papá ya había comenzado a explorar todas las posibilidades de la zona. Me acerqué reticente para ver a aquel serpenteante animal sin poder evitar una mueca.

—Creo que prefiero las ranas que me enseñaste el año pasado.

—Es cierto, ¿dónde se habrán metido? Hoy no he visto ninguna. Tendré que prestar más atención.

—¿Más? —contesté riendo distraída.

El día era radiante, el sol de mayo brillaba con fuerza en lo alto. Mamá había extendido el mantel de cuadros rojos y blancos y estaba sacando la comida de la cesta. Al salir del agua, me tumbé en la hierba y me sentí reconfortada por el contraste entre el incipiente calor y la humedad de la ropa mojada en mi piel. La comida, que habíamos preparado juntas mi madre y yo aquella mañana, estaba deliciosa. Por no hablar de los famosos buñuelos de mamá con mermelada de ciruela y nata, cuya receta no compartía con nadie y que tan solo hacía en ocasiones especiales. «La conocerás llegado el momento», solía decirme mientras sonreía misteriosa.

Todo lo que estábamos experimentando ese día nos condujo a un estado de sopor que nos obligó a tumbarnos a los tres al terminar de comer. Bajo el gran roble la temperatura era perfecta. La suave brisa agitaba las hojas a intervalos regulares y mis padres no tardaron en dormirse. Reinaba la tranquilidad, el día era radiante y todo debería de haber sido perfecto, como cada año. Pero en mi interior tenía la inexplicable sensación de que algo había cambiado. Luché con todas mis fuerzas por demostrarme a mí misma lo contrario, por concentrarme en el relajante murmullo del agua, en su imparable avance sorteando rocas y ramas vencidas por el viento. Más tarde traté de concentrarme en lo que papá me estaba explicando o en lo que mamá me estaba pidiendo. Pero mi cabeza me traicionaba una y otra vez, sin control alguno, y mis pensamientos volvían obstinadamente a la misma pregunta: ¿quién era aquel joven?

CAPÍTULO 6

Septiembre de 1932

E l día de mi catorce cumpleaños me levanté temprano, impaciente y un poco nerviosa, como cada año. Pero aquella ocasión era más importante si cabe que las anteriores, pues iba a suponer un periodo de grandes cambios para mí.

Por un lado, mi habitación dejaba de estar en el sótano junto a la de mis padres, donde dormía desde que era pequeña, para trasladarme al último piso de la casa, frente a la habitación de Gloria. En la buhardilla las habitaciones del servicio eran amplias y luminosas, en contraste con las del sótano, que tan solo poseían una pequeña rendija en la parte alta de una de las paredes, por la que, durante las horas en las que el sol estaba alto, a duras penas entraba un tenue rayo de luz. En cambio, mi futura habitación contaba con una gran ventana orientada al oeste por la que vería amanecer cada mañana. Además, la cama y el armario eran más grandes y tendría mi propio tocador con espejo, que hasta entonces compartía con mi madre. Pero, más allá de la luminosidad, del mobiliario o de la sencilla pero bonita decoración que habíamos confeccionado entre mi madre, Gloria y yo, lo que de verdad me emocionaba era la promesa de privacidad que me ofrecía aquel cuarto.

Por supuesto, seguía estando muy unida a mis padres y sentía cierta nostalgia al abandonar las estancias en las que había vivido desde mi nacimiento, que representaban un hogar para mí; pero lo cierto es que aquel cambio llegaba en el momento oportuno. Nunca supe si fue casualidad o mis padres fueron conscientes de ello, pero por aquel entonces pesaba en mí una necesidad difícil de explicar, pues yo nunca había sido solitaria: empezaba a echar de menos de vez en cuando espacio y tiempo para mí misma. Para reflexionar y comprender los cambios que se estaban produciendo en mí, tanto los que saltaban a la vista como los que iban desestabilizando mi interior: aquellas sensaciones y pensamientos tan novedosos, de los que no era capaz de hablar con nadie y cuyo detonante sin duda alguna había sido la presencia fortuita de aquel desconocido en el río meses atrás. Por ello, el traslado a otro cuarto representaba un primer y tímido paso hacia la edad adulta, acrecentado además por la toma de responsabilidades que suponía el segundo gran cambio: a partir del día siguiente me convertiría en la doncella de Cristina, tal y como mis padres habían acordado con la señora Adela. Esto por supuesto no había sido inesperado, sino que llevaba años pactado y yo me había estado preparando durante varios meses para ello. Todos los días acompañaba a mamá a la habitación de la señora para observar las tareas que iba a tener que desempeñar con Cristina, quien hasta ese momento había estado al cuidado de Rosa.

En primer lugar, debería estar lista cuando sonaran las campanas que anunciarían el comienzo de mi jornada laboral. Esto suponía que tendría que estar aseada, peinada y vestida, con la cama hecha y con mi habitación aireada y recogida. Después bajaría a la cocina, recogería el desayuno y lo llevaría a la habitación de Cristina, en la segunda planta. Cuando acabase, la ayudaría a peinarse, asearse y vestirse con la ropa que previamente debería haber planchado. Cristina asistiría a sus lecciones durante la mañana y yo me encargaría de lavar la ropa del día anterior y de tender la colada. Al acabar, como venía haciendo hasta ese momento, ayudaría a mamá o a Gloria. Las tardes en principio serían tranquilas.

En caso de que mamá tuviese que ausentarse para hacer algún recado en el pueblo, yo sería la responsable de servir el té en el salón para la señora a primera hora de la tarde. Así mismo, durante los meses de invierno, tendría que supervisar y avivar el fuego de la chimenea cuando fuese necesario y, por supuesto, estar pendiente por si Cristina me necesitaba en algún momento. Por las noches, sobre las diez, acudiría a su cuarto para ayudarla a desvestirse, cepillarle el cabello y ponerle el camisón.

Estaba ilusionada porque por primera vez iba a desempeñar sin ayuda todas esas responsabilidades. No estaba nerviosa, me sentía preparada, si acaso me preocupaba un poco tener que mantener el trato de cortesía en el que tanto empeño había puesto siempre mamá, pues al fin y al cabo se trataba de Cristina. «Sé que sois grandes amigas y tenéis confianza. No digo que actúes como si no os conocierais, ni mucho menos; de hecho es toda una suerte que la conozcas tan bien, pues así sabrás cómo servirle correctamente. Pero sí has de hacer un esfuerzo durante el tiempo de servicio y recordar que no estáis divirtiéndoos. Es tu trabajo de ahora en adelante, Aurora. Debes hablarle con respeto y formalidad y atender sus necesidades», solía recordarme mientras me miraba con preocupación. Entonces yo asentía con determinación y firmeza para demostrarle que estaba preparada.

La mañana del día de mi catorce cumpleaños transcurrió veloz mientras subíamos y bajábamos por la escalera de servicio, desde el sótano hasta la buhardilla, transportando las pertenencias que faltaban hasta mi nueva habitación. Por fortuna, no tenía demasiadas. Aproveché para sacar de las cajas la ropa de invierno y lavé, tendí y guardé mi ropa de verano hasta el año siguiente. Los últimos días de septiembre cada vez se apagaban antes y el frío había llegado para quedarse.

Gloria preparó un suculento y delicioso guiso y un pastel de chocolate y galleta en el que soplé las velas después de comer mientras ella y mis padres aplaudían, sonrientes. Mi deseo fue sencillo, que todo siguiera como hasta entonces. Me sentía afortunada, querida y arropada. Éramos realmente una pequeña familia.

Aunque había insistido en que no quería nada, Gloria me sorprendió con un precioso edredón de lino blanco para mi habitación que había estado confeccionando a escondidas cada día después de comer y, aunque no quiso admitirlo, con toda probabilidad más de una noche. Mis padres me regalaron un grueso jersey de lana también hecho a mano por mamá y un delicado jarrón de porcelana blanca.

—Para que decores tu nueva habitación —me dijo mamá mientras lo desenvolvía con cuidado.

—Y el jersey y el edredón para que no pases frío, porque allá arriba no veas cómo baja la temperatura por las noches —añadió Gloria.

Les di las gracias y un beso a cada uno. A continuación, Gloria se fue a la cocina a preparar los cafés y varios minutos más tarde la vimos regresar arrastrando los pies, como si en el breve trayecto que la separaba de los fogones algo hubiese absorbido toda su energía. Dejó la bandeja en la mesa mientras suspiraba y, alicaída, se dejó caer en uno de los bancos. Mis padres y yo nos miramos con complicidad. Gloria siempre se emocionaba y sufría un lapsus de tristeza cada vez que alguno de nosotros cumplía años. Tal y como suponíamos, no tardó en decir:

—Hay que ver cómo pasan los años. Hace nada era un bebé regordito que acababa de nacer y ahora, mírala, echa una mujer.

Y acto seguido sacó su pañuelo, que escondía entre sus generosos pechos bajo el corsé, y se secó los ojos.

—Tiene razón Gloria, el tiempo parece volar —aceptó papá mientras dirigía su atención hacia mí—. Recuerdo como si fuese ayer el día en que naciste, cómo rompiste a llorar y no paraste en toda la noche. Parecía que no te había sentado bien salir del vientre de tu madre. Al principio he de reconocer que nos asustaste —admitió mientras reía—. Pero experimentaste un gran cambio al cabo de los meses.

Te relajaste y te convertiste en una niña tranquila y dormilona.

—Así es —afirmó mamá—, menos mal, porque los primeros meses fueron tremendos. Cuando sonaban las campanas por la mañana, había veces que no sabía ni dónde estaba ni adónde tenía que ir. Con un poco de suerte nos habías dejado dormir un par de horas. Creo que nunca he derramado más tazas o tenido tantos despistes como en aquella época. Además, también nos encargábamos de ayudar a la señora Adela con Cristina, que apenas tenía seis meses. Tuvieron problemas para encontrar una niñera que les convenciese, cada dos semanas veíamos entrar por la puerta a una nueva. Y, por supuesto, había que cuidar de María, la madre del señor Ignacio, que todavía vivía por aquel entonces, pero estaba ya muy mayor y requería de muchos cuidados. Parecía reinar el caos a nuestro alrededor. —Hizo una pequeña pausa antes de afirmar—: La verdad es que fue una suerte que los señores nos permitieran criarte aquí, siempre les estaré agradecida por ello.

Papá asintió con firmeza y Gloria admitió:

—Fueron piadosos, sí, pero cómo no iban a serlo, si ellos mismos acababan de tener un bebé.

La tarde transcurrió tranquila, entre confidencias y recuerdos. A última hora salimos a dar una pequeña vuelta por los alrededores de la finca para aprovechar los últimos rayos de sol y, por la noche, llegó el momento que esperaba con tanta emoción. Antes de subir a mi nueva habitación, mi madre me pidió que la acompañara. Intrigada, la seguí hasta su dormitorio y al entrar cerró con delicadeza la puerta tras nosotras. Se giró, me miró con suavidad y enlazó con delicadeza mis manos entre las suyas.

—Aurora, quizá en estas últimas semanas te he presionado demasiado, insistiendo mucho en cómo debes comportarte a partir de ahora con Cristina. Pero me he dado cuenta de que en realidad estaba proyectando sobre ti mi propio miedo y no quiero que sea así. Tu padre y yo tuvimos muchas dudas sobre si criarte aquí sería lo correcto, precisamente porque sabíamos que era imposible que no surgiera la amistad entre vosotras, tan parecidas en edad, y nos preocupaba que eso te confundiese y olvidases cuál era tu lugar, cuál era nuestro lugar en esta casa. Que no comprendieses que un día tuvieses que empezar a servir a tu amiga. Pero me he dado cuenta de que me llevas demostrando desde hace mucho que esto no es así, solo que yo me había estancado en ese temor. Me lo has hecho ver durante años con tu atención constante y tus ganas de ayudarnos a todos. Puedo leer en tu mirada la responsabilidad y la seguridad con la que vas a afrontar esta nueva etapa. Y quiero que sepas que, pese a todas las veces que he podido insistir en este aspecto, no he dudado de ti. Estás más que preparada y quería que supieras que confío plenamente en ti. Pero por si acaso alguna vez se te olvida...

Mamá se giró hacia el armario, abrió una de sus puertas y sacó de una cajita un objeto envuelto en terciopelo negro. Lo colocó sobre el tocador, lo desenvolvió y a continuación lo cogió entre sus manos, abriéndolo con cuidado. Se trataba de un espejo de bolsillo de plata. En una de las tapas estaba el cristal enmarcado en filigrana y en la otra, cincelado en el metal, había un bonito dibujo formado por multitud de flores y pequeñas hojas que crecían en espiral. Miré a mi madre confundida, nunca había visto aquel objeto tan bello entre sus pertenencias. Ella me lo entregó y observé mi rostro en el cristal un poco desgastado por el paso del tiempo. Mi madre continuó hablando, mirándome a través del espejo:

—Me lo regaló mi madre hace ya muchos años. Y a ella, a su vez, se lo regaló su madre, tu bisabuela. Ha pertenecido a tres generaciones de mujeres de nuestra familia, cuatro a partir de ahora. Aunque contaba con que sería tuyo, dudaba acerca del momento adecuado para entregártelo. Mi madre me lo regaló el día antes de mi boda. Pero yo no he querido esperar tanto, porque sé que tenía que dártelo ahora. Te lo entrego para que, cada vez que veas en él tu reflejo, distingas a la misma mujer que veo yo. Aún joven, pero ya poseedora de una gran madurez, buena y sensata. Nunca olvides esto. Si acaso alguna vez dudas, abre este espejo y mírate en él. Me verás detrás, tal y como estamos ahora, y entonces podrás verte a través de mis propios ojos. Y, créeme, veo a una mujer maravillosa.

Mis lágrimas convirtieron nuestro reflejo en una imagen borrosa. Me giré para abrazar con fuerza a mi madre. Después de unos segundos, al ver que no me despegaba de ella, se deshizo con suavidad de mi abrazo y me instó a subir a mi nuevo cuarto:

—Vamos, que seguramente Gloria te está esperando y querrá acostarse.

La abracé otra vez y le di un beso en la mejilla. A continuación, fui a la cocina para despedirme de mi padre y le hice un gesto a Gloria para indicarle que ya podíamos retirarnos. Subí tras ella hacia la buhardilla por la escalera de servicio, sujetando entre mis manos una palmatoria con una vela encendida para alumbrar los escalones. Llegué al último piso jadeando, pero muy ilusionada. Al abrir la puerta de mi habitación, sonreí. Me costaba creérmelo. Mi propia habitación en el último piso. Emocionada, me despedí de Gloria con otro beso en la mejilla y cerré con cuidado la puerta. Me desvestí, me puse el camisón, extendí el edredón de Gloria sobre la cama y, cuando estaba a punto de meterme en ella, sonó de repente la campana de Cristina. Sorprendida, me puse una toquilla y me apresuré a bajar a su habitación.

Cristina estaba tendida sobre su cama, todavía vestida con falda y camisa. Al verme, se incorporó y vino hacia mí.

—¿Ocurre algo? —pregunté desde el umbral de la puerta—. ¿Rosa ya se ha ido, no te ha ayudado a desvestirte?

—No, no es eso, ahora vendrá. Pasa, no te quedes ahí. Tan solo quería felicitarte y darte tu regalo de cumpleaños. Me ha sido imposible hasta ahora, acabamos de llegar. He estado todo el día en casa de mi tía y la reunión se ha prolongado más de lo que esperaba.

—No te preocupes. Sabes que no hacía falta que me regalases nada.

—Lo sé, pero me hacía ilusión.

Cristina me tendió un pequeño paquete. Me sentía abrumada. No estaba acostumbrada a recibir regalos, y mucho menos tantos en un solo día. Todavía no me había recuperado de la emoción del último. Con manos temblorosas, retiré el papel con el que lo había envuelto y apareció una caja de terciopelo rojo. La abrí con cuidado y en su interior descubrí una cadena de oro con un pequeño colgante en forma de estrella. En medio, tenía un cristal del que brotaban cientos de destellos cuando la luz se reflejaba sobre él. Era precioso.

—Mira, yo me he comprado otro, para que ambas llevemos el mismo —me dijo Cristina mientras se desabrochaba el último botón de su camisa y sacaba su colgante.

Aquel nuevo regalo hizo que me emocionase, no sabía cómo darle las gracias. En cuestión de media hora había recibido dos regalos que, más allá de lo material, tenían un profundo valor personal para mí. Hice un esfuerzo para expresar con palabras el profundo agradecimiento que sentía, pero, antes de que pudiera hablar, Cristina se adelantó mientras abría los brazos:

—Lo sé, anda, ven aquí. —Mientras me estrechaba con fuerza añadió—: Felicidades, Aurora. Gracias por otro año más siendo mi mejor amiga.

A esas alturas ambas sabíamos que de las dos era Cristina quien tenía el don de la palabra y que no necesitaba una respuesta. Así que me limité a estrecharla aún más fuerte entre mis brazos. Cuando estaba a punto de abandonar su habitación para regresar a mi cuarto, me llamó una última vez y me dijo:

—Prométeme que todo va a seguir igual y nada va a cambiar a partir de mañana.

A lo que respondí con firmeza:

—Lo prometo.

Nos sonreímos, cerré con cuidado su puerta y subí de nuevo al último piso. Aquella primera noche en la buhardilla me costó mucho dormir. La excitación por los importantes acontecimientos del día junto con la extrañeza del nuevo cuarto y sus sonidos me lo impedían. El viento silbaba por algún hueco de la ventana y las vigas de madera del techo crujían como si se estuvieran partiendo encima de mí. Tuve que encender varias veces la vela en mi mesilla para comprobar que todo seguía en orden. Tras muchas vueltas y varias horas, logré por fin quedarme dormida.

Por aquel entonces no podía imaginarlo, pero, con el paso del tiempo, la reciente promesa entre Cristina y yo se rompería y las cosas cambiarían entre nosotras. De manera progresiva, nuestra amistad se fue deshaciendo y ya nada volvería a ser lo mismo. Podría pensarse que el detonante fue el hecho de que yo comenzase a trabajar para ella en aquella época, pero lo cierto es que con el paso de los años tuve que admitir que, aunque el orden de los acontecimientos hubiese sido otro, tarde o temprano el resultado habría sido el mismo... porque aquello estaba relacionado con nuestra naturaleza. Todos los sucesos que acaecieron después nos cambiaron y pusieron de manifiesto grandes diferencias entre ambas que en aquel momento ignorábamos. Poco a poco, aquel abrazo iría perdiendo fuerza y nuestra amistad se difuminaría en el tiempo.

CAPÍTULO 7

Marzo de 1992

E l té verde que me ha preparado Carmen despide un aroma dulce y relajante. En su casa rara vez se bebe café y menos cuando voy yo, ocasión que ella siempre aprovecha para recordarme que tomo demasiado a lo largo del día. Aunque le he pedido que no se moleste en sacar nada, enseguida ha llenado la mesa de la cocina de pastas, galletas y ahora trae una bandeja con media quesada.

—Es lo que ha sobrado del desayuno. —Y lo dice como disculpándose por que no esté entera—. A Manuel ya sabes que le encanta.

—Carmen, no te preocupes, de verdad, he comido hace nada y estos días no tengo demasiado apetito.

Pero, lejos de sentirse satisfecha, desaparece una vez más en la despensa y vuelve con un tarro de mermelada de arándanos.

—Para la quesada —se justifica.

Por fin se sienta a mi lado y habla en voz baja para no despertar a Manuel, que está en el salón, al lado de la cocina, durmiendo.

—¿Qué tal llevas la recogida de sus cosas? —me pregunta con cautela.

—Bueno, ya sabes lo organizada y ordenada que era mamá. Tenía muy pocas pertenencias, no tenía reparo en tirar todo aquello que considerase que se había quedado obsoleto o directamente innecesario. Esto me ha facilitado mucho las cosas. Esta mañana me he dedicado a guardar su ropa y tampoco hay mucho más. Esta tarde subiré a ordenar el desván, creo que hay tres o cuatro cajas olvidadas ahí desde hace años. Por cierto... —Rebusco en el bolso y saco una pequeña bolsa de tela—. Te he traído el broche que mamá dejó para ti. Tal y como nos dijo, estaba guardado en el cajón de su mesita de noche.

Le tiendo la bolsa a Carmen y al abrirla los ojos se le llenan de lágrimas. Lo coge con manos temblorosas mientras me dice emocionada:

—Es precioso. Muy bonito.

El broche tiene forma de lágrima, con intrincados ornamentos en plata que rodean un pequeño cristal en forma de corazón de color turquesa. Tiene también pequeñas incrustaciones en la plata de marcasitas que le provocan destellos a la luz. Al meterlo de nuevo en la bolsa, Carmen saca una pequeña nota doblada. Al terminar de leerla me la tiende y con un pañuelo se seca los ojos.

Para ti, Carmen, por tu lealtad. Por rescatarme. Gracias a ti la vida me dio una segunda oportunidad.

Sé que es una nota reciente, porque la letra de mamá está distorsionada, escrita con manos temblorosas. Posiblemente de hace tan solo un mes o quizá semanas, cuando los síntomas se agudizaron y sus fuerzas empezaron a desaparecer aceleradamente.

Por rescatarme.

—Carmen, ¿a qué se refiere mamá con estas palabras?

—Supongo que a sus primeros años aquí en Santillana, allá por 1936. Ya sabes que, a los pocos meses de que se casase con tu padre, lo llamaron a filas y ella se vio sola y desprotegida. Acababa de llegar y apenas conocía a nadie aquí. Tus abuelos paternos, pese a que eran buena gente, nunca fueron personas cercanas o... cariñosas, y Aurora, embarazada, sin trabajo y viendo cómo se cernía sobre nosotros una guerra, necesitaba más que nunca cierto apoyo y seguridad. Siempre daré las gracias a doña Luisa, mi vecina por aquel entonces, pues fue la que me habló de ella. Yo ni siquiera sabía de la llegada de tu madre, pero afortunadamente mis vecinos, ya jubilados y con mucho tiempo libre que ocupar, se entretenían enterándose de todo lo que ocurría en Santillana y sus alrededores. Siempre estaban al tanto de lo que se cocía en cada rincón.

Carmen sonríe mientras recuerda. Hace una pausa para beber un sorbo de té y aclararse la voz y continúa hablando en voz baja:

—Por supuesto, tu madre enseguida aceptó mi ofrecimiento de trabajo en la pastelería. Por aquel entonces mi madre estaba ya bastante enferma y no me podía ayudar. El volumen de trabajo me estaba sobrepasando. Tuve que aceptar que yo sola no podía hacerme cargo de todo, así que mi madre me obligó a que buscase alguien que me ayudase. Supongo que cedí sobre todo por el hecho de que tu madre era una chica de mi edad, así que pensé que nos entenderíamos bien. Y así fue... Gracias a Dios, porque a tu madre le esperaban meses muy duros por delante. El fallecimiento de tu padre en el frente a los pocos meses de empezar la guerra fue un duro golpe. Otro más para ella, que se sumaba a la muerte de sus padres. Tu pobre madre siempre fue una mujer serena, pero cuánto le ha hecho sufrir la vida.

Carmen me mira ahora directamente, con cariño, y con su voz en un susurro tembloroso por la emoción confiesa:

—Fuiste su mayor regalo. Menos mal que llegaste a su vida. Tú sí que supusiste su salvación, yo solo fui el bastón en el que se apoyaba a lo largo del difícil camino que le había tocado recorrer, pero tú eras el añorado destino, la verdadera motivación para continuar caminando. Apartó su dolor y se centró en luchar por ti, para que ambas salierais adelante. Ha sido una gran luchadora, qué voy a decirte yo que tú no sepas ya.

Carmen me sonríe mientras coge mi mano entre las suyas, pequeñitas y siempre congeladas, y me la aprieta con fuerza. Con ella siempre me ocurre lo mismo, ante sus frecuentes muestras de cariño, su sabiduría y su manera de hablarme, que no ha cambiado desde que era una chiquilla, no puedo evitar sentirme pequeña de nuevo. Me siento como una muchacha que desea en silencio que la consuelen. Ahora soy yo quien saca un pañuelo del bolso para secarse las lágrimas. Por supuesto, sé cuánto trabajó mi madre en esos tiempos tan difíciles e inciertos para poder ofrecerme una buena educación y para que tuviera una vida cómoda y feliz. Ahora que estamos sumergidas de lleno en la vida de mi madre, alentada por la repentina idea de que quizá con su mejor amiga compartiese, por alguna razón, más información sobre su pasado —al fin y al cabo llevaban toda la vida juntas—, intento aclarar algunas de mis dudas y decido preguntarle:

—¿Qué sabes de la vida de mamá antes de que llegase a Santillana? ¿Alguna vez te habló de su infancia?

Carmen no se sobresalta ni modifica su expresión. Me da la sensación de que en realidad esperaba que le hiciera esa pregunta.

—Cariño, tu madre era una persona maravillosa. La mejor amiga que he podido tener. Sin embargo, siempre tuve la sensación de que no la conocía del todo, de que había una parte de ella que nunca me mostró. Claro que también tenía la certeza de que no debía insistir, pues cada uno decide qué es lo que comparte con los demás y lo que no; cuáles son los recuerdos que quiere que le acompañen de por vida y cuáles son los que deja atrás e intenta olvidar. Supongo que en el fondo todos tenemos una parte de nosotros escondida que salvaguardamos como podemos porque no queremos, o tememos, que salga a la luz. O lo que es peor, nos asusta que nos termine venciendo. Como si en una batalla feroz dentro de uno mismo se enfrentase la luz a la oscuridad, supongo que esa es la lucha interna de cada uno. Y no hablo necesariamente de errores del pasado, hablo de los miedos, de las inseguridades, de los fracasos y de las pérdidas. A algunos, como a tu madre, la vida les arrebata lo que más quieren. A otros la vida nos impide llegar a conocerlo.

Carmen hace una pausa y desvía su mirada al cielo gris, a través de la ventana. Sé en qué está pensando. Ella también tiene su propia batalla, su gran dolor. La vida les ha negado a Manuel y a ella lo que más ansiaban: tener hijos. Desistir y aceptar la derrota fue un duro golpe para ambos, pero especialmente para Carmen, quien posee un instinto maternal innato que salta a la vista. Soñaba con ello desde pequeña. Aparta la vista de la ventana, mira hacia abajo y coge aire antes de continuar:

—Creo que esta fue una de las razones por las que congeniaba tan bien con Aurora: yo respetaba su intimidad, ella la mía. Si alguna de las dos sentía que había llegado el momento de confesarse y necesitaba hablar de lo que fuese, allí estaba la otra para escucharla y apoyarla. Pero nunca quise forzar a tu madre a que rememorase su pasado ni ella quiso nunca contármelo. Lo único que puedo decirte de sus padres, y esto me lo dijo hace ya muchos años, es que fue una niña muy querida. Sus palabras exactas fueron: «Tuve una infancia muy feliz, mi nacimiento supuso para mis padres el cumplimiento de su ansiado deseo».

Recibo con sorpresa sus palabras. Es la primera noticia que tengo de que mi madre guardaba un recuerdo feliz de cuando era pequeña. Pero, entonces, ¿por qué nunca habló de sus padres? ¿Su temprana muerte todavía le resultaba demasiado dolorosa y bloqueaba todo lo demás? Como si Carmen me leyera el pensamiento sigue con su discurso:

—No sería insensato pensar que algo grave debió ocurrir, a juzgar por el hecho de que nunca hablase de ello. Yo misma lo he pensado muchas veces. Por supuesto, perder a sus padres para tu madre, que por aquel entonces era una muchacha, tuvo que ser un golpe muy duro. Pero sé que continuó trabajando como doncella en aquella casa. Cuando llegó aquí, en 1936, recuerdo que ya había transcurrido un tiempo de aquel trágico accidente. Por tanto, creo que debió ocurrir algo más. Algo que explique por qué Aurora cerró de manera tan tajante la puerta a su pasado. —Carmen vacila durante un instante y añade—: Es posible que me equivoque y no sé si debería decir esto sin certeza, pero... si me lo permites yo diría que, sea lo que sea que ocurrió, Luis también se vio afectado.

Dicho esto, Carmen guarda silencio. Sé que es el momento perfecto para introducir con cuidado lo que ocurrió ayer en el cementerio, pero una voz interior me dice que no lo haga o al menos no todavía. Todo está muy reciente y sé que la relación entre

Carmen y Luis, aunque siempre ha sido cordial, es delicada. Prácticamente podría decirse que su amistad ha subsistido porque ambos querían a mamá, pero siempre ha saltado a la vista que no se agradaban mutuamente. Carmen nunca entendió el empeño de mamá por mantener su amistad con Luis. Las escuché en diversas ocasiones hablando de ello. Carmen siempre ha sido una persona enérgica, positiva, que cree, como mamá lo hacía, en la importancia de seguir adelante. La diferencia entre ambas es que Carmen espera que todo el mundo se comporte como ella, pero mamá, sin embargo, comprendía a aquellas personas incapaces de ver la vida de la misma forma. A Carmen siempre le ha desesperado la taciturna personalidad de Luis, con los súbitos arrebatos que le hacen enmudecer sin previo aviso o con las largas temporadas en las que decidía desaparecer de un día para otro. Carmen no podía comprender cómo mamá le abría la puerta de casa cada vez que retomaba de nuevo el contacto con nosotras como si nada hubiese sucedido. Carmen es una persona de pensamiento rápido, de actitud decidida, y Luis es todo lo contrario, reacciona con lentitud ante situaciones inesperadas y no en pocas ocasiones ha demostrado sentirse perdido, como si no tuviera un rumbo fijo donde dirigirse. Es cierto también que ha entrado y ha salido de nuestras vidas en diferentes ocasiones, aunque de eso ya hace tiempo. En los últimos años se ha comportado siempre de forma cercana y leal a mamá. En cualquier caso, ambos adoraban a mi madre y por tanto siempre han hecho un esfuerzo por respetarse el uno al otro.

Teniendo en cuenta todo esto, no me parece buena idea contarle lo que ocurrió ayer durante la ceremonia. Estoy segura de que Carmen lo va a interpretar como otro símbolo de debilidad de Luis. Además del disgusto que va a suponer para ella. En cierta forma innecesario, pues dudo que pueda ofrecerme ninguna respuesta. Así que finalmente me limito a contestar:

—Tienes razón, yo pienso lo mismo. Supongo que en parte eso explicaría su carácter... Y sé que hay que vivirlo, que cada persona es un mundo, pero siempre he creído que compartir con alguien la carga que uno lleva dentro la alivia enormemente. Al fin y al cabo si nunca lo compartes, el punto de vista que tienes tan solo será el tuyo y es posible que este no sea el mejor. En el caso de Luis, creo que necesita exteriorizar lo que sea que lleva dentro. Es como si le estuviera reconcomiendo.

—Lo sé..., pero no se puede forzar el momento en el que una persona se siente dispuesta a abrirse y contar la verdad. Es algo muy complejo, más aún en el caso de Luis, tan callado de por sí.

—¿Carmen? —La voz de Manuel llega a nosotras desde el salón.

Ella da un último sorbo a su té, que ya debe de haberse quedado frío, me aprieta una vez más la mano entre las suyas y se levanta con energía hacia el salón mientras grita cariñosamente:

—¡Vaya dormilón estás hecho! Mira qué hora es, las cinco de la tarde. Más vale que te levantes ya o se te juntará la merienda con la cena.

Me termino el té, cojo mi bolso y me dirijo al salón para saludar a Manuel. Mi intención es ordenar al menos un par de cajas del desván en lo que queda de tarde, así que, mientras Carmen prepara la merienda, acompaño a Manuel a la terraza, lo ayudo a sentarse en una tumbona, le cubro las piernas con una manta y me despido de ambos.

Cuando estoy ya atravesando la mosquitera de la puerta de entrada, oigo que Carmen me llama y acto seguido reaparece por la puerta de la cocina, con un tarro de mermelada en la mano, y me dice:

—Isabel, cariño, sabes que estamos aquí al lado para lo que necesites. Con respecto a lo que hemos hablado, si sientes que necesitas encontrar respuestas, adelante, sabes que te voy a apoyar, pero recuerda que hay cosas que es mejor que permanezcan en el pasado.

La miro con afecto mientras le doy las gracias, me despido de nuevo de Manuel, que se queda contemplando los prados de alrededor, y bajo las escaleras hacia el portalón de entrada. Me dirijo hacia casa un poco más tranquila. No es que haya aclarado mucho, pero al menos ahora sé que también Carmen cree que algo ocurrió antes de que Luis y mi madre se viniesen a Santillana, que no son solo cosas mías. Aunque esa última frase..., sé que tiene razón. No tengo ni idea de con qué me puedo encontrar. Y la verdad es que no sé si quiero saberlo. No puedo evitar pensar que quizá sea mejor olvidarse de todo esto y continuar mi camino, al fin y al cabo no sé hasta qué punto tengo derecho a inmiscuirme en la vida de los demás.

Al llegar a casa subo hacia el desván. Me recibe un aire cargado, mezcla de olor a madera, humedad y polvo. Aunque queda una hora hasta que se haga de noche, la habitación está bastante oscura, así que me dirijo al interruptor en la pared contigua a la puerta y enciendo las dos bombillas que cuelgan del techo. La luz que ofrecen es bastante tenue, pero alumbran lo suficiente como para darme cuenta de que limpiar esto me va a llevar más tiempo de lo que pensaba: el escaso mobiliario que hay aquí arriba, los suelos y el techo abuhardillado de madera están cubiertos por una uniforme capa de polvo. Mañana por la mañana me dedicaré a adecentar esto un poco, pero por ahora me dirijo al único tragaluz y trato de abrirlo para airear un poco la habitación. Necesito varios intentos hasta que el soporte oxidado cede con un desagradable chirrido.

Al girarme lo primero que veo en una esquina es un antiguo tocadiscos que ya estaba ahí cuando compramos la casa, abandonado por los anteriores propietarios. Está sobre un pequeño armario con dos puertas en el que hay varios vinilos. Mi madre y yo siempre decíamos que íbamos a arreglarlo y bajarlo al salón, pero nunca encontramos el momento oportuno. Aunque lo cierto es que no llegamos a probarlo nunca, quizá dimos por supuesto que estaba roto porque de lo contrario no lo habrían dejado ahí. Me acerco, abro las puertas del armario y saco uno de los vinilos al azar. La cubierta, de color naranja, está muy desgastada. Soplo para poder ver el nombre: Marian McPartland. Lo pongo sobre el plato para ver si funciona, apoyo la aguja sobre los surcos del vinilo y, de repente, la música suena. Y suena como si llevase años con la primera nota preparada, esperando impaciente a que alguien quisiese escucharla y, por fin, hubiese llegado el momento. Mis conocimientos musicales no son demasiado amplios, pero suficientes para distinguir que se trata de un trío de jazz, formado por un piano, un bajo y una batería. Me sorprende la resistencia del tocadiscos al paso del tiempo y, complacida por haber descubierto que sigue funcionando después de tantos años, decido dejar la música de fondo. Es agradable que no esté todo en silencio.

A continuación, me centro en las cajas. Las arrastro debajo de una de las bombillas y voy sacando su contenido. Envuelta en papel de periódico, lo primero con lo que me encuentro es una colcha de lino blanco que parece tejida a mano, amarillenta debido al paso de los años y deshilachada en las esquinas. Debajo, apilados en dos torres, encuentro los cuadernos, libros y cartillas de cuando yo era pequeña. Desconocía que aún los guardásemos. Movida por un sentimiento de nostalgia, voy pasando las páginas de los cuadernos a medida que retiro el polvo con un paño. Es curioso cómo la letra enorme, redonda e infantil de las primeras páginas va evolucionando poco a poco hacia la letra estilizada de mis últimos años en la escuela. Esta evolución de mi caligrafía costó largos años de empeño y de esfuerzo. Al parecer, el problema residía en mi manera errónea de coger la estilográfica, en la que apoyaba también mi dedo corazón además del índice y el pulgar. Cogí esa costumbre desde que empecé a escribir y corregírmelo fue todo un reto para mi maestra. Por más que me lo repetía, en cuanto me descuidaba el dedo corazón volvía a su posición natural. Tras más de un grito de mi profesora, cientos de dictados y muchas cuartillas —y también algún que otro golpe en la mano con la regla—, conseguí enderezar y corregir mi letra.

En la segunda caja hay una vieja lámpara de gas y, envuelta también en papel de periódico, una bolsa de tela con ropa que parece de niña. Es una falda de paño bastante áspera al tacto, una camisa blanca con encaje en los puños y el cuello y una chaqueta de algodón color azul claro. Los tejidos están acartonados, un poco amarillentos en los pliegues y despiden un fuerte olor a humedad, pero teniendo en cuenta todos los años que deben de llevar aquí arriba plegados no se puede decir que estén en mal estado. Mientras escucho de fondo el frenético solo de piano que suena a través del tocadiscos, pienso distraída que no me suenan ninguna de estas prendas y me pregunto por qué se quedaron aquí arriba, si hace ya mucho tiempo que me deshice de mi ropa de cuando era una niña.

A continuación saco de la caja un neceser de piel desgastada. En su interior hay cuatro paquetes cuidadosamente envueltos en papel de seda. Al deshacerlos me encuentro con un reloj de mano que marca las tres y cuarto, un pasador de pelo en forma de flor repleto de ornamentos, una toquilla plegada y una bolsa de tela azul que contiene lo que en su día debió de ser un espejo de mano tallado seguramente en plata, ahora ennegrecida. Este último es el peor parado por el paso del tiempo. El cristal, enmohecido y con manchas oscuras, está hecho añicos y las tapas del espejo se han desmembrado, la bisagra rota cuelga de una de ellas. Aunque hasta ahora desconocía su existencia, verlo en este estado me provoca una honda tristeza, como si en algún momento le hubiera tenido afecto.

Sorprendida por el hallazgo, contemplo todos los objetos. Estoy segura de que son de principios de siglo. Los observo agradecida por que hayan aguantado tantos años hasta llegar a mis manos. Estoy fascinada por la sensación de estar sosteniendo en mis manos un pasado desconocido. Es muy probable que esos objetos fueran de mi madre y que los conservase de la época en la que trabajó en la misma casa en la que estuve ayer. La imagino recorriendo sus pasillos con el pasador adornando su cabello, me pregunto cómo sería el rostro que reflejaba en aquella época el espejo o las veces que miraría la hora en este reloj ahora estancado en el tiempo.

Echo otro vistazo al interior de la caja, salvo un par de bolígrafos y un antiguo jarrón roto, no parece que haya mucho más. Decido bajar la ropa para lavarla y airearla e introduzco los objetos de nuevo en el neceser, con la intención de quedármelos. Ahora que los he descubierto, siento la necesidad de tenerlos cerca. Quizá pueda arreglar el espejo o al menos limpiar la plata. Cuando estoy a punto de cerrar la caja y apagar la luz, me doy cuenta de que entre los pliegues de la base sobresale la esquina de un papel escrito a mano. Al tirar de él descubro que se trata de una postal antigua, a juzgar por el sello de la II República, la sitúo entre 1931 y 1936. En el remite figura el nombre de mi madre, Aurora Giménez, junto a una dirección de Santillana del Mar que desconozco. Fue enviada desde la ciudad de Vigo y el nombre del remitente es Miguel Campuzano. Descubro asombrada que es una carta escrita por mi padre. Creo que nunca había tenido en mis manos nada que hubiera pertenecido a aquel joven lejano y desconocido de ojos grandes y negros que me mira cada día desde la polvorienta fotografía en blanco y negro apoyada en un jarrón, en una de las estanterías de madera del salón.

Releo su nombre, Miguel Campuzano. Tenía una letra bastante ilegible: apaisada, estrecha y con florituras. Por fortuna, gracias a los trabajos de documentación durante la carrera, estoy acostumbrada a enfrentarme a todo tipo de letras. Acerco la carta a la luz de una de las bombillas y con paciencia voy descifrando palabra a palabra:

Estimada Aurora:

Hace dos semanas que recibí la carta de mis padres. Lamento en gran medida su situación. Sin embargo, sé que ahora está en buenas manos y que en casa la habrán acogido como es debido.

Tras pensar largo y tendido en la propuesta de padre, le doy mi respuesta en esta carta sin más demora para no alargar su angustia: la acep-

taré de buen grado. Sé que padre no mentiría y sus palabras la describen como una mujer justa y valiente. Con eso me basta.

Ya ve que no tengo estudios, pues es mi primo quien le escribe esta carta, ni tampoco un trabajo estable, pero sí le aseguro que poseo buen corazón y albergo grandes y esperanzadas intenciones de cuidar tanto de usted como del bebé que está esperando.

Ansío conocerla, pero todavía he de permanecer aquí unas cuantas semanas más, pues el navío que estamos construyendo es extraordinariamente grande. En cuanto este trabajo se termine volveré a Santillana. No se preocupe, saldremos adelante.

Con afecto,

Miguel
A 12 de febrero de 1936

Releo la fecha y las palabras «el bebé que está esperando». No puede ser. Lentamente me levanto, me acerco al tocadiscos y apago la música. ¿Cómo es posible? Un sudor frío me recorre la espalda de arriba abajo y se me eriza la piel. Despacio me dirijo hacia la lucera y la cierro. Me apoyo en la pared y poco a poco me dejo caer hasta llegar al suelo. Continúo sosteniendo la postal entre mis manos temblorosas. La miro fijamente y vuelvo a leerla: ¿existe la remota y absurda posibilidad de que se equivocaran al escribir la fecha? El aire huye de mis pulmones al mismo tiempo que mis pensamientos se vuelven difusos, incapaces de comprender. Me cuesta ponerlos en orden. Febrero del 36. Yo nací en septiembre del 36. Sí, mi madre estaba embarazada de mí cuando le enviaron esta carta. Pero el contenido de la carta es muy claro: Miguel y ella aún no se conocían. El hombre que hasta ahora creía que era mi padre y ella aún no se conocían.

¿He podido vivir engañada durante todo este tiempo? ¿Cómo ha podido hacerme mi madre algo así? Las piernas se me entumecen y en un vago intento por ponerme en pie, vuelvo a caer al suelo. El cuerpo me pesa, me empuja contra los tablones de madera. La cabeza me da vueltas. Con angustia, siento que mi madre se está desdoblando en dos. La persona que yo conocía y otra extraña para mí.

Una única certeza se abre paso en mi interior: mi vida y sus cimientos han comenzado a resquebrajarse. Indefensa y perdida, abrazo mi cuerpo y me encojo como una niña pequeña.

CAPÍTULO 8

Diciembre de 1932

Quedaban dos semanas para la Navidad y todo el mundo se movía de manera frenética dentro de la casa. Habíamos recibido una carta del señor Ignacio en la que informaba de su llegada en cuestión de semanas, por lo que además de los preparativos habituales de aquellas fechas, debíamos dejar todo preparado para darle una buena bienvenida.

La casa estaba muy bonita. Habíamos decorado hasta el último de sus rincones: lazos y borlas en las cortinas, velas y guirnaldas rojas por todas las estancias, dos grandes coronas en la puerta principal, un gran centro de mesa hecho con acebo, piñas y ramas de abeto en el comedor principal y mi adorno favorito: el gran árbol de dos metros de altura que habíamos colocado junto a la chimenea, engalanado con decenas de bolas doradas, envuelto en una larga cinta color magenta a juego con las pesadas cortinas, colgadas para la ocasión, y coronado por una estrella en su copa. Para levantarlo necesitamos una tarde entera y la colaboración de todos los que habitábamos en la casa, además de la indispensable ayuda de una gran escalera. El servicio al completo, Rosa, Cristina e incluso la señora alzamos aquel majestuoso árbol. Ya había caído la noche cuando, en medio de un expectante silencio, papá se subió a la gran escalera para poner la estrella en lo más alto del árbol, el toque final. En ese momento todos aplaudimos, maravillados y satisfechos con el resultado. Era obra de todos. Para celebrarlo, Gloria bajó a la cocina e hizo chocolate caliente.

Unos días antes de la llegada de Ignacio, mis padres madrugaron para viajar hasta Comillas, a unas dos horas de distancia en carruaje. Debían comprar diferentes cosas que no se encontraban en el pueblo para ultimar todo, así como varios encargos de Gloria para la cocina. Dado que no iban a regresar hasta la noche, fui yo quien se encargó de poner la mesa en el comedor para la señora y Cristina, de servir y atender la comida y de acomodar a la señora en el salón y llevarle café. Cogí leña de la cesta junto a la chimenea y avivé el fuego. Al ver que apenas quedaba ya madera, salí al jardín y me dirigí hacia el cobertizo donde la almacenábamos para reponerla. Al bordear el invernadero por la parte trasera, eché un vistazo a nuestra antigua cabaña, donde Cristina y yo solíamos jugar cuando éramos pequeñas. Estaba abandonada y medio derruida y no pude evitar sentir una punzada de nostalgia por aquel tiempo de tardes interminables. Recordé el esfuerzo y empeño que habíamos dedicado a mantenerla en buenas condiciones, incluso a hacerla agradable por dentro, y cómo los días de lluvia o viento teníamos que comenzar de nuevo. Supongo que por eso, y porque cada vez éramos más altas, la fuimos abandonando hasta que una primavera ya no volvimos a restaurarla.

Bordeé el invernadero por el camino de tierra hacia el cobertizo y entonces vi extrañada que la puerta de entrada estaba abierta y la luz de dentro encendida. Supuse que papá había tenido un descuido, aunque aquello no era normal, pues era muy cuidadoso. A medida que me acercaba, iba oyendo un sonido metálico y seco, que se repetía cada pocos segundos. Aunque temerosa, apresuré el paso para ver qué ocurría y, al traspasar la puerta, pegué un grito. Un muchacho con un hacha en la mano se giró hacia mí asustado. Instantáneamente retrocedí sobre mis pasos dispuesta a salir corriendo, pero entonces me di cuenta de quién era. Era él. El joven del río, aquel a quien espié a escondidas, inexplicablemente atraída por su presencia, hasta ser descubierta. ¿Cómo era posible? ¿Qué hacía allí? Mientras dejaba caer la herramienta al suelo, levantando las manos, se explicó:

—Tranquila, ahora trabajo aquí. ¿No te lo han dicho? Vengo tres o cuatro veces por semana para traer leña.

Con una mano señaló los troncos apilados que casi alcanzaban el techo y con la otra se apresuró a quitarse la boina. Entonces recordé que papá lo había comentado mientras comíamos hacía un par de semanas. Había dicho que la señora le había encargado que buscase a algún muchacho para sustituir a Tomás, el mozo que se encargaba de la leña, pues este había enfermado y con la proximidad de las Navidades y el frío no podían prescindir de su labor. Por alguna razón había olvidado por completo aquel comentario, ni siquiera le había preguntado si había encontrado a alguien. Como debió de ver que mi semblante se relajaba, él también lo hizo y riéndose me dijo:

—Casi me revientas el tímpano.

Azorada, para que no viese que me sonrojaba, bajé la vista y me dirigí decidida a realizar mi cometido: coger los troncos que ya estaban cortados para reponer la cesta y regresar al salón cuanto antes. El cobertizo era estrecho y su proximidad me hacía sentirme incómoda, sobre todo al recordar el anterior encuentro. Pasada la sorpresa inicial, un calor sofocante se arremolinó en mis mejillas y mis movimientos se volvieron torpes y desorganizados. De nuevo, él me habló:

—Así que trabajas aquí. Ya decía yo que por cómo vestías tenías que estar en una casa importante. El día que empecé a trabajar aquí no tenía ni idea de qué ponerme, no hay nada elegante en mi armario. Menos mal que mi padre me dejó esto.

Aunque intenté mostrarme impasible, no pasé por alto el hecho de que se acordase de mí. Vi que señalaba su indumentaria mientras se encogía de hombros. Llevaba una ajustada camisa de cuadros en tonos verdes y morados, que era obvio que le habían prestado, pues parecía que fuese a estallar de un momento a otro, y unos anchos pantalones negros de franela que le quedaban cortos. Como no sabía qué responderle, me limité a encoger los hombros, como había hecho él antes.

—Perdona, no me he presentado. Me llamo Léonard. —Al ver mi cara de sorpresa, explicó—: Mi padre es francés. ¿Y tú, cómo te llamas?

—Aurora.

—Aurora... —repitió—. Eres la hija de Francisco, ¿verdad? Fue él quien vino a la posada a colgar el anuncio de que necesitabais a alguien.

—¿A qué posada?

—La que regentan mis padres, en uno de los márgenes del río, ¿nunca la has visto?

Negué con la cabeza extrañada.

—¿Alguna vez sales de la finca? —me preguntó con sorna.

—Por supuesto —repliqué molesta—. Cada cierto tiempo bajo al río, pero me dirijo siempre a la misma zona. También voy al pueblo alguna tarde, pero lo hago por el camino principal.

Él, por su parte, ensimismado en sus pensamientos, respondió distraído:

—Ya decía yo que eras su hija, os parecéis...

Aquel comentario me sorprendió, porque la gente que nos conocía siempre comentaba el parecido físico entre mi madre y yo. Con mi padre compartía un carácter muy similar, pero era imposible que se refiriese a eso, dado que no nos conocía a ninguno de los dos. Alcé la vista para preguntarle en qué basaba tal afirmación cuando me di cuenta de que me estaba mirando con atención. Lejos de regresar a su tarea, estaba vigilando cada uno de mis movimientos. Al mirar tan de cerca aquellos ojos rasgados, felinos, sentí que me ruborizaba. Su mirada era tan firme..., pero no de manera premeditada, sino que parecía sincera curiosidad. Eran unos ojos intrépidos, valientes, no se escondían ni cambiaban de dirección al encontrarse con los míos. Yo no comprendía qué veía en mí que pudiera resultarle tan interesante. Azorada, desvié la vista y, dándole de nuevo la espalda, le dije:

—Puedes continuar cortando, yo enseguida termino.

Él volvió a coger el hacha, pero acto seguido la apoyó de nuevo en el suelo y volviéndome a mirar me dijo:

—Si puedes, dile a tu padre que volveré mañana o pasado para traer más, ¿de acuerdo? Se nota que estos días hace frío, estoy trayendo bastante leña, pero enseguida hace falta más.

—Sí, la casa es muy grande y hay que calentarla. Se lo diré. Gracias —contesté mientras me ponía en pie y me apresuraba hacia la salida.

—Adiós, Aurora. Nos veremos pronto, me imagino.

Ya al otro lado del umbral, como si no hubiese escuchado su afirmación, me giré y le pregunté:

—¿Te encargas de apagar la luz y cerrar la puerta cuando termines?

—Sí, no te preocupes.

Asentí y me di media vuelta para alejarme. Llegando al invernadero, oí cómo continuaba cortando la leña, pero entonces, sabiendo que era él quien lo hacía, para mi sorpresa, aquel sonido me reconfortó. A solas, no pude evitar sonreír para mis adentros y admitir que me alegraba de que papá lo hubiese contratado precisamente a él, a aquel chico de nombre tan extraño con el que la vida se había empeñado en cruzarme, porque eso implicaba que iba a verlo a menudo. Por un momento pensé en compartir lo ocurrido con Cristina, pero de manera instintiva, no recelosa, sino más bien pudorosa, lo descarté enseguida. Decidí que sería mi secreto.

No pasó ni una semana hasta que volví a verlo. Pero esa segunda vez fue diferente, no me pilló desprevenida. Acudí al cobertizo consciente de la posibilidad de encontrarlo allí, dispuesta a no dejarme intimidar por él. Y, efectivamente, no tardé en oír los golpes secos que confirmaron mis sospechas. Al entrar en la estancia, él no pareció percatarse y durante unos instantes me dediqué a observarlo en silencio. Se afanaba con concentración en su tarea y, a juzgar por cómo se contraían sus músculos, estaba haciendo un gran esfuerzo. Al cabo de unos segundos se detuvo para limpiarse el sudor de la frente y aproveché la ocasión para hacer más ruido del necesario para que se diera cuenta de mi presencia. Inmediatamente se giró y al verme esbozó una amplia sonrisa. Aquella sonrisa me desarmó y, entonces, toda mi preparación se fue al traste y no pude evitar bajar la vista al suelo.

A lo largo de las siguientes semanas, aquellos encuentros se fueron sucediendo uno detrás de otro. Su presencia y su cercanía seguían intimidándome, pero al mismo tiempo me sorprendía a mí misma anhelando reunirme con él. A través de las cortinas de los ventanales traseros, lo buscaba en el jardín y sentía una incomprensible desilusión cuando no lo veía aparecer. Aunque aquellas Navidades hacía frío, fui al cobertizo más veces de lo necesario. Incluso echaba más leña a las chimeneas y la reponía antes de tiempo. Algo insólito y novedoso estaba creciendo en mi interior, algo desconocido, a lo que no sabía poner nombre. Solo sabía que me sentía escuchada y reconfortada por su atención. Léonard era amable conmigo, se interesaba por mi día a día, sentía curiosidad por cuál era mi papel en lo que para él era «una casa tan imponente». Yo siempre me reía cada vez que la llamaba así, le explicaba que yo nunca había conocido otro lugar, que aquel era mi hogar. Su interés hacia mí parecía sincero, no me daba la sensación de que fuese un mero intento por rellenar el silencio, pero tampoco se excedía. Formulaba las preguntas con naturalidad, sin llegar a inmiscuirse, y siempre escuchaba las respuestas que le ofrecía con toda su atención, como si no existiese nadie más en el mundo. Retenía los detalles, me preguntaba por mis padres y me hablaba de cómo era su vida junto al río. Aunque los nervios continuaban cosquilleándome el estómago cuando estaba cerca de él, me sentía cómoda a su lado y deposité en él mi confianza.

Los emocionantes encuentros con Léonard intensificaron la excitación y el frenesí propios de aquellas fechas. Recuerdo con mucho cariño aquel tiempo. Si la memoria no me traiciona, ni me estoy dejando engañar por mi quizá ilusa percepción en aquel momento, podría afirmar que aquellas fueron las Navidades más felices de todos los años que viví en aquella casa. Cumplía con mis tareas e iba de un lado a otro embargada por una incipiente y nítida felicidad, dejándome contagiar por el ambiente festivo, la brillante decoración, los regalos, las risas, el ánimo liviano y encendido de todos. El espíritu de la casa era alegre; unos tenían motivos de peso, otros sencillamente se dejaban contagiar. Cristina estaba encantada con la presencia de su añorado padre, mis razones eran evidentes, incluso entre los señores las cosas estuvieron bastante tranquilas. Hubo discusiones, como siempre, pero no tan intensas como otras veces. Para rebajar la tensión, sabiamente, el señor sencillamente desaparecía. Descolgaba las escopetas de caza de su estudio y se dirigía a los bosques colindantes para pasar el día acompañado por sus amistades. A la vuelta, como si hubiera descargado en cada tiro toda su rabia, se mostraba paciente y relajado.

En medio de aquel liviano frenesí comenzó el año 1933, las Navidades avanzaron veloces y, cuando quisimos darnos cuenta, el señor tuvo que partir de nuevo y debíamos desvestir la casa de adornos y retirar el gran árbol del salón. Así fue como se apagó la magia de las fechas y fue entonces cuando sucedió algo que modificó el curso de mi felicidad.

Ocurrió una noche gélida, mientras peinaba a Cristina en su cuarto como siempre antes de que se acostase. Lanzó las palabras al aire sin más, de manera espontánea:

—¿Has visto al nuevo muchacho que han contratado? El que trae la leña.

La pregunta me pilló desprevenida. Tuve que hacer un gran esfuerzo para no alterar mi expresión, pero aun así me sonrojé.

—Sí, alguna vez me lo he cruzado en el jardín —mentí.

Cristina esbozó una gran sonrisa divertida y, mientras observaba su reflejo en el espejo, confesó:

—Creo que le gusto.

Uno de los lazos que le acababa de quitar del cabello se me cayó al suelo y aproveché aquella interrupción para recuperar la compostura. Cristina y yo nunca habíamos hablado de esos temas, nunca utilizábamos esos términos. Al incorporarme, me estaba mirando, todavía sonriente mientras esperaba una respuesta. Yo desvié mis ojos y me concentré en las pasadas del cepillo por su pelo, intentando no hacer demasiada fuerza.

—¿Y eso? ¿Por qué lo piensas?

—Pues está muy claro. Viene más días de los que realmente son necesarios. Si te fijas, nunca trae llena la carreta, debe de hacerlo adrede para tener que volver al día siguiente. Pero es que además lo he visto ya varias veces observando la casa constantemente mientras descarga la leña. Como si estuviese esperando a alguien. Él cree que nadie lo observa, pero yo lo veo desde ahí perfectamente —añadió señalando su ventana, orientada hacia el jardín—. Me lo crucé un día en el jardín, volvía con Rosa de dar un paseo por el río. Y, ya ves, desde entonces insiste en venir siempre que puede.

Me limité a continuar cepillando su cabello, aunque en realidad había deshecho ya todos los nudos. Debido a la fricción algunos pelos comenzaron a flexionarse y elevarse hacia todas las direcciones a la vez.

—Parece diferente, ¿verdad? Es tan moreno... y tan alto, parece muy mayor —continuó Cristina con voz atrevida.

—La verdad es que no me ha dado tiempo a fijarme mucho en él —mentí de nuevo.

No me sentía bien mintiendo a Cristina, era la primera vez que lo hacía, pero a la vez ella me estaba haciendo sentir incómoda. Había sido tan directa..., me había contado abiertamente y sin pudor algo sobre lo que yo no era capaz de articular palabra. Algo que hasta ese instante me pertenecía y había decidido guardar en mi interior. Algo que de repente se había vuelto doloroso. Querría haber compartido con ella el detalle de que Léonard era el mismo muchacho que habíamos visto en el río cuando éramos pequeñas, haber rememorado con ella aquel momento, pero lo cierto es que las ganas se desvanecieron enseguida. De repente, me sentí confusa y desilusionada. Quería acabar lo antes posible y refugiarme en mi cuarto.

—Se me olvidaba, necesito que limpies ese par de zapatos que he dejado ahí, por favor. Quiero ponérmelos mañana —me pidió Cristina.

—Por supuesto, mañana los tendrás limpios a primera hora.

Guardé el cepillo en uno de los cajones del tocador de caoba, recogí los zapatos, le di las buenas noches y silenciosamente salí de la habitación.

Las palabras de Cristina me asustaron y me hicieron dudar. ¿Estaba Léonard intentando llegar hasta ella a través de mí? ¿Me había dejado llevar por la emoción y había sido tan tonta que no había visto lo obvio? Yo también me había dado cuenta de que Léonard venía a casa muy a menudo y que quizá con una mejor organización no fuesen necesarios tantos viajes. Pero quizá no se trataba de una mala planificación, sino de Cristina. Al fin y al cabo, ¿no mostraba él mucha curiosidad por todo lo que ocurría dentro de casa? Quizá ese aparente respeto encubría en realidad su verdadero interés: la respetable hija de los dueños. Al pensar esto me sentí dolida, incluso engañada. Me planteé si toda la atención que mostraba hacia mí era porque yo le contaba lo que él quería saber. Porque, estaba segura, habíamos hablado en más de una ocasión de Cristina. A medida que subía las escaleras hacia la buhardilla una honda tristeza volvía mis pasos cada vez más pesados. Mis pensamientos avanzaban en varias suposiciones sin control alguno. Todo el tiempo había estado equivocada, ahora podía verlo muy claro... El interés que solía mostrar hacia mí no significaba nada en realidad. Claro que ¿qué había esperado que significase?

Me había dejado llevar por mi felicidad, despreocupada... e ingenua. Y entonces aquella conversación con Cristina me hizo un daño inesperado. No había realmente ningún motivo, no era como cuando me enfadaba con mis padres, porque entonces sabía que la reconciliación era la forma de remediar la tristeza. Pero ¿ahora? ¿Cómo podía hacer desaparecer aquel desaliento? Porque, en realidad, ¿qué era aquella especie de debilidad?

Por aquel entonces era tan inocente, tan inexperta, que ahora no puedo evitar recordar con cariño a esa niña incapaz de poner nombre a los sentimientos que llevaba semanas albergando en su interior. El amor la había desilusionado por primera vez y estaba a punto de romper a llorar y de jurarse a sí misma que no iban a volver a engañarla jamás. No pensaba volver al cobertizo a no ser que fuese imprescindible. Estaba tan dolida que pensé que, una

vez finalizadas las Navidades, seguramente ya ni siquiera fuese necesario que Léonard continuase trabajando allí.

De no haber sido porque se interpuso entre las dos,
yo nunca habría mostrado ni el más mínimo interés
por ese joven siempre vestido con ropa demasiado
grande o demasiado estrecha, con el cabello indecen-
temente largo, con la piel oscura y bronceada en exceso por el sol. No comprendía qué podía ver en él
Aurora. Resultaba hasta ofensivo que me estuviese
sustituyendo por él. Con el pretexto de que su nuevo puesto de trabajo le robaba mucho tiempo, comenzó a darme plantones. Decía que ya no podía
pasar la tarde conmigo como antes, porque tenía
nuevas responsabilidades que ocupaban su tiempo.
Sin embargo, descubrí que aquello era mentira, que
lo que quería era acudir al cobertizo puntual, como
cada tarde, a las cinco y media en punto. Podía ver
desde mi habitación cómo bordeaba con presteza el
invernadero y se introducía en el cobertizo. Al principio no comprendía por qué tardaba en salir de allí.
Pero un día, poco después de las Navidades, comprendí todo. Aurora había encontrado a alguien más
interesante que yo, cuya compañía ansiaba. Pero no
solo me dejó de lado, sino que me lo ocultó. Rompió

la promesa de hacía tan solo unos meses. Sentí aquello como un despecho, como un rechazo. Esperé paciente durante días a que me lo contase, pero nunca lo hizo, así que yo decidí jugar al mismo juego.

Fue a través de los ventanales del despacho del señor Ignacio desde donde presencié, una semana más tarde, uno de los encuentros entre Léonard y Cristina. Yo estaba ayudando a mamá a limpiar las cristaleras que daban al jardín cuando vi salir a Cristina por la puerta trasera. Léonard acababa de llegar y estaba descargando la leña. Entonces Cristina se dirigió hacia él. Tal y como papá nos había informado hacía unos días, Léonard iba a continuar trabajando en la finca. Lo había hablado y acordado con la señora, dado que Tomás continuaba convaleciente, no conseguía superar una neumonía.

Por un lado, quería dejar de mirar hacia el jardín, pero por otro mi tarea me obligaba a permanecer allí y no podía dejar de preguntarme qué estaba haciendo Cristina. Así que continué observando a través del cristal y pude ver, extrañada, cómo saludaba a Léonard. Lo hizo de manera enérgica, divertida, confiada, como si no fuese la primera vez. Tal y como había hecho conmigo en nuestro primer encuentro, él se apresuró a retirarse la boina con decoro e interrumpió su tarea para entablar una conversación. No quería presenciar aquello, pero antes de darme la vuelta advertí un detalle en la postura de Léonard que dejaba entrever cierta intranquilidad, algo que no había notado cuando estaba conmigo. Aunque su postura estaba erguida como siempre y transmitía seguridad, cambiaba, sin embargo, su boina de mano continuamente y se balanceaba un poco alternando el apoyo de su peso de una pierna a otra mientras respondía a lo que fuese que le estuviese diciendo Cristina. Imaginé que para él hablar con ella era una suerte de privilegio y que incluso podía sentirse intimidado por su presencia. No quise ser testigo de más. Fingí que tenía que cambiar el agua del barreño en el que aclaraba el trapo con el que estaba limpiando los cristales, le dije a mi madre que enseguida volvía y me dirigí a la pila. Cuando regresé, ya no había nadie en el jardín.

Presenciar aquel encuentro me hizo darme cuenta de que había tomado la decisión adecuada: evitar a toda costa el cobertizo. No quería tener nada que ver con la relación entre ellos. Sin embargo, esa misma noche tuve que reconocerme a mí misma que había sido una suerte no apartar la vista, pues solo así había llegado a conocer la verdad.

Ocurrió de nuevo en el cuarto de Cristina, mientras cepillaba su cabello. Por alguna razón, aquel se había convertido en su momento predilecto para realizarme ese tipo de confidencias.

—Llevo unos días hablando con él. —Otra vez se dirigió a mí mientras observaba con una especie de satisfacción su reflejo en el espejo.

—¿Con quién?

Opté por fingir que no sabía de quién me hablaba.

—Con Léonard, así se llama el muchacho que trae la leña. Su padre es francés.

Un inesperado fuego se arremolinó en mi estómago y quise gritar que ya lo sabía, que me lo había dicho a mí primero, pero permanecí en silencio. Como si estuviese hablando para sí misma, Cristina continuó:

—Es agradable. Hablamos de cosas irrelevantes, ya sabes, sobre qué lecciones tomo o también sobre si le queda mucho para terminar su labor. Obviamente yo no le busco, pero es que salgo a pasear por el jardín y en cuanto me ve enseguida sale a mi encuentro.

No dije nada. Ella continuaba mirándose en el espejo. Parecía que estaba admirando sus rasgos y su cabello, con cierto aire de complacencia en sí misma. De no haber sido testigo, hacía apenas unas horas, de cómo era ella la que se dirigía hacia él sin contemplaciones, me habría creído sin duda su versión. Porque no solo parecía estar diciendo la verdad, sino que se mostraba orgullosa por su logro. Pero yo sabía que aquello no era cierto. Perpleja, bajé la mirada. Entonces Cristina me miró por fin.

—Hoy estás muy callada, ¿va todo bien?

—Sí, sí. Es solo que ha sido un día agotador —me apresuré a responder.

CAPÍTULO 9

Marzo de 1992

Hoy, tras más de treinta años en el mismo trabajo, describiendo la misma fachada que he enseñado cientos de veces, me he quedado en blanco. Ha ocurrido esta mañana, con un grupo no muy numeroso. Todos eran personas mayores, inscritas en algún viaje programado. He mirado la fachada de la colegiata dispuesta a comenzar mi explicación, pero mi mente se ha quedado en blanco, como si fuese una turista más que la observase por primera vez. Por más que he buscado en ella alguna pista que me recordase algún punto de mi habitual descripción, cada símbolo se me antojaba una incógnita, un misterio por resolver. La mirada de compasión con la que me tranquilizaban mis oyentes no ha hecho sino aumentar mi frustración y mis ganas de echarme a llorar. No conseguía recordar nada. Mis pensamientos me han jugado una mala pasada y he reconocido en cada rostro expectante y compasivo los ojos de mi madre, intentando calmarme por no saber nada de su vida.

Después de este incidente he decidido cogerme unos días de descanso. Supongo que me he precipitado volviendo al trabajo tan pronto después de todo lo que ha ocurrido. Lo cierto es que rara vez cojo días libres, así que mis compañeras han insistido en que no volviese hasta que no me encontrase mejor. No me he sentido cómoda ante tanta preocupación, pero supongo que es una buena decisión. No puedo volver hasta que no logre recuperar las raíces que me anclaban a mi mundo. Me siento perdida. La carta del desván lo ha cambiado todo, he descubierto que mi madre me ha mentido toda mi vida. ¿Por qué ha hecho algo así? ¿Por qué me ha ocultado la verdadera identidad de mi padre? Llevo desde que era niña creyendo que había muerto antes de que yo naciese, pero ¿y si en realidad está vivo? ¿Cómo voy a encontrarlo? No sé ni por dónde empezar. Se me antoja imposible y al mismo tiempo siento que solo averiguándolo podré comprender por qué mi madre hizo algo así. Para recuperar la paz quiero sanar la herida que se ha abierto entre mi madre y yo, reconciliarme con ella, volver a sentir que nuestra complicidad era real y no una vaga ilusión. Deseo recuperar la fe en la fuerte relación que me unía con ella. Y para eso necesito conocer la verdad.

Ahora estoy en Santander, paseando por la península de La Magdalena. Aunque me ha costado salir de casa y venir hasta aquí, sé que he hecho lo correcto. En mi hogar me puedo permitir convivir con la vulnerabilidad y con la inestabilidad, pero salir me obliga a comportarme con sosiego. El aire fresco se lleva mis ganas de llorar, el mar me serena.

El día está nublado, pero hay una temperatura agradable. Serpenteo por los caminos de tierra entre las zonas ajardinadas y asciendo hacia el palacio. Los fines de semana hay un continuo vaivén de gente, pero hoy apenas me cruzo con nadie. Si acaso algún santanderino pasa veloz a mi lado vestido con chándal o soy yo quien adelanta a un hombre mayor que camina sin prisa, con las manos entrelazadas bajo la espalda, mientras contempla con calma a su alrededor. Unos corren, otros no tienen prisa. Agudizo la vista y a lo lejos veo un corrillo de personas mayores sentadas a una mesa de madera jugando a las cartas. Una punzada de tristeza atraviesa mi estómago. Mi madre adoraba las tardes de cartas.

Cruzo el pinar y me siento en mi banco favorito. Desde aquí contemplo de frente el faro, levantado encima de una pequeña isla rocosa, y tras él el inmenso mar. Hay días en los que ruge con fuerza y las olas rompen con fiereza alzando la espuma hasta donde yo me encuentro. Pero hoy las olas rompen con pudor contra las rocas. Me sumerjo en ellas con la mirada. Son de color azul oscuro, pero pequeñas motas azul turquesa se adivinan en su cresta, exactamente en el instante previo a que rompan y se forme una espuma blanca que se balancea mecida por un frenético vaivén. Alzo la vista hacia el horizonte. Más allá del faro avisto un barco enorme cargado de contenedores que se aleja, empequeñeciéndose. Recuerdo que de niña aquello me daba miedo porque pensaba que al llegar al borde, allá donde alcanzaba la vista, el barco se caería. Un día le dije a mi madre asustada: «Mamá, hoy la profesora en la escuela nos ha enseñado que la Tierra es redonda, así que ese barco se va a resbalar cuando alcance el final». Las personas que en ese momento estaban a nuestro alrededor me miraron y se rieron ante mi inocencia. Mi madre me acarició con dulzura el cabello. Me sentí tan incomprendida que no pude evitar preguntarme perpleja si no iban a hacer nada por aquel barco.

Permanezco en el banco hasta que el barco se pierde de vista en el inabarcable horizonte. Suspiro. Conozco las vistas desde este banco demasiado bien. Mario y yo solíamos venir aquí durante nuestros encuentros, se convirtió en una costumbre cómplice, en un tácito acuerdo entre nosotros y el mar. Fueron muchas las largas noches de verano en las que conversábamos durante horas, rodeados por el esplendor de las hortensias y escuchando el rumor de las olas, hasta que la brisa nocturna me erizaba la piel anunciando que habíamos vuelto a perder la noción del tiempo. Entonces Mario me rodeaba la espalda con su brazo y emprendíamos el camino de regreso. Por alguna razón durante la temporada que viví en su casa, o quizá debería decir durante los meses en los que luchamos por que la convivencia funcionase, dejamos de venir a este rincón especial. Supongo que permitimos que la rutina venciese.

Lanzando un suspiro al mar, reemprendo mi paseo. En lo más alto, el palacio se adivina primero tímidamente entre las copas de los árboles y al final se abre majestuoso ante mí. Lo rodeo y comienzo el descenso por la cara opuesta de la península. Cuando llego a la verja de salida, todavía es temprano. Son solo las cinco y media de la tarde y no tengo ganas de regresar todavía a casa. Pido un taxi y voy al centro de la ciudad.

En contraste con el calmado paseo, el corazón de Santander me recibe en movimiento. Es hora punta, los adultos abandonan sus trabajos, los niños la escuela, otros aprovechan para hacer compras de última hora en el mercado. Me sumerjo en el bullicio y me dejo llevar, camino sin rumbo. Mis pasos me conducen hasta la plaza del Ayuntamiento y allí giro a mano derecha. Atravieso el gentío de una calle repleta de pequeños comercios: fruterías, zapaterías, salones de belleza y una tienda de fotografía. Desde el escaparate decenas de caras sonrientes me observan. Personas vestidas de novios, otras de comunión. Alzo la vista y leo el nombre: «Estudio fotográfico de la familia Duomarco». Mientras continúo caminando, pienso distraída que ese nombre me suena de algo, como si lo hubiese visto en alguna parte hace poco. Avanzo un par de metros más, pero me detengo. Me vuelvo para mirar de nuevo el cartel. Una segunda línea anuncia: «Fotógrafos desde 1910». Entonces caigo en la cuenta de que me resulta familiar porque vi ese apellido hace unos días bajo la fotografía en la que salían mi madre y Luis, colgada sobre la chimenea del salón del hotel. Sorprendida por la extraña casualidad, un pensamiento veloz cruza mi mente. ¿Se tratará de la misma familia? Sin saber muy bien qué pretendo en caso de que me confirmen mi suposición, abro la puerta y entro en la tienda. No veo a nadie. El mostrador, al fondo, está vacío. Al cabo de unos instantes una voz me llega desde un altillo en el segundo piso. Un hombre se asoma por una barandilla de madera y me dice:

—Ahora mismo la atiendo. Deme unos minutos que termino de fotografiar a este joven.

—No tenga prisa —le respondo.

Observo la tienda a mi alrededor. Las estanterías están repletas de álbumes, marcos de fotos y carretes. En medio de la estancia, dentro de una vitrina de cristal, están expuestas varias cámaras antiguas. Hay de fuelle, dos de la marca Rolleiflex que datan de principios de siglo y una Kodak más moderna de los años cincuenta, como anuncian sendos carteles.

—Eso que ve es de lo poco que se salvó del antiguo estudio de mi familia. Una lástima, sufrió un incendio tremendo allá por los años cuarenta y se perdió casi todo. Enseguida estoy con usted.

El señor que se ha asomado antes desciende por una estrecha escalera de madera que cruje bajo cada pisada, seguido por un par de clientes. Con un asentimiento de cabeza le agradezco su atención. El fotógrafo desaparece en un pequeño cuarto junto al mostrador y regresa con un pequeño bote gris en el que pega un papel blanco y escribe con rapidez algo sobre él, me imagino que con la finalidad de distinguir el carrete. Lo mete en un cajón, despacha a sus clientes y a continuación alza la vista hacia mí.

—Ahora sí, listo. Dígame en qué puedo ayudarla.

Lo cierto es que a mí también me gustaría saber en qué puede ayudarme. Dubitativa respondo:

—Verá, en realidad he entrado para preguntarle por algo relacionado con su familia. He visto fuera en el cartel que llevan casi un siglo con este negocio. La cosa es que hace unos días descubrí una fotografía tomada en 1935 y, en el pie de foto, la inscripción indicaba que había sido tomada por Pablo Duomarco. No sé si ese será el nombre de un antiguo familiar suyo.

El dueño de la tienda asiente hondamente al otro lado del mostrador.

—Vaya, qué casualidad. Sí, así es, Pablo era mi abuelo —me responde mientras frunce el ceño intrigado, animándome a que continúe.

Supongo que se pregunta dónde quiero ir a parar. Alentada por haber estado en lo cierto, me digo a mí misma que al fin y al cabo no iba tan desencaminada y prosigo:

—Verá, estoy buscando algunas respuestas relacionadas con el pasado de mi propia familia, pero lo cierto es que no tengo mucho de donde partir. La fotografía de su abuelo es una de las pocas cosas que me pueden ofrecer algo de información. En ella aparece retratada la familia Velarde, para la que mi madre solía trabajar cuando era joven. Me ha parecido una gran coincidencia pasar por delante de su tienda y descubrir el mismo apellido que en el pie de la fotografía, y..., lejos de dejarla pasar por alto, he pensado que quizá usted pudiese ayudarme.

El hombre deja de fruncir el ceño y, cogiendo una gran cantidad de aire, valora lo que acabo de contarle mientras realiza lentos movimientos de asentimiento con la cabeza. Por toda respuesta dice:

—Deme unos minutos. Ahora mismo vuelvo.

Acto seguido sale de detrás del mostrador, pasa a mi lado y se dirige de nuevo hacia las escaleras. Antes de desaparecer en el segundo piso, me aclara:

—No tardo. Voy a ver si encuentro una cosa.

Mientras espero a que regrese, procuro con todas mis fuerzas que mi esperanza no se apague mientras me convenzo de que esto no ha sido una idea absurda. Sobre mí oigo muebles arrastrándose y luego varios golpes contra el suelo, que se queja emitiendo crujidos. Tras varios minutos, el fotógrafo regresa cargado con una caja que, a juzgar por la curvatura de su espalda, debe de pesar bastante. Al apoyarla sobre el mostrador miles de partículas de polvo salen despedidas en todas direcciones a nuestro alrededor.

—Perdone —se disculpa mientras agita el aire con un pañuelo—. Como puede ver, esto lleva muchos años guardado en el desván que tenemos arriba. Siempre me digo a mí mismo que tengo que subir a ordenarlo y limpiar un poco, pero entre unas cosas y otras al final nunca saco tiempo. En esta caja están las pocas pertenencias de mi abuelo que sobrevivieron al incendio, que como le he dicho antes destrozó su estudio. De hecho, este estaba originalmente en la antigua calle de la Constitución. Tras la tragedia, mi abuelo abandonó al cabo de unos años su oficio, pero mi padre quiso continuar su legado y fue él quien fundó este estudio.

El fotógrafo hace una pausa mientras rebusca en la caja y va sacando de ella diferentes objetos: un antiguo aparato que me indica que es un medidor de luz, varias placas de cristal cuya función desconozco, unas lentes, varios carretes...

De pronto parece encontrar lo que buscaba y exclama:

—¡Bingo! Aquí están.

Entonces saca de la caja varios cuadernos gruesos de tapa dura, desgastados por el paso del tiempo, con las hojas aparentemente frágiles y amarillentas.

—Mi abuelo era un hombre muy meticuloso. Apenas lo recuerdo, murió cuando yo era muy pequeño. Pero lo sé porque mi padre me hablaba mucho de él. Le gustaba llevar siempre consigo un cuaderno en el que apuntaba los datos técnicos de sus fotografías; ya sabe, la apertura a la que había disparado, si había tenido que enfrentarse a una luz dura o si estaba nublado, cosas así. Por último hacía una especie de valoración personal donde explicaba cómo se había sentido y las dificultades que se le habían presentado en sus encargos, que solían ser muy personales. Muchos de los cuadernos se quemaron, pero recordaba que algunos habían sobrevivido, mi padre me los enseñó alguna vez. Lo que yo ya no sé es si tendremos la suerte de que justo uno de los que se salvaron corresponda con ese año. Me ha dicho 1935, ¿verdad?

—Sí, eso es. En cualquier caso, exista o no ese cuaderno, le agradezco mucho las molestias que se está tomando, de verdad —le digo con sinceridad.

Estoy conmovida porque, lejos de juzgarme, un desconocido se ha involucrado en mi extraña solicitud y trata de ayudarme. El fotógrafo comienza a sacar todos los cuadernos que encuentra en la caja.

—Veamos..., este data de 1920 a 1925. Este otro es de 1938 a 1941, justo el año del incendio. No encuentro el que debería ir entre medias —murmura para sí. Continúa sacando cuadernos uno detrás de otro, hasta que de repente exclama—: ¡Aquí está! Como siempre que busco algo, el último: 1932 a 1937.

Lo abre y pasa con cuidado las hojas mientras avanza hacia la fecha que buscamos. En ese momento el cascabel de la puerta tintinea y anuncia la llegada de otro cliente. Me apresuro a pedirle que lo atienda primero, pero él responde:

—Hagamos una cosa. Lléveselo. Búsquelo con calma. Mire a ver si encuentra lo que busca y cuando acabe me lo devuelve.

—No quiero ocasionarle molestias, puedo esperar y lo buscamos aquí mismo.

—No pasa nada, de verdad. Lleva escondido en esta caja varias décadas y nunca lo he necesitado, así que creo que podré prescindir de él durante unos días —insiste sonriéndome.

Mientras lo envuelve con cuidado en papel, le doy las gracias por su amabilidad. Aunque no sé muy bien qué espero encontrar, abandono la tienda esperanzada. Estoy segura de que haberme topado por casualidad con algo relacionado con el pasado de mi madre tiene que significar algo. De regreso al coche, siento palpitar el cuaderno dentro de mi bolso. Aunque estoy deseando abrirlo, está atardeciendo, así que decido regresar a casa antes de que sea de noche y buscar allí la fecha con tranquilidad. A mitad de trayecto comienza a llover y, por eso, voy conduciendo despacio. Al llegar a casa me apresuro a desvestirme y me dirijo hacia la cocina. Abro la nevera, descubro las sobras del estofado de Carmen, lo pongo a calentar en el fuego y voy al salón, donde me acomodo en el sofá junto a la mesita del teléfono. No tengo paciencia para esperar más. Saco el cuaderno del bolso con cuidado y voy pasando las páginas con delicadeza. Descubro una letra elegante y pulcra. Tal y como me ha advertido su nieto, se aprecia que su abuelo era ordenado y metódico. Sus anotaciones van en orden cronológico, encabezadas por la fecha, el nombre de las personas retratadas y la localización de la fotografía. Avanzo a través de los años, recorro con los dedos las impresiones que aquel señor registró para siempre en su fiel cuaderno hace tanto tiempo. Mis nervios se acentúan a medida que las páginas se acercan al año que estoy buscando. Finalmente lo encuentro, 1935. En la fotografía no iban muy abrigados, así que me imagino que sería primavera o verano, pero por si acaso leo todos los títulos. La mayoría de las fotografías las realizó en su estudio, pero también hay anotaciones de varias localizaciones por Santander y en pueblos de alrededor. Hacia la mitad del cuaderno localizo lo que quiero. Mis sentidos se agudizan. Leo con premura su anotación:

18 de agosto de 1935
Familia Velarde, La casa de las magnolias

El viaje, aunque largo, ha sido tranquilo, sin sobresaltos. Los caminos estaban secos y hacía buen tiempo. La hora de salida de Santander (antes del amanecer) ha sido la adecuada. Cuando he llegado el sol todavía no estaba en lo más alto, lo cual habría acentuado las sombras. Me he encontrado con una bonita casa señorial, escenario perfecto para la fotografía. En un principio he pensado en tomarla en la fachada principal, en la escalinata central, orientada hacia el norte. Sin embargo, viendo que el sol avanzaba raudo y en el cielo no había una sola nube, finalmente me he visto obligado a montar el equipo en la parte trasera, bajo la sombra de un gran árbol. Tenía tiempo, una hora y media aproximadamente antes de que la luz comenzase a incidir en esa parte del jardín. Tras ajustar los tiempos de exposición he procedido a colocarlos. El reto de hoy consistía en cómo organizar a un grupo numeroso de siete personas, aunque al final han sido ocho. Era primordial que aguantasen el tiempo de exposición sin moverse, por lo que he intentado reducir todo lo posible los tiempos sin que afectasen a la fotografía. Tras cinco intentos, hemos obtenido finalmente una imagen satisfactoria. Todos miraban a cámara y ninguno se ha movido.

El trato por parte de la familia ha sido cordial y servicial. El señor Velarde, tal y como me habían comentado conocidos de Santander, ha sido muy amable conmigo en todo momento. Me han sorprendido su energía y su vigor. Estaba entusiasmado. Tanto que no ha dudado en animar a que se uniese a la fotografía un joven que ha llegado por allí en mitad del proceso. Ha dado la casualidad de que ha sido ese muchacho quien me ha hablado de la posada de su familia, en la que ahora me encuentro escribiendo estas líneas, con el rumor del río de fondo, dispuesto a hacer noche. Mañana temprano, antes de que el calor húmedo arrecie, reemprenderé el regreso a Santander.

Al terminar de leer asiento pensativa. No quiero arriesgarme con las suposiciones ni conducir los hechos en la dirección equivocada, pero ¿cabe la posibilidad de que el muchacho que irrumpió en medio de la fotografía y se unió a ella, cuando todos estaban ya dispuestos en su sitio, sea el mismo que hizo que Luis palideciese al contemplarla? Al fin y al cabo, si se incorporó en el último momento, tendría sentido que se hubiese situado en uno de los extremos. Si no me equivoco, en el otro estaba Luis. Los propietarios estaban en el medio. Pero no sé si entre ellos había algún muchacho más. En la anotación habla de una posada..., ¿seguirá existiendo? ¿La habrán rehabilitado y reconvertido en algún negocio de restauración o en una vivienda particular? ¿Qué pudo suceder entre aquel joven y Luis para que a día de hoy, tantos años después, a este último todavía le haga palidecer su recuerdo?

Un desagradable olor a quemado me hace saltar del sofá e ir corriendo a la cocina, interrumpiendo de golpe todas mis preguntas.

CAPÍTULO 10

Marzo de 1933

Había transcurrido un mes desde que me hice a mí misma la promesa de no ir al cobertizo cuando me vi obligada a romperla. Fue un día en el que papá volvió más tarde de lo previsto a casa y mamá tuvo que encargarse de servir la mesa del comedor. La señora Adela había invitado a cenar a su cuñada, doña Carolina. Su marido también viajaba con frecuencia, por lo que aquellas cenas entre ambas eran habituales. Mamá me pidió que preparase el salón porque al acabar la cena seguramente las dos irían a los sillones. Eso implicaba encender la chimenea y la cesta estaba vacía. Consulté el reloj y ya era tarde, casi las ocho. Si Léonard había estado en la finca aquel día, ya se habría marchado. Cogí mi toquilla y me dirigí al cobertizo, pero al doblar la esquina del invernadero vi que la luz estaba encendida. Me detuve, decidida a dar media vuelta y regresar después. Pero no podía volver sin leña, tenía que encender la chimenea. No tenía opción. Maldiciendo mi mala suerte pensé en no decir nada más allá de lo estrictamente cordial y entré en el cobertizo. Léonard se giró en cuanto oyó mis pasos.

—¡Aurora! Pensé que ya no ibas a volver nunca, hace mucho que no te veo. Estaba preocupado, hasta le pregunté a Cristina la semana pasada si te había ocurrido algo.

Le miré a los ojos. Esta vez no estaba dispuesta a apartar la vista. Lo observé durante más tiempo del decoroso. Parecía sincero y me había recibido muy efusivo. Sin embargo, me extrañaba que Cristina no me hubiese dicho nada ninguna de las noches que había hablado de Léonard. Últimamente no comprendía su comportamiento. Cada cierto tiempo, continuaba hablándome de sus encuentros con Léonard sin admitir que era ella la que salía a su encuentro, explayándose en los sentimientos que creía suscitar en él, pero en ninguna ocasión había mencionado que Léonard le hubiese preguntado por mí. ¿Qué le hacía comportarse de aquella forma tan extraña?

—He estado muy ajetreada estas últimas semanas. Además, realmente este no es mi cometido. Le corresponde a mis padres antes que a mí. Yo solo vengo cuando ellos no pueden —expliqué.

Estaba a punto de agacharme para recoger los troncos cuando él me lo impidió, rozándome una mano con suavidad. Ante aquel cálido contacto me quedé paralizada. Estaba muy cerca de mí. Tanto que tomé consciencia de lo alto que era al compararlo con mi estatura. Con la respiración acelerada, alcé mi rostro para mirarlo. En su expresión vi que quería decirme algo. Vaciló durante unos instantes y finalmente, elevando un poco el mentón, me dijo:

—Aurora, he pensado que... —Se detuvo, dubitativo. Parecía estar escogiendo las palabras adecuadas—. Quizá te gustaría venir algún día a la posada para conocer a mis padres. A ellos les haría mucha ilusión. Sé que hace tiempo que no nos vemos y no quiero que pienses que me estoy precipitando. Te lo pido ahora porque no sé cuándo te volveré a ver.

Percibí su nerviosismo porque pronunció cada palabra con una breve vacilación. Después se quedó muy quieto mientras esperaba mi respuesta, sujetando con firmeza la boina entre ambas manos. Aquello me hizo recordar su actitud mientras hablaba con Cristina y me di cuenta de que su comportamiento era diferente. Se había puesto nervioso, mientras que con ella parecía más bien incómodo. Alentada por esta observación, sopesé mi respuesta. No sabía si aquello era adecuado. Iba totalmente en contra de mi promesa y no quería volver a equivocarme. Además, ¿qué le diría a mis padres? Pero entonces recordé las Navidades y tuve que reconocer que todo iba bien entre nosotros hasta que Cristina intervino sin saberlo. Era ella quien me había hecho dudar, además sabía que no estaba contándome la verdad. ¿Mis suposiciones habían sido demasiado precipitadas? Al fin y al cabo, les había hablado a sus padres de mí y ahora estaba pidiéndome que fuese a su casa a conocerlos. Tras varios segundos de cavilación, acepté su invitación:

—Está bien. A mí también me gustaría conocerlos. El próximo fin de semana tengo el domingo libre. Si os viene bien, iré después de comer.

—Eso es estupendo, estaremos esperándote —respondió con una gran sonrisa.

Durante los siguientes días en más de una ocasión me replanteé si aquello estaba bien y estuve a punto de declinar su oferta, sintiendo que estaba sobrepasando los límites del recato. Sin embargo, tampoco me parecía honrado hacerles un desplante tanto a él como a sus padres tras haber aceptado su invitación.

Cuando llegó el día señalado, acudí a la posada. Con timidez, atravesé la puerta de entrada y enseguida vino a mi encuentro una mujer bastante joven y enérgica, que se movía como si revolotease por la estancia.

—Tú debes de ser Aurora, ¿verdad? —me preguntó con una bonita sonrisa en su rostro—. Soy

Beatriz, la madre de Léonard. Me alegro mucho de conocerte. Vamos, pasa. Siéntete como en tu casa. Dame tu abrigo, que te lo cuelgo. Voy a hacer un poco de café y estoy contigo en nada. Nuestros huéspedes ya han terminado de comer y estamos tranquilos.

—Gracias por haberme invitado, he traído unas pastas para acompañar el café —respondí con cautela ante su energía y también desubicada por lo extraño del lugar.

Ella me dio las gracias, me invitó a sentarme a la mesa que prefiriese y se dio la vuelta con rapidez. Me quedé sorprendida por lo joven que era. Se aproximaba más a la edad de Rosa que a la de mi madre o la de la señora Adela. Su cabello, espeso y de un negro brillante, sin duda el mismo color que el de Léonard, caía suelto sobre la línea de su pecho y tenía varios mechones recogidos con un pasador. Llevaba un vestido holgado, que no contorneaba su figura, pero aun así saltaba a la vista que era muy delgada. Sin embargo, su apariencia era esbelta, elegante. Se movía con gracia y agilidad entre las mesas. Antes de ir hacia la cocina atendió a un comensal y luego regresó, eficiente, portando platos y jarras. Al pasar a mi lado y percatarse de que continuaba de pie en la entrada, me dedicó una sonrisa y me hizo una seña hacia su derecha con la cabeza. Miré hacia donde me indicaba y vi a Léonard, que venía a mi encuentro. Lo saludé y eché un rápido vistazo a mi alrededor. Había seguido sus indicaciones bordeando el río hasta que avisté en una de las curvas que trazaba el cauce del agua, refugiado entre la vegetación, el edificio de ladrillo y madera. Nunca antes había estado en aquella zona. Tal y como estaba escondida entre los árboles, era imposible ver la posada desde donde solíamos bañarnos en el río. Como Léonard me había explicado, la mayoría de los clientes llegaban desde el pueblo. Solían ser comerciantes que estaban de paso y buscaban un sitio donde almorzar o pasar una noche y descansar antes de continuar el viaje. Por eso, en el pueblo varios carteles indicaban el camino, pero en la zona del río no había señalización alguna.

Las voces de los comensales llenaban la estancia. Esta no era muy grande, contaba con unas diez mesas. El suelo y el techo eran de madera, y la iluminación, tenue y cálida. Gracias a las velas situadas en el centro de cada mesa y a las jardineras con flores en las repisas de las ventanas, la decoración era acogedora. A mi izquierda había un mostrador que se adentraba en una pequeña cocina, por donde Beatriz había desaparecido.

—Es un sitio con mucho encanto —le dije a Léonard cuando llegó a mi lado.

—Me alegro de que estés aquí —respondió él sonriendo—. Ven, te presentaré a mi padre. Su lugar habitual es el taller, que está fuera. Se encarga del mantenimiento y aquí raro es el día en el que no se estropea algo.

Seguí a Léonard a través del comedor, en dirección a la pared opuesta a la puerta principal. Unas escaleras subían en transversal hacia el segundo piso y, a mano derecha, una puerta trasera nos condujo a un pequeño patio de tierra que colindaba con uno de los márgenes del río. Frente a nosotros, se levantaba un antiguo edificio construido con tablas de madera y, a la derecha, otro edificio con el mismo estilo de la posada pero más pequeño, de una sola planta. Tras él, uno se topaba con la tierra arada de varios huertos.

—Este es el antiguo pajar. Hace unos años lo acondicionamos para que fuesen las cuadras —me explicó Léonard mientras entraba en el primer edificio—. Todas las noches me encargo de traer a los caballos para que duerman aquí y durante el día los llevo a los prados colindantes.

Tardé unos segundos en acostumbrarme a la penumbra que había dentro. El suelo, cubierto de paja, amortiguaba mis pisadas. Al fondo pude ver los compartimentos divididos por tablas de madera que me indicaba Léonard. Entonces un repentino cacareo me sobresaltó y, de pronto, varias gallinas atravesaron presurosas la habitación siguiéndose las unas a las otras. Léonard rio.

—Perdona, tenía que haberte avisado. Las dejamos sueltas mientras los caballos no están aquí. Cosas de mi madre, dice que así los huevos tienen mejor sabor —me explicó con una divertida mueca de resignación.

Entonces comenzó a subir con agilidad por una estrecha escalera de madera de dudosa consistencia que conducía a un altillo. Faltaban varios tramos de barandilla. Lo miré sorprendida.

—¿Dónde vas? No esperarás que suba por ahí.

—Por supuesto. Vamos, sígueme con cuidado. No te pasará nada. No querrás perderte mi rincón favorito.

—Qué fácil es decirlo con pantalones —protesté.

Agarrándome como podía los faldones fui subiendo despacio uno a uno los escalones mientras la madera crujía bajo mis pies. Léonard me esperaba ya arriba y me tendió la mano para ayudarme a subir los últimos peldaños. La calidez de su piel me volvió a sorprender al tacto. Me asió con firmeza y pude notar su palma rugosa, curtida por el trabajo. Noté cómo un calor ardiente sonrojaba mis mejillas, pero por fortuna allí arriba la luz era muy tenue. Mientras giraba a su alrededor Léonard me indicó dónde estábamos subiendo:

—Como podrás comprobar, esta parte está bastante destartalada, aquí van a parar todas las cosas que no sabemos dónde colocar.

Avanzando por un estrecho pasillo entre una maraña de objetos decorativos, muebles, utensilios de cocina y herramientas, alcanzamos un pequeño rincón bajo la única ventana de la estancia, de forma circular, por la que se filtraba un halo de luz que iluminaba miles de motitas de polvo flotando en el aire. Bajo ella había dos bloques de paja prensada dispuestos perpendicularmente con gruesas mantas encima.

—Aquí es donde me gusta refugiarme desde que era pequeño, especialmente los días de lluvia. Mis padres me enseñaron a leer cuando apenas tenía cinco años y desde entonces leo todo lo que puedo. Algunos de los clientes más asiduos saben de mi afición, me consiguen ejemplares durante sus viajes y me los traen con la condición de que les ponga a punto sus carruajes.

Con una mano me indicó una torre de libros apilados junto a uno de los bloques de paja. La mayoría de los títulos estaban escritos en otro idioma y deduje que sería francés. Léonard me estaba observando con atención y al ver que fruncía el ceño me aclaró:

—Como te dije, mi padre, Gabriel, es francés.

—¿Cómo conoció a tu madre?

—Mi madre nació aquí en Cantabria, en un pueblo de la costa, pero durante su adolescencia pasaba los veranos con sus abuelos paternos, que tenían una casa en un pueblo del sur de Francia. La familia de mi padre también tenía allí su segunda residencia. Así fue como se conocieron, el pueblo no era muy grande.

Léonard hizo una pausa. Yo cogí uno de los libros y retiré la capa de polvo que lo envolvía antes de ojearlo distraídamente.

—En realidad, contado así parece sencillo, pero lo cierto es que al principio se vieron obligados a llevar su relación en secreto, pues sabían que la familia de mi padre no la aprobaría. Supongo que es la habitual historia de una familia acomodada que tiene demasiadas expectativas depositadas en su primogénito. Le brindaron la mejor educación posible en uno de los mejores colegios de la época y planeaban enviarlo a Inglaterra para que continuase sus estudios. Querían que estudiase Medicina. Pero mi padre no estaba muy por la labor, siempre ha dicho que le gustan demasiadas disciplinas como para elegir una en concreto. Aunque yo creo que tiene más que ver con lo testarudo que es, basta que le impongan algo para que haga lo contrario. Así que ocultaron su relación el tiempo que pudieron, pero la familia de mi padre terminó descubriéndolo. Entonces, ante la amenaza de que aquella muchacha sin estudios lo desviase de la vida que habían trazado para él, intentaron acelerar sus planes para enviarle lo antes posible a Inglaterra. Pero mi padre se negó, no estaba dispuesto a aceptar el futuro que habían planeado para él, así que anunció que dado que, no aprobaban su relación con aquella joven, se marchaban a España, donde sí serían bien recibidos. Fue valiente, pues con esa decisión no solo abandonó a su familia y su país, sino que dejó atrás su vida acomodada y todos sus privilegios. Tenía algo de dinero ahorrado, pero prácticamente se marchó con lo puesto. Mis abuelos maternos los acogieron con ilusión. Eran personas humildes, que apenas subsistían con lo que ganaban. Así que tanto mi madre como mi padre comenzaron a trabajar muy jóvenes para ganarse la vida. Tras un par de años ahorrando y aprendiendo el nuevo idioma, mi padre pudo cumplir su deseo de completar sus estudios. Estudió Filosofía en la Universidad de Oviedo. Mi madre siempre dice que tras aquella experiencia se volvió aún más taciturno y reflexivo de lo que ya se había vuelto tras romper los lazos con su familia. Al terminar la carrera, regresó con mi madre y sentenció que las ciudades no estaban hechas para él y que prefería la calma del campo. Mi madre no conocía otro modo de vida, así que estuvo de acuerdo y ambos buscaron un sitio tranquilo donde vivir. Creo que un conocido de mi abuelo, natural de esta zona, fue el que les habló de esta posada. El dueño que la regentaba era ya mayor y estaba en venta. Así fue como acabaron aquí y esto que ves es el resultado tras una gran rehabilitación. Mantener la posada implica trabajar cada día de la semana desde que amanece hasta que anochece. De hecho, cuando supieron que mi madre estaba embarazada se plantearon abandonar este proyecto y buscar otra forma de vida más sosegada. Pero, por otro lado, querían por encima de todo educarme en un entorno como este, rodeado de naturaleza. Así que acordaron que entre ambos se encargarían de mi educación y aquí fue donde me criaron, haciendo un doble esfuerzo para mantener la posada y atenderme a mí.

Léonard hizo una pausa para recordar el motivo de aquella confidencia.

—Ah, los libros. Mis padres siempre han hablado entre ellos en español, pero a mí me enseñaron los dos idiomas desde que era pequeño. Para reforzar mis conocimientos de francés y no olvidarlo, encargo ejemplares a aquellos comerciantes que sé que van a Francia a transportar sus mercancías y releo a menudo los ejemplares que me proporciona mi padre. Esa es la razón por la que te he contado todo esto, espero no haberte aburrido —añadió mirándome con atención.

Entonces me di cuenta de que estábamos tan cerca debido al angosto espacio del altillo que podía apreciar destellos color miel en sus penetrantes ojos castaños. Nuestros brazos casi se rozaban, podía sentir su respiración acariciándome el rostro. Instintivamente retrocedí un paso.

—Para nada —contesté con sinceridad—. Ambos fueron muy valientes dejando todo cuanto conocían y comenzando aquí una nueva vida. Su pasado también forma parte de la historia de la posada.

Léonard asintió complacido. El respeto con el que me había narrado la historia de sus padres dejaba entrever una gran admiración por ellos y la gran responsabilidad que sentía hacia su familia. Gracias a su relato comprendí que debía a sus padres una gran parte de su forma de ser y que, de no haber sido por su empeño en criarlo allí, Léonard quizá hubiese sido una persona diferente. Supuse que el hecho de que la familia de su padre hubiese intentado trazar por él su futuro, influenciarlo en sus decisiones, provocó que este hiciese justamente lo contrario con su hijo. Comprendí que se había esforzado para que Léonard no tuviera que enfrentarse a lo mismo que vivió él.

Alcé la vista para mirarlo de nuevo a los ojos y sentí que desaparecía un velo invisible entre nosotros. Como si hasta ese instante su figura hubiese sido borrosa y por primera vez lo observase de forma nítida. Me sentí más cerca de él que nunca. Desaparecieron los miedos y mis inseguridades, tan solo me limité a analizarlo despacio. No me había parado a pensar qué era lo que me gustaba de Léonard hasta este encuentro. Sin embargo, llevaba ahí esperando a que lo reconociese todo el tiempo, desde que lo había visto bañándose en el río. Aquello explicaba por qué aquel encuentro había calado tan hondo en mí, por qué me había suscitado tanta fascinación. Y es que aquel día, al toparme con él, me choqué también de manera muy clara con una libertad que hasta ese momento yo desconocía que se pudiera llegar a alcanzar. Más allá de limitarme a cumplir las tareas que me encomendaban, yo no me había cuestionado mucho más. Sin embargo, Léonard abría mi mente. A diferencia de mi hogar, el suyo no tenía cuatro paredes y un tejado, sino que parecía inabarcable, inmenso. Se movía por la naturaleza como si toda ella fuese su hogar. Su forma de entregarse al presente, el respeto hacia lo que le rodeaba, la especial conexión que existía entre él y su entorno... Todo ello sin duda era fruto de la libertad con la que sus padres habían decidido criarlo. Habían permitido que floreciesen en él rasgos que hacían que lo admirase profundamente.

Le sonreí sin apartar la vista y él me devolvió una sonrisa cálida y sincera. Me cogió de la mano y me ayudó a descender del altillo. Salimos de nuevo al patio, parpadeando para hacernos a la luz, y lo atravesamos en dirección a la casita baja. Antes de entrar en el taller, me di cuenta de que Léonard no había dejado de sonreír. Me apretó con fuerza la mano antes de soltarla con suavidad y abrió la puerta alzando la voz para avisar a su padre. Nada más abrir, salió de la estancia un fuerte olor que me hizo arrugar la nariz. Léonard me explicó que Gabriel, su padre, debía estar encerando algún mueble. Me quedé sorprendida por la gran cantidad de objetos que había allí dentro, pulcramente ordenados en estanterías de madera. En cuanto vi aparecer al padre de Léonard por uno de los pasillos, supe enseguida de quién había heredado Léonard su corpulencia y también su curiosa manera de observar. Enseguida olvidó su tarea y se centró en nosotros. Padre e hijo tenían la misma mirada, ambos volcaban toda su atención cuando algo o alguien les interesaba, olvidándose de lo demás. Al principio, me sentí incómoda ante aquellos ojos tan atentos, pero fue amable conmigo. Tal y como Léonard lo había descrito era un hombre reflexivo y de pocas palabras, prefería escuchar a tener que hablar. Pero saltaba a la vista que estaba haciendo un esfuerzo por entablar una conversación conmigo. Me explicó el funcionamiento de sus herramientas y me mostró el resultado de algunos de sus arreglos. Se necesitaban tiempo, paciencia y habilidad para reparar todos aquellos objetos, desde molinillos de café hasta relojes. A juzgar por el orden en el que tenía organizadas cientos de piezas metálicas sobre un gran tablero de madera, supe también que era metódico y minucioso. Su personalidad tranquila era lo opuesto a la frenética energía de su esposa.

Cuando quise darme cuenta, ya estaba anocheciendo. Tenía que regresar a casa o mis padres se preocuparían. Les había dicho que me apetecía caminar en mi tarde libre, que no se alarmasen si tardaba un par de horas, y ellos me habían creído. No me gustaba mentirles, pero aún no estaba preparada para contarles la verdad. Les agradecí de nuevo su invitación a los padres de Léonard y, acompañada por él, abandoné aquella posada que tanto frecuentaría a partir de aquella tarde. La guardo desde entonces con gran cariño en la memoria.

CAPÍTULO 11

Marzo de 1992

Tras varias llamadas a Luis sin respuesta, he optado por acercarme a su casa. Estoy frente a ella y aprieto el timbre con insistencia. Pero no obtengo ninguna respuesta. Pego mi oreja a la puerta para distinguir algún sonido que me confirme que está en casa, pero no oigo nada. Si está dentro, no da señales de vida. Su actitud me crispa los nervios. Necesito hablar con él, creo que es la única persona que puede ofrecerme alguna respuesta. Normalmente acepto sus huidas con paciencia, pero esta vez es diferente. Esta vez sé que el motivo está relacionado conmigo. Quiero decirle lo que he descubierto. Esa postal de quien creía que era mi padre hasta hace dos días. Quiero contárselo y medir su reacción, averiguar si estaba al tanto del asunto. También necesito que me diga qué le hizo asustarse al ver la fotografía en el hotel, si tiene que ver con ese muchacho que se unió al grupo en el último momento. Y, por supuesto, me tiene que contar quién diantres era ese hombre que apareció en medio de la ceremonia, qué hacía allí. Desconozco si todo guarda relación, pero algo dentro de mí me dice que si hay alguien que puede acercarme a mi verdadero padre esa persona es Luis. Él es el único que conocía a mamá antes de que viniese a Santillana e hiciese borrón y cuenta nueva en su vida. Sin embargo, mucho me temo que, hasta que él decida dar señales de vida, no voy a poder hacer nada. Tras un par de intentos más y de algún grito impaciente, desisto. Preocupada, miro a ambos lados y siento las miradas imaginarias de los vecinos, su presencia invisible tras las cortinas. No quiero que piensen que he perdido la cordura.

Mientras digiero la frustración, me recompongo como puedo y emprendo el camino de regreso a casa. Ahora que no tengo que trabajar, las horas se estiran ante mí sin compasión. Desde esta mañana parece haber transcurrido una eternidad y solo son las siete de la tarde. Esta sensación de pesada lentitud, de vacío, hace que mi cabeza, desocupada y viciosa, retorne una y otra vez a la tristeza y a la incomprensión. Las incógnitas que han florecido en mi vida me acompañan a cada paso que doy.

Trato de ocupar mi tiempo como puedo. Esta mañana he hecho un viaje de ida y vuelta a Santander para devolverle al fotógrafo el cuaderno de su abuelo y darle las gracias de nuevo. Más tarde, he rechazado con excusas la invitación de Carmen y Manuel para comer en su casa, pues no me veo con fuerzas para contarles todo lo que he descubierto durante las últimas horas y sé que en cuanto Carmen me vea sabrá que ocurre algo y se preocupará. He querido echarme la siesta después de comer sin éxito alguno, he llamado a Luis repetidas veces y finalmente he decidido salir en su búsqueda.

Sin demasiado ímpetu empujo la pesada puerta de entrada y entro de nuevo en casa. El silencio me da la bienvenida. El vacío que ha dejado mi madre parece haberse posado en todas las habitaciones. Huyendo de esta desesperante quietud, descorro las cortinas del salón y salgo a la terraza, pero al pasar junto al teléfono me fijo en que la luz roja está parpadeando. Me abalanzo sobre él deseando escuchar la voz de Luis. Pero me equivoco en mi predicción. El corazón me da un vuelco al reconocer su voz.

«Hola, Isabel, soy Mario. Me he enterado de lo de tu madre, lo siento mucho. Perdona que no haya llamado antes ni haya acudido al entierro, me habría gustado acompañarte, pero me he enterado hace un rato. ¿Cómo estás?... Si quieres quedar para tomar algo, ya sabes, aquí estoy, solo tienes que llamarme. Bueno..., un abrazo, cuídate».

Con el pulso acelerado presiono el botón para escuchar de nuevo el mensaje. Al terminar, cuelgo despacio el teléfono. Mario. Hacía meses que no escuchaba su voz. Desde que nuestra relación acabó de manera abrupta no he vuelto a saber de él. En realidad ansiaba su mensaje, pero escuchar su voz después de tanto tiempo ha agitado algo en mí. Los recuerdos que guardo junto a él se han despertado.

Me dirijo al congelador en busca del helado de galleta que compré para Navidades y que al final no abrimos, cojo una cucharilla y me desplomo en la tumbona de la terraza. A un lado, apoyada en el suelo, descubro la vieja radio de mi madre. Debe de estar ahí desde la última tarde que mamá pasó en casa, antes de que la ingresaran. La enciendo para que suene de fondo, pero no la escucho. Mis pensamientos toman su propia dirección, vuelan a su antojo, retroceden en el tiempo y me devuelven a los meses que compartí con Mario.

Nos conocimos en el Museo de Arqueología de Santander. Como si se tratase de una escena de alguna película americana, el pañuelo que llevaba sobre los hombros se me había caído y Mario lo recogió y fue preguntando persona a persona hasta dar conmigo. Entablamos una conversación formal y enseguida descubrimos que compartíamos una gran pasión por la historia. Aquella misma tarde me invitó a tomar café y dejamos que nuestra conversación viajase a lo largo de los siglos. Mientras hablaba, descubrí complacida cuánto sabía. Observé en su mirada el mismo brillo que en la mía, la emoción, el respeto por las civilizaciones que nos preceden. Aquel fervor ante los mismos temas que me apasionaban, aquel entendimiento mutuo, rápidamente me atrapó.

Los dos éramos tranquilos y disfrutábamos con cosas sencillas. Paseos por La Magdalena, visitas a museos, cafés, muchos cafés, por todos los bares de la ciudad. Ambos habíamos aparecido en la vida del otro en un momento en el que no esperábamos a nadie y, por eso, nos dimos la bienvenida sin pretensiones ni exigencias. Él venía a Santillana, yo iba a Santander, nos veíamos tres o cuatro veces a la semana. Nuestra relación no interfería en nuestras obligaciones. Él tiene un hijo de quince años de su anterior matrimonio, yo tenía a mi madre. Aquellos primeros meses fueron fáciles, libres. Nuestros encuentros suponían desconexión, una agradable manera de esquivar la rutina. Nuestra relación constituía una compañía agradable sustentada sobre el cariño, el respeto y el entendimiento.

Y entonces, tras nuestro primer verano juntos, llegó su propuesta: vivir juntos. Fue tan repentino y lo formuló con tanta ilusión que en aquel instante mis facciones expresaron de todo menos alegría. Mario se apresuró a decirme que no tenía por qué responder inmediatamente, que lo pensase. Quiso quitarle importancia riéndose, pero supe que mi reacción le había dolido. Me sentí mal por no corresponder a su ilusión, no quería herirlo, pero al mismo tiempo aquello no entraba en mis planes. En realidad independizarme nunca ha entrado en mis planes, con o sin pareja. Al contrario de lo que la gente suele pensar, la vida tranquila que siempre he llevado junto a mi madre no había supuesto nunca ningún esfuerzo para mí. No he renunciado a ninguna meta personal para estar con ella. Sencillamente asumí desde muy pequeña que llegaría el día en el que los papeles se invertirían y sería mi madre, quien hasta ese momento había cuidado toda su vida de mí, la que necesitaría mi ayuda. Asumí la responsabilidad, pero nunca ha sido para mí una obligación. Esta ha sido la forma en la que he escogido vivir, lo que me ha hecho feliz. Quizá a la mayoría de la gente le parezca que llevo una vida monótona o aburrida, nada más lejos de la realidad. Mi madre y yo hemos sido grandes compañeras. Siempre me he sentido afortunada por compartir mi existencia con ella.

La propuesta de abandonar la vida con la que tan a gusto me sentía me desestabilizó. Me preguntaba por qué no podíamos seguir como hasta entonces, pero al mismo tiempo me di cuenta de que vernos varios días a la semana no era suficiente para

Mario. Mi error fue aceptar su propuesta sin estar convencida. Supongo que mi madre jugó un papel fundamental, pues insistió con vehemencia en que la aceptase, me apoyó y me aseguró que ella estaría bien. Pensé que hacía lo correcto, pero lo cierto es que fue una decisión que no tomé yo, sino que dejé en manos de la ilusión de Mario y de la insistencia de mi madre.

Por supuesto, no funcionó. Los viajes diarios hasta Santillana para trabajar me desgastaban. Mario me propuso que buscase empleo en Santander, pero me negué. Aquello suponía perder el contacto con mis raíces. El cansancio me volvió irascible, inestable. Dejé de disfrutar con las cosas sencillas. Reconozco que Mario puso empeño para que la convivencia fuese fácil, se esforzó por adaptarse a todo lo que necesitaba, y lo cierto es que de no haber sido por mi actitud quizá hubiese funcionado. Pero no fui capaz de rectificar.

Un día se me hizo tarde con una visita guiada y decidí dormir en casa de mi madre. A la semana siguiente, le mentí a Mario y le dije que se me había vuelto a hacer tarde y me quedé dos noches más. Una mañana hice las maletas y ya no regresé a Santander.

Supongo que no se puede decir que hubo un final, tan solo desaparecí. Regresé a la comodidad de mi vida de siempre. Mario lo respetó, no insistió. No me llamó para pedirme una explicación. Con el paso de los días, conmovida por su resignación, por la forma en la que había aceptado mi huida, me propuse explicarle mi decisión por teléfono, para asegurarle que él no tenía la culpa de nada y que deseaba seguir viéndolo si él estaba dispuesto. Pero entonces la enfermedad de mi madre se aceleró. Me necesitaba y yo me volqué en ella, olvidándome de todo lo demás. Mi tiempo libre lo dedicaba a estar con ella. Supongo que mi instinto me dictaba en silencio que eso era lo que debía hacer, pues el tiempo de mi madre se estaba agotando definitivamente.

Así fue como desaparecí de la vida de Mario, sin ofrecerle ninguna explicación, dejándole con la palabra en la boca y en las manos, las ganas de volver a intentarlo.

CAPÍTULO 12

Marzo de 1992

Mi cuerpo se está apagando, mis fuerzas se agotan. Los ojos me pesan tanto que ya no distingo si es de noche o es de día. Me siento muy mayor en cada rincón de mi cuerpo. Puedo sentir cerca de mí a mi hija, a Carmen y a Luis. No se apartan un solo momento de mi lado. Me gustaría agradecerles su presencia. Pero articular una sola palabra es un esfuerzo inalcanzable. Ya no encuentro mi voz. Sin embargo, ahora los recuerdos son más nítidos que nunca. Se suceden veloces, me buscan y me hacen revivir los momentos de mi vida que han quedado sellados para siempre en mi alma. Desde los más felices hasta los más amargos. Ahora, por el modo en que mi cuerpo exhausto tiembla y trata de encogerse, sé que está a punto de mostrarme lo que durante tantos años me he esforzado en ocultar. Está a punto de trasladarme a la tarde en la que mi vida cambió para siempre.

Aquel día regresé a casa sofocada y feliz, con las mejillas ardientes por la intensidad del reciente encuentro con Léonard. Aquello me había envalentonado y estaba decidida a contarles la verdad a mis padres aquella misma noche, no pensaba permitir que los nervios me traicionasen de nuevo. Cuando mis padres regresasen, pensaba confesarles mi relación con Léonard. Atravesé con pasos ágiles la verja de entrada de la casa y me dirigí hacia la puerta del servicio, deseando librarme del aire denso y pegajoso, cargado de humedad, que se había formado a última hora de la tarde. Al entrar saludé a Gloria, alzando la voz, y subí los peldaños de dos en dos hasta mi cuarto para cambiarme de ropa. Tal y como sospechaba, mis padres aún no habían regresado, así que debía encargarme de la cena en cuestión de quince minutos. Mientras repasaba mentalmente las palabras con las que les contaría todo, desde el primer encuentro en el cobertizo, me senté con rapidez en el tocador para retocarme el peinado. El moño que me había hecho hacía escasas horas, lucía deshecho y encrespado por la humedad. Mis ojos brillaban con intensidad, cómplices de lo ocurrido. Sintiendo un dulce vértigo, acaricié mi mejilla en el lugar exacto en el que Léonard la había besado por primera vez. Me sonrojé al recordar el cálido roce de sus labios en mi piel. Con todo mi cuerpo encendido, latiendo con fuerza, me apresuré a colocarme varias horquillas en el cabello y bajé al comedor. Con energía, desplegué el gran mantel color pastel sobre la mesa de roble y coloqué los vasos, la cubertería y las servilletas de tela. Bajé a la cocina con la gran fuente de plata y regresé con ella repleta, sujetándola con fuerza con ambas manos, dejando tras de mí un humeante rastro con fuerte olor a espinacas. La deposité en el centro de la mesa, avivé el fuego y encendí varias velas para adornar el salón. Me sacudí la falda y me situé junto a la puerta de entrada esperando a que el reloj de pared diera las ocho y media en punto y Adela y Cristina entrasen en el comedor.

Mientras aguardaba, miré con preocupación por los ventanales, preguntándome cuándo llegarían mis padres. El cielo se había oscurecido y la lluvia amenazaba con caer de un momento a otro. Me dije a mí misma que tenían que estar a punto de entrar en casa, pues habían madrugado para partir hacia Comillas y regresar antes de que se hiciese de noche. Debían recoger un traje a medida que papá había encargado porque los que tenía le quedaban peligrosamente prietos, pues había engordado desde las últimas Navidades, y mi madre quería visitar a un conocido alfarero para reemplazar un bonito jarrón que decoraba su habitación y que había estallado en mil pedazos la semana anterior, al precipitarse contra el suelo en un descuido. Además, habían aprovechado la invitación para comer de una tía lejana de mi padre que vivía allí. Aunque, en realidad, era nuestro día libre, yo me había quedado con la excusa de servir la comida y con la promesa secreta de visitar a Léonard por la tarde. Sonreí aliviada para mis adentros al pensar que aquella sería la última vez que les ocultase mi relación. Deseaba acudir a la posada con la conciencia tranquila, sin tener que mentirles diciéndoles que me iba a pasear o a hacer algún recado al pueblo. Merecían conocer mis sentimientos. Todavía me sentía culpable, tanto por ellos como por Léonard, por el inesperado encuentro que habían tenido los tres hacía apenas unas semanas. Pero, por supuesto, yo no había tenido nada que ver con aquello, sino que había sido fruto de la casualidad y del ímpetu de Gloria a partes iguales.

Ocurrió un día en el que Gloria se había despertado con un fuerte dolor de cabeza y no pudo abandonar la cama hasta pasado el mediodía. Todavía estaba pálida y dormitaba cuando entré en su habitación para decirle que no se preocupara, que mamá y yo nos encargábamos de hacer la comida ese día. Entonces abrió los ojos de par en par, como si hasta ese momento no hubiera pensado en esa consecuencia, y, ante la posibilidad de que otra persona que no fuese ella hiciese la comida, aunó fuerzas, se levantó tambaleante, se puso el delantal y se dirigió con brío a la cocina. Como era inútil rogarle que volviese a tumbarse, permanecí junto a ella para ayudarla. Lo cierto es que a medida que cocinaba fue recuperando poco a poco el color. Al terminar de comer, mientras tomábamos café alrededor de la mesa del comedor, Gloria de pronto pegó un brinco y gritó:

—¡Las gallinas! ¡Mis gallinas! ¡Me he olvidado de ellas esta mañana!

Y salió escaleras arriba asiendo con rapidez el cesto con granos de maíz.

—Pero, ¡mujer, que no pasa nada por que no coman un día! —gritó mi madre mientras suspiraba incrédula.

Pero ya era demasiado tarde: oímos cómo el portalón de salida al jardín se abría y se cerraba con un chirrido. Y aquí es donde la casualidad jugó su papel: Léonard había acudido temprano a la finca aquel día para regresar lo antes posible a la posada, donde tenía trabajo acumulado. Así que, cuando Gloria salió al jardín y bordeó los setos para dirigirse al corral, vio a Léonard subido en la carreta bordeando el jardín por el camino del invernadero que llevaba al bosque. Hasta ese momento nunca se había encontrado con él, pues Gloria pasaba la mayor parte de su tiempo en el piso de abajo y rara vez salía al jardín por la tarde. Tal y como Léonard me contó más tarde, Gloria fue decidida hacia él, le obligó a detenerse, le hizo bajarse, se presentó, le tendió la mano y le invitó a tomar café sin posibilidad de rechazo. Cuando entraron en la cocina, Gloria muy satisfecha y Léonard bastante incómodo, yo no podía dar crédito.

—Hay que ver, más de un año que lleva trabajando aquí este muchacho y yo todavía no lo conocía. Le he invitado a tomar café, porque el pobre debe de estar agotado. Anda que, si de mí dependiera calentar esta casa, no íbamos a pasar frío. Creo que mis pobres brazos no me permitirían ni cortar una triste rama. Pero, bueno, oye, cada uno se dedica a lo suyo. Anda, pasa, hijo, pasa. Siéntate a la mesa, no tengas miedo. A Francisco ya lo conoces, claro, fue quien te contrató. Ella es su mujer, Pilar, y su hija Aurora, me imagino que habréis coincidido alguna vez por la finca.

Léonard se dirigió a la mesa donde estábamos los tres y se sentó mientras saludaba a mis padres. No pude evitar compadecerme de él, pues el pobre no sabía cómo comportarse. Ante esa situación, fue incapaz de mirarme, él que siempre dirigía su atención con tanta firmeza y seguridad. Supongo que el hecho de sentirlo tan indefenso agudizó mis sentidos y le saludé con inocencia y timidez, como si fuese verdad que nos conocíamos de haber coincidido esporádicamente mientras trabajábamos. Por fortuna, tras preguntarle con cordialidad cómo iban las cosas en la posada, papá había retomado el hilo de la conversación, mientras Gloria sacaba de la despensa un amplio surtido de dulces e instaba a Léonard cada dos minutos para que comiese. Pasada media hora, Léonard se disculpó y aseguró que tenía mucho trabajo por hacer en la posada antes de que cayese el sol.

Aquella inesperada visita me había dejado un mal sabor de boca. Por supuesto por mis padres, porque desconocían que aquel joven sentado frente a ellos mantenía una relación con su hija, y también por Léonard, porque aquella no era la manera en que se merecía conocerlos. Había intentado contarles muchas veces la verdad, pero, cada vez que creía haber encontrado el momento adecuado, un calor abrasador inundaba mi rostro y no podía evitar verme reflejada en los ojos de mis padres como una niña pequeña. Acto seguido sentía que era demasiado pronto y que me estaba precipitando en anunciarlo. Pero aquella noche era diferente, notaba la determinación recorriendo mi cuerpo. Pesaba más la ilusión por contarles la importancia que Léonard tenía para mí que el miedo injustificado que me había paralizado las otras veces.

Como si estuvieran acompasados, el grave sonido del reloj de pared señalando la hora llegó a mis oídos al mismo tiempo que el repiqueteo de los zapatos de tacón de la señora Adela contra la madera anunciando que estaba a punto de entrar en el comedor. Nada más verme, se dirigió a mí extrañada:

—¿Todavía no han regresado tus padres, Aurora?

—No, señora. Tienen que estar a punto de llegar.

Me apresuré a alejar la silla de la mesa para que tomase asiento, la arrimé y después acomodé a Cristina. Con el cucharón de plata, serví el primer plato y me retiré junto a la puerta de servicio. Del mismo modo que había ocurrido al mediodía, el silencio se posó sobre ellas. Tan solo se escuchaban el avance del segundero del reloj de pared y el sonido de las cucharas contra la porcelana. Amplificado por el silencio, a los pocos minutos de servir el segundo plato, comenzamos a oír el sonido de la lluvia contra los cristales. La tormenta había estallado. Entonces me inquieté. Quizá la tormenta había sorprendido a mis padres volviendo y habían tenido que parar en algún sitio para refugiarse. Cuando Gloria subió al comedor para entregarme el postre, le pregunté con la mirada si ya habían regresado, pero ella negó preocupada con la cabeza. Al finalizar la cena, bajé a la cocina y le consulté a Gloria si debíamos hacer algo. Ella me instó a mantener la calma.

—Poco podemos hacer, cariño, menos con la que está cayendo. Lo más probable es que se hayan visto obligados a posponer el viaje por la tormenta.

Aunque sabía que quizá tuviese razón, en mi interior estaba intranquila. No recordaba una sola noche en la que mis padres no hubiesen dormido en casa desde que tenía uso de razón. La noche anterior me aseguraron que estarían de vuelta por la tarde, como siempre. Gloria y yo aguardamos sentadas en la mesa de la cocina, mientras fuera la lluvia arreciaba. Al poco rato los truenos resonaron en el cielo y con cada estallido ambas nos mirábamos con un temor silencioso y dirigíamos la vista hacia la puerta, esperando que se abriese en cualquier momento y apareciesen mis padres. Por más que intentaba mantener la calma, mi agitación se fue tornando en preocupación y la preocupación en miedo. Me levanté de la mesa sin probar bocado y no paré de dar vueltas por la cocina, impaciente. Permanecimos allí despiertas hasta muy tarde, hasta que pasada la medianoche nos vimos obligadas a aceptar que ya no regresarían hasta el día siguiente. No podíamos hacer otra cosa salvo esperar.

Subí a la buhardilla y me tumbé en la cama sin convicción. Incapaz de conciliar el sueño, las horas se sucedieron con desesperante lentitud. En algún momento, el ruido de la tormenta cedió, pero en mi interior un mal presagio me revolvía el estómago. Al alba, abandoné mi cuarto dispuesta a ir hasta la posada para pedirle a Léonard que saliese en su busca con uno de los caballos. Quizá estuviese excediéndome, pero no conseguía quitarme de encima la sensación de que quizá nos hubiésemos equivocado al esperar sin hacer nada. Abrí la puerta de la entrada con determinación, pero apenas pude avanzar unos cuantos pasos. La visión de alguien entre la penumbra me hizo retroceder. Me costó mucho reconocer aquella sombra. Era Sebastián, uno de los vecinos del pueblo, con la expresión demacrada. En un susurro, le pregunté qué ocurría. Antes de que dijese una sola palabra, mis piernas se echaron a temblar. Él carraspeó y con voz pesada, arrastrando el peso de cada palabra, comenzó a quebrar mi realidad.

—Aurora, hija. Esta mañana me he levantado como siempre temprano para ir a los campos del ganado. A mitad de camino, en uno de los recodos, aunque la luz era tenue, me ha parecido ver algo en medio de una ladera. Extrañado me he acercado y entonces...

Sus palabras llegaban a mis oídos lejanas. En primer plano, los latidos de mi corazón, amenazando con salirse del pecho. Sentí ganas de apartar a aquel hombre que se había interpuesto en mi camino y salir corriendo en busca de mis padres.

—Eran los restos de vuestro carruaje. Yo... lo siento en el alma, Aurora, eran buenas personas...

La cabeza me daba vueltas, no podía respirar. Quería salir corriendo, pero las piernas no me respondían. Aquella voz grave y desagradable seguía bombardeando mis oídos.

—Debieron de encabritarse, los truenos y tanta lluvia... Ya he avisado, pronto os traerán sus pertenencias...

A partir de ese momento todo sucedió sin mí. Tan solo me limité a dejarme abrazar sucesivamente por Gloria, por Cristina y por la señora. Entre todas me sostuvieron y me tendieron en el sofá del salón. Oía sollozos de fondo. Yo no encontraba mi voz. Lo percibía todo desde tan lejos... Aquello que sucedía a mi alrededor parecía irreal.

Así fue como aquel día cambió mi vida. Aunque hayan pasado casi sesenta años y ahora mi cuerpo esté apagándose, el sentimiento de dolor al recordarlo es exactamente el mismo. Aquella pérdida arrancó de cuajo mi inocencia, oscureció mis esperanzas y me rompió el corazón. No puedo describir el dolor tan profundo que sentí en mis entrañas ante la certeza de haber perdido a las personas que más quería en el mundo. Ante la sensación de que me había quedado sola. Aquella era una soledad enfermiza, tan real y tan palpable que me partía en dos. Afrontar el hecho de no volver a verlos, de que ellos no me verían crecer, ni yo a ellos envejecer, se me hacía insoportable. Mi mundo se tambaleó peligrosamente al perder mi gran apoyo. Lloré tendida en mi cama durante días. Perdí la noción del tiempo, me limité a sobrevivir. Y así ha sido durante el resto de mi vida. Puedo afirmar que he luchado cada día desde entonces para continuar adelante, para reencontrarme con mis ilusiones y para volver a sentir ganas de sonreír. Y también afirmo que no ha habido un solo día en el que no haya pensado en mis padres. Nunca han dejado de estar aquí conmigo, dentro de mí.

Desde entonces he gestionado mi pasado y mi dolor como he podido. Sé perfectamente que no ha sido la mejor manera. Nunca, a lo largo de los siguientes sesenta años, he conseguido hablar con nadie sobre lo ocurrido aquel día. Al principio, mi reacción fue guardarlo todo en mi interior, porque sentía que así, al no hablar del accidente, era como si no hubiese ocurrido. Y esa decisión tuvo consecuencias. Aquel mecanismo de defensa se prolongó en el tiempo sin que yo supiese revertirlo, hasta que al final dejé de sentirme culpable y de presionarme por no ser capaz de hablar de la pérdida de mis padres y simplemente lo acepté, aprendí a vivir con ese mecanismo porque me hacía sentir segura. Creía que la única manera de no caer en un profundo y oscuro agujero sin retorno era contener todo dentro de mí. Mientras esto fuese así, tendría bajo control todo el dolor, todos mis sentimientos, todo mi miedo. Así que lo sellé dentro con fuerza y me olvidé de que existía una llave.

De esta manera, me volví hermética: borré mi pasado y no dejé aflorar mis sentimientos. Lo único que lamento es no haber hablado más a mi hija de sus abuelos, no haber sabido transmitirle lo importantes que han sido siempre mis padres en mi vida. Cuando ella era pequeña, comenzó a sentir un natural interés por ellos. Pero yo no estaba preparada para aquello. Un angustioso nudo se me formaba en la garganta ante sus preguntas, cada vez más insistentes. En un desesperado intento por aliviar su curiosidad, luchando conmigo misma, fui con ella a llevarles flores. Pero aquella fue la primera y la última vez que regresé. Aquella visita me trajo dolorosos recuerdos que me desestabilizaron. Mi pobre Isabel enseguida lo notó y me miraba con los ojitos muy abiertos, preocupada por mí, temiendo haber hecho algo malo. Por supuesto ella no tenía la culpa de nada, pero aquel regreso al pasado fue demasiado para mí. Me daba pánico perder el control que había conseguido mantener hasta ese momento, dejar escapar todo lo que había estado reteniendo porque sabía que aquello me desbordaría, emanaría sin control como un torrente de agua liberada de un recipiente a presión. Tenía miedo de ahogarme y quedar atrapada para siempre en mi propia pena.

Por otro lado, regresar a aquel lugar no hizo sino reafirmar mi creencia de que no era esa la manera en que quería honrar a mis padres ante mi hija. Siempre he creído en la importancia del culto a lo vivido, no a lo perdido. Por eso, aunque mi hija no lo sepa, porque apenas sabe nada de ellos, en realidad ha heredado de mis padres todos sus valores. Tiene temple y es curiosa, como mi padre. Es paciente y constante, como mi madre. Honesta y humilde, como eran los dos. Desde que era pequeñita he puesto todo mi empeño en inculcárselo. Esa para mí sí era la manera correcta de mantenerlos vivos en mi memoria, esforzándome por tener presente cada día de mi vida su legado, todo cuanto me dieron y enseñaron. Siempre he pensado en ellos cuando he tomado cada una de mis decisiones, sopesando qué me habrían aconsejado, qué habrían hecho ellos en mi lugar. Los días en los que creía que ya no podía más me acordaba de su incansable e impecable manera de trabajar, de su sentido de la responsabilidad y del deber, desde el amanecer hasta el atardecer, durante cada día de la semana. De cómo, pese al cansancio, me brindaron siempre todo su cariño, su sabiduría y su paciencia. Mi intención ha sido siempre transmitirle todo eso a Isabel, para que ella también tenga ese recuerdo de su madre. Esa ha sido mi manera de honrarlos.

Dios sabe que a veces lo he hecho mejor y a veces lo he hecho peor. Que no siempre he podido hacerlo bien ni he sabido. Pero entonces, de entre todos, un recuerdo en concreto regresa a mí de manera nítida, a modo de enseñanza y de aliento.

Mis padres sentados a la mesa del comedor del sótano, a la luz de las velas, rodeados por la calma previa a la hora de acostarse, tras un duro día de trabajo, con todas las tareas cumplidas. Mi padre me está enseñando como buenamente puede a leer y escribir, paciente, instándome con suavidad a que atienda, que no me distraiga. Pero mis ojos se desvían a las manos ágiles de mi madre, que se mueven con movimientos constantes y hábiles, hipnotizantes. Está tejiéndome unas bonitas cortinas blancas para mi nueva habitación en la buhardilla, dejándose los ojos con la escasa luz que hay en la estancia. Así es como eran ellos, llenos de energía y entusiasmo cuando se trataba de mi educación y cuidado, siempre dispuestos a dármelo todo. Tan solo he llegado a comprender su verdadero esfuerzo cuando yo misma, tras estar diez horas de pie trabajando en la pastelería, he ido agotada a recoger a Isabel a la escuela, donde me esperaba en la puerta observando todo con sus grandes ojos, buscándome entre la gente y agarrando con sus manitas las asas de la mochila. Y entonces, al verme, la cara se le iluminaba y salía corriendo hacia mí. Ahí estaba ella, depositando en mí toda su fe, y aquí dentro mis padres, alentándome a seguir con su ejemplo. Así que la cogía fuerte de la mano y olvidando mi cansancio la llevaba al sitio que más le gustaba: la pradera tras la colegiata, donde se dedicaba a correr y explorar, como ella misma decía. Y al regresar a casa me sentaba con ella a la mesa de la cocina y la ayudaba a hacer los deberes.

Ahora que estoy tan cerca del final, miro atrás y doy gracias porque sé que mi vida, pese a todo, ha sido plena por momentos así. Doy gracias porque he podido vivirlos y porque mis padres me enseñaron a disfrutarlos. Además, si algo me mostró su pérdida fue otorgar importancia a aquello que de verdad lo merece. Y lo cierto es que, más allá de la felicidad y el bienestar de mi hija y mis amigos, por muy pocas cosas me he permitido un solo segundo de preocupación. Perder a mis padres me cambió la forma de valorar el tiempo, tan inmenso y a la vez tan escaso. Bajo la conciencia de que en cualquier instante todo puede desvanecerse, la rutina y los momentos más simples se convierten en una experiencia maravillosa. Ahora sé, y esto se lo debo a mi hija, que a cambio del esfuerzo lo que mis padres recibían por mi parte era lo más valioso que existe: un amor incondicional, sin reservas, sin prejuicios ni rencores. Un amor constante e inalterable en el tiempo porque se basa en la confianza más pura y sana que existe: la de un niño pequeño en sus padres.

Ahora estoy tan cerca del final que casi puedo volver a sentir la risa profunda de papá y también puedo oler el dulce aroma de mamá. Ahora que estoy tan cerca del final sé con certeza que los dos están esperándome con los brazos abiertos.

CAPÍTULO 13

Marzo de 1934

No sabría decir qué hora era. No porque no lo recuerde, sino porque nunca llegué a ser consciente de ello. A juzgar por la penumbra que me rodeaba supuse que era de noche, quizá los instantes previos al amanecer. Mi cuarto era un mar de sombras y siluetas. Pero quizá acababa de caer la noche o tal vez las nubes impedían el paso de la luz. Llevaba días tumbada en la cama, había perdido la noción del tiempo.

Solo sé que una silueta irrumpió en mi habitación, cerró la puerta tras de sí y permaneció junto a la puerta, inmóvil, mirándome. Yo no era del todo consciente de lo que estaba pasando, lo percibía desde la lejanía del sueño. Cerré los ojos y me acurruqué para seguir dormitando, pero un susurro alcanzó mis oídos:

—Aurora..., ¿me oyes? Sé que estás despierta. —Las palabras llegaron hasta mis oídos flotando—. Ayer cuando vine a verte, no estabas sola. A los pies de tu cama estaba Léonard. Sé que se fue tarde, lo vi salir cuando ya era de noche, a través de la puerta de servicio. ¿Qué hacía aquí?

Mi cerebro adormilado tardó varios minutos en asimilar que la voz que emanaba de la figura oscura que estaba apoyada en el quicio de la puerta era la de Cristina. Tuve que hacer un gran esfuerzo para procesar lo que me estaba preguntando y decidir cuál se suponía que era la respuesta que debía dar.

Léonard..., claro que había estado aquí. Vino en cuanto se enteró de la noticia. Entró en mi habitación seguido por Gloria, quien al principio había permanecido en la puerta, dubitativa. Pero al cabo de varios minutos se retiró a su habitación, tomando la precaución de dejar nuestra puerta abierta. Léonard me había rodeado con sus fuertes brazos y me había obligado a incorporarme mientras disponía varios cojines tras mi espalda. No recuerdo cuánto tiempo estuve sumergida en su abrazo. Dentro del oscuro abismo que me había absorbido, por primera vez encontré cierta calma. Sentir su olor me reconfortó y me recordó que todavía estaba viva. Apenas habíamos hablado, no había mucho que decir. Yo me quedé dormida a ratos. Durante todo ese tiempo él no se movió, permaneció en la misma posición.

Cada vez que yo abría los ojos, él estaba ahí, sentado en el pie de mi cama, mirándome con paciencia y ternura, agarrándome con fuerza la mano. Aquel gesto me infundía calma, la posibilidad remota de cierta esperanza.

La sombra que permanecía junto a la puerta se agitó, pues continuaba esperando una respuesta. Entonces comprendí la gravedad de su pregunta. Desperté de golpe del duermevela en el que me encontraba. Me incorporé con demasiada rapidez y me mareé. Tuve que hacer un gran esfuerzo por pensar con claridad y encontrar un camino entre los difusos pensamientos que parecían flotar en mi mente, tratando de hallar una respuesta coherente. Carraspeé para aclarar mi voz y respondí:

—Vino a darme el pésame. Somos amigos, ya sabes que coincidimos por la finca. Un día Gloria lo invitó a tomar café abajo. Conoció a mis padres y quiso que yo conociera a los suyos. He ido varias veces a comer con su familia, se portan bien conmigo.

En medio de la oscuridad distinguí atemorizada los ojos claros de Cristina escrutándome, sopesando mis palabras. Aunque no había dicho toda la verdad, tampoco había mentido. Sin embargo, ella parecía enfadada y me miraba con crudeza. Pero optó por no decir nada. Supongo que se dio cuenta de que aquel no era el momento. Se apiadó de mi situación y de mi deplorable aspecto tras días sin peinarme ni arreglarme. Simplemente asintió y se limitó a decir:

—Olvídalo. ¿Cómo te encuentras hoy, que es lo importante?

—Bueno..., todavía no me veo con fuerzas para salir de la cama.

—Es normal, todo está muy reciente todavía. Por nuestra parte puedes tomarte el tiempo que necesites, ya lo sabes. Nos las apañaremos. Cualquier cosa que necesites, estaré abajo.

Aquella visita envuelta en la oscuridad me provocó un regusto amargo. La cabeza me daba vueltas, sentía un cansancio terrible. Lo siguiente que recuerdo es a Gloria entrando en la habitación con una bandeja que desprendía un agradable aroma que se dispersó por toda la habitación, mezcla de café y de tortitas recién hechas. El primer impacto al despertarme fue que la luz me quemaba los ojos. Tuve que pestañear con fuerza hasta que volví a distinguir mi habitación, y entonces reparé en la calidez del sol que se colaba por mi ventana y me bañaba la piel. A juzgar por su altura, debían ser casi las diez de la mañana.

—Buenos días, cariño, aquí tienes el desayuno. Lo siento, pero eso de estar tendida en la cama se ha acabado. Así que, venga, incorpórate que voy a peinarte y te vas a quitar ese camisón.

Gloria apoyó la bandeja en mi mesilla y se movió de un lado para otro. Descorrió las cortinas, barrió la habitación, limpió el polvo y preparó mi ropa. Al principio, tanta actividad me desbordó. Llevaba días sumida en una silenciosa calma y todavía me sentía incapaz de volver a la realidad. Pero pronto me vi arrastrada por los frenéticos movimientos de Gloria. Mordisqueé sin demasiado apetito una de las tortitas mientras la observaba. Cada pocos minutos me daba la espalda para evitar que la viese y se sacaba su pañuelo de lino del pecho para enjugarse los ojos.

Sentí un profundo cariño hacia ella. Gloria era una mujer sensible. Conocía a mis padres desde hacía muchos años. Parecía muy cansada, como si en cuestión de días hubiese envejecido varios años. Sus pronunciadas ojeras se hundían en sus redondas mejillas. Sin embargo, no se detenía ni un segundo y supe que lo hacía por mí, porque sentía que ahora era su responsabilidad cuidarme. Dentro de su honda tristeza estaba esforzándose para que yo no me hundiera. Trataba de rescatarme, recordándome con su vigorosidad que la vida debía continuar. Así que, conmovida, me esforcé y obedecí. Salí de la cama por primera vez en una semana, como me contaron más tarde, y me senté en el tocador para dejar que me peinase. Me costó reconocerme cuando me miré en el espejo. La muchacha que me devolvía el reflejo tenía los ojos rojos e hinchados, la tez muy pálida y estaba tan delgada que se adivinaban los huesos de los pómulos. Me sentí abrumada al verme, las lágrimas rodaron de nuevo por mis mejillas y la cama parecía tentarme para que volviese a refugiarme en ella. Pero, leyéndome el pensamiento, Gloria se adelantó y, tras cambiar las sábanas, extendió el edredón y dispuso los cojines con simetría. Mientras tanto me ordenó que me quitase el camisón, me asease y me vistiese. Yo acepté y cumplí con todo lo que me pedía. Me abandoné en sus manos, agradecida e incluso aliviada por algo tan sencillo como verme de pie, limpia y bien vestida, algo que días atrás había temido que nunca más pudiese volver a conseguir.

—Gracias, Gloria. Por esto y también por haber estado pendiente de mí todos estos días... Y por haber dejado que viniese Léonard.

—Ay, cariño, una lo ve todo. ¿Qué crees, que no lo sabía cuando le invité a tomar café? Pero si te veía pulular enamorada por cada rincón. —La debí de mirar perpleja porque rápidamente añadió—: Tranquila, que esas cosas las veo yo que soy medio bruja, no te preocupes.

No pude evitar cuestionarme, mientras los ojos se me volvían a empañar, la posibilidad de que mis padres también se hubiesen dado cuenta. ¿Y si ya lo sabían, pero nunca me habían dicho nada, esperando que fuese yo quien se lo contase? Me sentí hundida por haberles fallado. Gloria, atenta a mi expresión, adivinó mis miedos:

—Los padres lo saben todo de sus hijos, cariño. Pero tan buenos como eran, siempre respetaban tu intimidad y preferían esperar a que tú encontrases el momento adecuado para contar lo que quisieses compartir. No te culpes por no habérselo dicho, ¿me oyes? Porque no decir en voz alta una verdad que salta a la vista no es mentir. Sabían que es un buen muchacho, y eso es lo importante. Y yo también lo sé, si no no lo habría dejado subir. Si lo hubieses visto ahí fuera en la puerta, empapado, se le veía tan preocupado...

Sonreí un poco al imaginarlo, pero una poderosa oleada de tristeza estalló sobre mí ante la dura realidad de que ahora debía hablar de mis padres en pasado y esto nubló mis pensamientos. Gloria se apresuró a abrazarme.

—Lo sé, mi niña, lo sé. Es una tragedia horrible esto que estamos pasando. Pero tú eres muy joven y con toda tu vida por delante, debes continuar. Yo voy a estar a tu lado siempre que me necesites, ¿me oyes? Si necesitas desahogarte, aquí estaré. Esto es algo a lo que debemos hacer frente juntas. —Me colocó un mechón suelto con cariño tras la oreja y me dijo que me esperaba abajo—. No tengas prisa, baja cuando te sientas lista y damos una vuelta por el jardín. Ya es hora de que te dé el aire fresco, te va a venir bien —me prometió sonriendo.

El sol de invierno brillaba con fuerza anunciando la llegada inminente de la primavera. Salir al jardín fue como abandonar tras varios meses el interior de una cueva. Mi piel entumecida agradeció el baño de calor. Respiré hondo y armándome de valor, me agarré del brazo de Gloria y, paseamos por los caminos de tierra serpenteantes. La mayoría de los árboles lucían ramas desnudas, pero estas dejaban ya entrever el regreso de la vida con incipientes brotes. A cada paso que daba llegaban hasta mí, con una intensa melancolía, los comentarios fervorosos con que mi padre hubiese descrito el paisaje ante nosotras. Puse todo mi empeño en mirar a través de sus ojos. Casi podía sentir su voz. Tras bordear la finca, cuando llegamos al extremo sur, donde comenzaba el bosque, Gloria se detuvo repentinamente.

—¿Qué ocurre? —le pregunté.

—Alguien te está esperando. —Alcé la vista y vi a Léonard entre los árboles, apoyado en la carreta, sonriéndome—. Vamos, vete con él. Distráete. Pero no vuelvas muy tarde, no me hagas preocuparme —me dijo Gloria mientras me daba un pequeño empujón.

Le di las gracias y corrí junto a Léonard. Él me abrazó con fuerza y me susurró:

—Me temo que eso de no comer se te ha acabado... Mi madre está preparando un guiso que huele de maravilla y sospecho que a ella no vas a poder decirle que no.

Léonard no mentía, aquel olor despertó mi cuerpo hambriento en cuanto atravesamos la puerta de entrada, y no me pasó desapercibida la mirada complacida y aliviada de Beatriz cuando recogió mi plato vacío.

Me sentí muy agradecida por la manera en la que me acogieron, con ternura, pero no con compasión, lo cual me habría recordado constantemente mi pérdida. Aquella posada, con el constante sonido del río de fondo, con el olor a café siempre suspendido en el aire, se estaba convirtiendo en una suerte de refugio para mí. En ella me sentía querida y protegida. En realidad, todo lo que necesitaba en aquel momento era volver a experimentar en la piel la importancia del sentido de pertenencia.

Aún escondo en mi memoria el bonito gesto de Gabriel, el padre de Léonard. Siempre tan callado, tan meditativo. No me abrazó ni me dio un beso. Simplemente puso una mano en mi hombro y me dijo exactamente lo que necesitaba escuchar:

—Aurora, ahora nosotros somos tu familia.

El impacto al conocer aquella inesperada tragedia que nos había golpeado tan de cerca me hizo prometerme a mí misma que iba a cambiar. Aurora me necesitaba y yo estaba dispuesta a olvidar aquel último año en el que nos habíamos distanciado, perdonarla por el error que había cometido al sustituirme por Léonard en diferentes ocasiones. Estaba segura de que tras el accidente me necesitaría más que nunca y se daría cuenta de cuánto me echaba de menos. Aquello supondría el punto final a nuestro distanciamiento. Volveríamos a ser las mismas de antes, solo ella y yo, tal y como fuimos una vez.

Durante el primer día dejé que descansara a solas para que pudiera asimilar la noticia y al día siguiente me dirigí hacia el pueblo. Compré para ella un bonito ramillete de flores blancas y amarillas y después entré en la pastelería para comprar sus pasteles favoritos, los de chocolate. Con el paquete bajo el brazo, sosteniendo en una mano el espléndido ramo, me encaminé de nuevo hacia casa. Podía imaginar la cara de sorpresa de Aurora cuando me viese aparecer en la buhardilla, sus lágrimas de felicidad y alivio por nuestra reconciliación. Su sonrisa de gratitud por mi decisión de haber recuperado nuestra relación. Antes de subir al último piso, entré en mi habitación y rebusqué en mi armario hasta dar con uno de mis vestidos que tanto le gustaba a Aurora. Estaba dispuesta a regalárselo. Ella nunca lo decía en voz alta, pero por la manera en la que me miraba sabía que se moría de ganas por probárselo cuando me veía con él. Con todo bajo el brazo, encaminé mis pasos con decisión hacia la buhardilla, pero mi alegría se congeló a mitad de la escalera. Escuché una voz masculina que procedía del cuarto de Aurora. No tuve ninguna duda, era él. ¿Se puede saber qué demonios hacía en el cuarto de mi amiga? Subí con rabia los últimos escalones y me asomé por el quicio de la puerta. Aurora descansaba sobre el regazo de Léonard. Él acariciaba su rostro y la miraba tan ensimismado que ni siquiera se dio cuenta de mi presencia. Aquella intimidad me violentó. ¿En qué momento sus esporádicos encuentros en el cobertizo habían derivado en aquella confianza? ¿Mis compromisos sociales y las invitaciones a bailes durante los últimos meses me habían distraído tanto como para no ver lo obvio? Jamás imaginé que Aurora quisiese encontrarse con aquel muchacho por alguna razón que no fuese mero entretenimiento.

Con el corazón retumbando furioso en el pecho me abalancé escaleras abajo, maldiciendo mi estupidez. ¿En qué se supone que estaba pensando? Descendí hasta las cocinas y arrojé el ramo y los pasteles a la basura. Jamás le regalaría mi vestido. Estaba harta, me había mentido desde el primer momento, había ocultado sus encuentros e incluso cuando se lo había intentado sonsacar hablándole de él, ella había fingido delante de mí no saber quién era. Aun así, pese a todo, yo había intentado salvar nuestra relación y así era como ella me lo hacía pagar de nuevo.

¿Cómo se atrevía a meter en casa a ese maleducado? Por más que intenté librarme de aquella imagen, no lograba apartar de mi mente la visión de Léonard ocupando el sitio que me correspondía a mí, que hasta entonces solamente yo había ocupado.

CAPÍTULO 14

Abril de 1934

Aurora, necesito que me planches de nuevo el vestido azul de tul. Lo necesito para mañana, mis primos asisten a un baile y me han invitado. Asegúrate de que esta vez cada pliegue quede bien, por favor.

Cristina estaba sentada en el salón en una de las butacas frente a su madre, adormilada en el sofá.

—Por supuesto —respondí.

Me había obligado a mí misma a volver a la rutina. Tras tomarme unos días más para afrontar mi nueva vida, había decidido que aquello de estar tendida en la cama no me hacía ningún bien. Aquella mañana, Gloria se había sobresaltado al verme entrar tan temprano en la cocina, pero al notar mi determinación enseguida se apresuró a pedirme que la ayudase en la cocina. A continuación había ido a la habitación de Cristina para llevarle el desayuno y ayudarla a vestirse, había recogido su vestido de tul para plancharlo y después había acudido a la habitación de la señora Adela para comunicarle mi reincorporación al trabajo. Ella había asentido con gratitud, pero permaneció dubitativa durante unos instantes. Saltaba a la vista que quería decirme algo, pero no sabía cómo. Esperé paciente y, finalmente, tras coger aire varias veces, dijo:

—Aurora, ahora que tu madre no está, debemos hablar de las tareas que quedan pendientes. Podemos contratar a otra doncella o, si te ves capaz, puedes desempeñarlas tú, lo que prefieras.

No dudé al dar mi respuesta. A partir de ese momento sería yo quien sustituyese a mamá y asistiese a la señora además de a Cristina. Eso implicaba madrugar un poco más y acostarme un poco más tarde, el doble de colada, de plancha y de limpieza, pero no me importaba. No estaba preparada para ver a alguien ocupar el puesto de mi madre. No tan pronto.

Pero la señora me había comunicado también la temida noticia: durante los días siguientes llegaría un nuevo compañero de trabajo. Uno de los vecinos más ancianos del pueblo se había enterado de la vacante y había acudido a la casa para comunicar que tenía un nieto en Santander capacitado para desempeñar el puesto de mayordomo. La señora lo había mandado llamar. Recibí aquella noticia como una bofetada. Sabía que no estaba siendo coherente, pues Gloria y yo no íbamos a poder con todas las tareas de la casa, pero tan solo ansiaba un poco más de tiempo. No quería ver a nadie en el puesto de mis padres. Me había limitado a asentir y abandonar su cuarto deseando que la llegada del nuevo empleado se retrasase todo lo posible. Afortunadamente tenía tantas tareas atrasadas que no tuve tiempo en toda la mañana para permitirme pensar en aquello.

Cuando Gloria y yo estábamos a punto de empezar a comer, sonó la campana del salón, así que subí al primer piso para ver qué ocurría. Al parecer, no había planchado bien el vestido de Cristina. Me extrañó, pues me había preocupado en repasar cada pliegue. Pero intenté no darle mayor importancia. Cuando estaba a punto de retirarme, Cristina añadió:

—Ah, Aurora. Ya que vas a usar de nuevo la plancha, hazme el favor de planchar también el vestido de algodón verde con encaje en el cuello que tanto me gusta. Antes de ir a la fiesta he quedado con Léonard. Me ha invitado a dar un paseo.

Un temblor recorrió mi cuerpo ante la sorpresa de sus palabras. Los músculos se me agarrotaron. Pero me obligué a mantener la compostura, me negaba a que Cristina viera mi debilidad. Así que me limité a asentir como si me hubiera ordenado que fregase el comedor y me dirigí hacia la puerta. Pero antes de que pudiera alcanzarla la voz adormilada de Adela me reclamó de nuevo:

—Aurora, perdona. Se me había olvidado decirte que mañana por la tarde vendrá un comerciante de arte a casa, va a traerme varios cuadros. Si podéis preparar una merienda, díselo a Gloria, por favor. Algo sencillo, un poco de chocolate y un bizcocho, no hace falta gran cosa. Lo que sí me gustaría es sacar la cubertería que me regalaron mis padres para mi boda. Está guardada en el armario del comedor, si pudieras sacarle brillo.

—Por supuesto, señora, todo estará listo para mañana.

Tras correr las pesadas puertas del salón, me apresuré hacia el pasillo del servicio y subí las escaleras de dos en dos en busca de mi abrigo. Las lágrimas me empañaban la vista y se me acumulaban las tareas, pero primero necesitaba hablar con Léonard y pedirle una explicación. Alzando la voz, le dije a Gloria que volvía enseguida y salí por la puerta trasera en dirección a la posada. No fue necesario llegar hasta allí, me encontré con Léonard a mitad de camino. Iba cargado de leña. En cuanto me vio, leyó en mi mirada que algo iba mal y se apresuró a bajarse del carro. No fue necesario que dijese nada.

—Es por Cristina, ¿verdad? Tenía que habértelo dicho yo primero. Lamento que se me haya adelantado ella, porque te ha podido transmitir una idea equivocada. Pero te juro, Aurora, que yo estoy tan extrañado como tú. La verdad es que desde hace varios días ha vuelto a merodear por el jardín mientras descargo la leña, igual que hacía al principio cuando me contrataron. Pensé que ya se había olvidado de mí, pero por alguna razón ha vuelto a insistir. No sé si ella te habrá dicho algo. Aunque no termina de agradarme su compañía, yo trato de pensar que intenta ser amable conmigo y procuro no darle mucha importancia. Cuando me ve aparecer, se acerca y me habla. De nada en particular. Es una especie de monólogo, para ser justos, porque yo apenas intervengo. Me cuenta lo que ha hecho, qué ha estudiado, qué va a hacer por la tarde. Yo me limito a asentir. La semana pasada, uno de los días en los que vine un rato para estar contigo, al salir al jardín vino en mi busca y me preguntó que por qué no íbamos a dar una vuelta. Al principio pensé que necesitaba que la llevase a algún lado, pero luego vi que no, que se refería a que caminásemos. Le pregunté que adónde quería ir. Pero se reía y decía que le daba igual hacia dónde. Rechacé con educación su ofrecimiento, aquello sí que no me parecía correcto. Por numerosas razones, entre otras que no tengo ningún interés en ello, pero sobre todo por respeto a ti. El tiempo que tengo lo quiero invertir en estar contigo, más después de lo que ha pasado. Esa es la razón por la que no te he dicho nada. Aunque para mí carezca de importancia, pensé que quizá a ti te extrañaría o afectaría, dado que sois amigas, y ahora mismo me esfuerzo por quitarte de encima preocupaciones. Quiero darte solo buenas noticias y no quiero que te perturbe nada.

Asentí. Sus palabras me tranquilizaron. Sabía que Léonard era justo y que estaba diciendo la verdad. Hasta ese momento no le había dado importancia al comportamiento de Cristina porque él no era una persona que juzgase a los demás. Sencillamente no había pensado nada malo de aquellos casuales acercamientos, más allá de que resultaban molestos. Me puse de puntillas para abrazarlo y transmitirle que le creía y entonces, por encima de su hombro, la cabaña que antaño había sido escenario de juegos y de risas con Cristina durante nuestra infancia atrajo mi atención. Estaba desvencijada, a punto de vencerse. Su visión me trajo automáticamente el amargo recuerdo de mi último encuentro con Cristina, aquella extraña visita en la buhardilla. Por un momento pensé que aquello había sido uno más de los muchos sueños extraños que me habían acompañado durante aquellos días de oscuridad, pero sabía que solo estaba intentando autodefenderme. Porque era consciente de que la mirada incriminatoria con la que me había exigido una respuesta había sido real. Me estaba dando cuenta de que debería de haberle contado antes mi relación con Léonard, pero no podía comprender que hubiese irrumpido en mi habitación solo para preguntarme aquello cuando yo me debatía entre una borrosa realidad y el dolor más profundo que nunca había vivido. No solo no me había ofrecido consuelo, sino que ni siquiera había respetado mi pena, anteponiéndose ella. Y sospecho que a las pocas horas de hablar conmigo había insistido en que Léonard pasease con ella, poniendo de manifiesto que tampoco iba a respetar mi relación con él. Con cansancio y desazón observé lo poco que quedaba ya de aquellas tardes de nuestra infancia y no pude evitar pensar que la cabaña lucía igual que nuestra amistad. Los descuidos, la falta de uso y de interés por mantenerla en pie estaban a punto de provocar que se venciera para siempre.

—¿Estás bien?

Me sentía muy cansada. La pérdida de mis padres todavía estaba muy reciente. No me sentía preparada para afrontar la manera en la que Cristina se estaba comportando conmigo.

—Aurora...

Con un gran esfuerzo me obligué a desviar la vista de la cabaña y centrar mi atención en Léonard, que me observaba con preocupación. Pero me sentía tan vulnerable que no encontré las fuerzas para tranquilizarlo, fui incapaz de ocultar la verdad.

—Por alguna razón que desconozco, me ha dicho que había quedado contigo mañana después de comer.

—¿Qué? —exclamó Léonard perplejo.

—No entiendo por qué actúa así. No es la primera vez que me miente con algo relacionado contigo. Incluso, antes de que estuviésemos juntos, llegó a afirmarme que tú estabas enamorado de ella.

—¡Qué gran mentira! ¿Cómo puede pensar eso? Espera..., ¿por eso dejaste de venir al cobertizo?

—Sí, y si así era no quería entrometerme.

—Vamos, Aurora... De ninguna manera, nada más lejos de la realidad.

—Lo sé, lo sé. Ahora lo sé y confío en ti. Solo te pido que, por favor, no interpretes como una tontería el hecho de que ella merodee a tu alrededor. Sé que está mal que diga esto porque es mi amiga. Pero últimamente se comporta de manera extraña y prefiero guardar las distancias.

Léonard me miró con preocupación.

—De ahora en adelante no dejaré pasar nada por alto y te contaré lo que ocurra, te lo prometo.

Asentí. Conocer la verdad me había tranquilizado, pero el repentino vacío tras la preocupación mezclado con el sentimiento de traición por parte de Cristina y la mirada llena de cariño con la que Léonard me observaba provocaron que mis fuerzas se desinflasen. Sin previo aviso los sollozos se agolparon en mi garganta. Léonard me abrazó para calmarme. Sumergida en sus brazos le transmití mis sentimientos de tristeza ante la noticia de que pronto llegaría un nuevo mayordomo. Sus palabras rozaron mis oídos amortiguadas, resonando en su pecho con una pequeña vibración:

—Puede que desempeñe sus mismas tareas, que ocupe su cargo. Pero nadie reemplazará el lugar que ocupa en tu corazón. Eso es lo importante, Aurora.

Esa misma noche, tendida exhausta en la cama tras un día lleno de altibajos, oí cómo llamaban con tres suaves golpes a mi puerta. Era Gloria.

—¿Todavía estás despierta, cariño?

—Sí, ha sido un día largo. Ya me iba a acostar.

—Supongo que ya te habrá dicho la señora que pronto tendremos ayuda.

Asentí mientras le sonreía con resignación. Ella me devolvió la misma mirada mientras sacaba su pañuelo y se enjugaba los ojos.

—A ver quién viene... Me preocupa porque nunca he tenido que hacer el esfuerzo de convivir con un desconocido. Con tus padres era tan sencillo..., ya nos conocíamos todos cuando empezamos a trabajar aquí, llevábamos toda la vida en el pueblo.

Aunando fuerzas respondí:

—Lo sé, espero que quien venga ponga de su parte. Supongo que nosotras también debemos hacer un esfuerzo.

—Sí...

Gloria permaneció en el umbral, sin irse a su habitación ni pasar a la mía. Me di cuenta de que estaba tratando de contener el llanto.

—Gloria, ¿ocurre algo?

Entonces hipó como si le faltase el aire. Fui a acercarme hacia ella, pero me detuvo alzando las manos.

—No, no, no, he de reponerme yo sola, no te preocupes por mí —respondió mientras respiraba hondo y añadió hablándose a sí misma—: Vamos, Gloria, tranquila. —Exhaló una gran bocanada de aire, se enjugó de nuevo los ojos, me miró y me dijo—: Tengo que darte algo. No sé si debería habértelo dado antes, pero no me sentía con fuerzas ni quería hacer nada que pudiese aumentar tu tristeza. Sin embargo, no puedo guardarlo más, te pertenece.

Gloria me entregó un sobre. En la cubierta estaba escrito: «Para mi hija». Reconocí al instante la letra. La miré perpleja.

—Me lo dio tu padre, hará cosa de unos meses. La había escrito para ti, para tu décimo sexto cumpleaños. En vez de guardarla, él me la dio a mí. —La voz se le quebró en sollozos—. Yo no sé si el pobre presentía algo... —Hizo una pausa para serenarse, aunque las lágrimas continuaban rodando por sus mejillas cuando continuó hablando—: Lo siento, hija, esto es muy complicado para mí. Por alguna razón me dijo que, si les pasaba algo, debía encargarme de dártela en tu cumpleaños. Que no me olvidase de esta carta. Yo protesté y le contesté que se dejara de tonterías, que la guardase y te la entregase él llegado el momento, pero insistió y terminé por aceptar, qué podía hacer. Lo que es la vida... Cómo iba a saber yo que unos meses más tarde... No sé si estoy haciendo bien, porque todavía quedan meses para septiembre, pero cómo no voy a dártela. Sea lo que sea, creo que lo necesitarás leer ahora más que nunca. —Gloria me suplicaba con la mirada que le dijese que aquello era lo correcto.

Me apresuré a tranquilizarla.

—Por supuesto, Gloria. Has hecho bien. La leeré cuando esté preparada.

—Claro, mi niña, tómate tu tiempo.

—Gracias, Gloria.

Me tendió la mano y yo cogí el sobre mientras aspiraba hondo, armándome de valor, pero mis manos me traicionaron y temblaron con violencia, sintiendo el vértigo en mis entrañas al sostener lo último que me quedaba de mis padres.

CAPÍTULO 15

Marzo de 1992

He amanecido con el cuerpo pesado y con la cabeza espesa. Anoche me quedé dormida en la tumbona de la terraza y a las dos de la mañana me desperté con un dolor de cuello terrible. Subí a tientas hasta mi habitación, pero me desvelé y no pude dormirme hasta que ya estaba amaneciendo. He tenido una gran lucha conmigo misma para encontrar las ganas de salir de la cama y bajar a la cocina. Me termino el café de un trago y me obligo a pensar en algo en lo que entretenerme en el día de hoy. Miro con apatía hacia el cielo. Está nublado y cae una fina llovizna que deja reluciente el empedrado. Suspiro. El vacío se abre paso en mi interior. ¿Qué solía hacer antes en los días como hoy?

Me levanto con impaciencia y me dirijo hacia el teléfono. Descuelgo, marco una vez más el número de Luis. Seis largos pitidos. Buzón de voz. Cuelgo el teléfono y me dirijo a la ducha. Al pasar junto al recibidor engancho sin querer un asa de mi bolso y lo tiro al suelo. Todas mis pertenencias se desparraman por la madera. Maldigo en silencio. Me agacho para recogerlas y entonces veo la tarjeta que me tendió la mujer del hotel La casa de las magnolias hace unos días. La sostengo entre mis dedos mientras recuerdo sus palabras: «Por si algún día se anima a venir». Me quedo observándola durante varios minutos y, cuando al fin me incorporo, ya he tomado mi decisión. Me apresuro a encaminar mis pasos hacia la ducha, para no echarme para atrás. Voy a escribir una nota a Carmen para que no se preocupe y me marcharé durante unos días. Me vendrá bien no tener a mano el teléfono. Quizá a mi vuelta Luis haya decidido reaparecer.

Tras recorrer la oscuridad del frondoso túnel, la casa me recibe envuelta en un cielo gris. Aparco en el mismo sitio que hace unos días, apago el motor y me dirijo hacia la entrada. Esta vez la puerta está abierta y la misma mujer del otro día no tarda en recibirme. Me saluda efusivamente:

—Cómo me alegro de verla de nuevo. Bienvenida. —Sus ojos vivaces echan un rápido vistazo al bolso de cuero que cuelga de mi brazo y añade—: Veo que esta vez quiere alojarse.

Asiento sin demasiado convencimiento. Por alguna razón siempre respondo comedida ante el entusiasmo ajeno. Pero ella no parece darse cuenta.

—Estupendo. Le va a encantar. Dígame qué habitación quiere. ¿Cama individual o de matrimonio? Déjeme ver..., sí, las de esta planta están ocupadas. En la primera planta tenemos tres habitaciones estándar disponibles y una superior, la otra está también ocupada. Y en la buhardilla solo queda nuestra suite. Lo que usted desee.

Me decanto con rapidez por la superior, pues alojarme en una suite yo sola me parece un tanto pretencioso. La mujer escribe frenética en una hoja mis datos, busca las llaves de la habitación y me pide que la acompañe. Avanzamos hacia el final del pasillo y descubro asombrada a través de unos ventanales la amplitud del jardín de la parte trasera. Me detengo y miro hacia el horizonte, pero no alcanzo a ver el final. Una fuente con un ángel de piedra se sitúa en el centro y de allí parten varios caminos de tierra que bordean un césped pulcramente cortado. El paisaje es de un color verde intenso. Mi vista, curiosa, salta de un rincón a otro, recorriendo toda la explanada. Me estiro como si así pudiese alcanzar a ver el final. Al darse cuenta de que no la sigo, la anfitriona retrocede y se acerca a mi lado:

—Impacta, ¿verdad?

Sonrío impresionada.

—Me esperaba un sencillo jardín. Desde fuera no se adivinan estas vistas.

Ella asiente.

—A mí también me maravilló cuando adquirimos la finca. De hecho tuvimos que vender parte, porque eran más de quinientas hectáreas. Demasiado trabajo para nosotras. Aun así tuvimos que contratar un jardinero, tenemos demasiado lío aquí dentro como para ocuparnos de todo el jardín. Cuando llegamos, había también un invernadero de cristal, justo ahí, junto al gran magnolio. Tuvimos que derruirlo porque la estructura estaba demasiado maltrecha como para restaurarlo, fue una pena. Cuando pare de llover, la invito a pasear por los jardines. No tienen desperdicio. Puede bajar hasta el río, creo que le va a gustar. Encontrará una salida para dirigirse a él al final de la finca.

Alentada por la proximidad del agua, le pregunto esperanzada:

—Por casualidad, ¿no sabrá si sigue existiendo una antigua posada que había junto al río?

Mi acompañante frunce el ceño durante unos segundos y niega pensativa con la cabeza.

—Así a bote pronto, no soy consciente de que haya nada. Quiero decir, estoy segura de que otro hotel o restaurante por la zona del río no hay, pero si la han rehabilitado para uso particular no te sabría decir. Llevo viviendo en esta zona casi seis años, pero la verdad es que apenas salgo de aquí, ¡pocos paseos me puedo permitir! —exclama sonriendo con resignación.

Dicho esto se gira a mi lado con energía balanceando su coleta rubia, dispuesta a retomar el camino hacia mi habitación. Retengo durante unos instantes la vista en el inmenso jardín y al disponerme a seguirla veo ante mí las escaleras de madera que conducen al primer piso. Un cosquilleo me recorre la columna vertebral. Me pregunto cuántas veces subiría estos peldaños mi madre. Me invade la claridad de su presencia, oculta entre estas paredes. Subo despacio los escalones, sobrecogida ante un pasado desconocido, pero que ahora se ha vuelto palpable. En la segunda planta descubro el interior del bonito balcón blanco de la fachada principal, con dos bancos de madera a ambos lados, bajo las cortinas de encaje. Giramos a la izquierda y recorremos un estrecho pasillo en penumbra hasta mi habitación. Al abrir la puerta, un haz de luz disipa la oscuridad del pasillo. La mujer me abre la puerta, me entrega la llave y me invita a pasar.

—Esta es. La dejo a solas para que se instale. Cualquier cosa que necesite estoy abajo. Servimos las comidas a las dos y las cenas a las nueve y media, por si le apetece. La animo a que lo haga, Graciela cocina de maravilla. Por cierto, mi nombre es Margarita, no sé si se lo he dicho ya. ¡Bienvenida!

Le doy las gracias y desaparece como una exhalación escaleras abajo. Cierro la puerta tras de mí y miro a mi alrededor. Compruebo complacida que la ventana de la habitación que me han asignado da al jardín. Las hojas brillantes del gran magnolio enmarcan mis vistas. Junto a la ventana hay una mesita de madera con un jarrón con flores frescas blancas y moradas y dos sillas de tapicería a juego con la colcha de la cama, de flores. El centro de la estancia está cubierto por una gran alfombra granate. A mi derecha, apoyado contra la pared, llama mi atención un tocador de caoba con espejo. Parece antiguo, el diseño no termina de encajar con el resto de la decoración y la madera está desgastada. Me acerco y compruebo por un cartel explicativo que pertenece al mobiliario original de la casa. El espejo, ovalado, está enmarcado por un mosaico de flores de madera. Deslizo mis dedos por su superficie. Me pregunto si en su día perteneció a la señora de la casa o quizá a su hija. Coloco el bolso en un banco de terciopelo situado en el pie de la cama, abro la ventana y me asomo al jardín. El aire fresco del exterior contrasta con el de la habitación, cargado y húmedo, entremezclado con la dulce fragancia que emanan las flores del jarrón. Me maravillo con las vistas del jardín desde el segundo piso, y con la serenidad y la calma que emana desde cada uno de sus recovecos. Con una bocanada lleno de aire mis pulmones y decido no esperar. Aunque fuera todavía cae una fina llovizna, no me apetece quedarme ociosa en la habitación, así que saco del bolso la ropa de lluvia, me calzo las botas de agua, me dirijo de nuevo al primer piso y abandono el edificio por los ventanales traseros. Al salir me detengo para respirar hondamente el olor a tierra mojada y humedad, antes de descender por una escalera de piedra hasta la fuente central y encaminar mis pasos al azar.

Acompañada por el recuerdo de mi madre, recorro los caminos serpenteantes entre arbustos redondeados, grandes robles, nobles magnolios, flores de hortensias incipientes y cientos de caracoles que han salido de sus escondites con la humedad. Los caminos están salpicados por charcos de agua que no me molesto en esquivar. Es extraño, porque siento como si persiguiese con cada paso el rastro que mi madre dejó aquí hace ya muchos años, pero al mismo tiempo me pisa los talones la incomprensible razón por la que nunca me habló de esta casa. Una cosa parece clara: si enterró este maravilloso lugar en su pasado, como enterró también aquí el recuerdo de mi padre, tuvo que tener motivos de peso para ello.

Hacia la mitad de la finca, descubro en el centro del jardín un romántico cenador de hierro forjado, repleto de enredaderas, elevado sobre varias escaleras de piedra. Bajo él hay varias mesas y sillas agrupadas, supongo que esperando a que llegue la estación estival. La luminosidad del comienzo del jardín se oscurece a medida que me alejo hacia el extremo opuesto. En los últimos metros hasta el muro que delimita la finca, la vegetación es tupida y salvaje y los caminos se desdibujan entre la hierba alta. Las enredaderas que trepan por el muro de piedra respetan el hueco que ocupa una antigua puerta de madera, tal y como me ha indicado Margarita. La abro y continúo por un camino asfaltado bordeado a ambos lados por muros de piedra que delimitan tierras de labranza y casas con amplios jardines. A unos quinientos metros, un cartel anuncia un área recreativa. Varias mesas de madera salpican una explanada junto a un desvencijado tobogán. Sé que voy en la dirección correcta porque oigo el sonido del agua. Avanzo hasta llegar a la orilla, formada por un terreno arenoso salpicado de guijarros. Las aguas manan tranquilas, sin prisa, desembocando en un hondo remanso. A lo lejos el croar insistente de varias ranas alcanza mis oídos. Un repentino zumbido me sobresalta y al instante descubro una libélula azul surcando el aire a escasos centímetros de mí. Me lleno los pulmones del frescor del río, le invito a que arrastre con sus aguas mi tristeza y me libere de ella. Él responde erizándome la piel con su humedad.

Me resguardo dentro de mi abrigo y cruzo los brazos alrededor de mi cuerpo a modo de escudo para evitar que la humedad me cale por dentro. Justo en ese instante, el repiqueteo de las gotas de lluvia contra el follaje que rodea el río aumenta su intensidad. A mi alrededor, el paisaje se oscurece. Miro hacia arriba, una gran nube negra amenazante se apodera del cielo. Sin demasiadas esperanzas observo a mi alrededor, río arriba y río abajo. En este tramo no hay ni rastro de ninguna edificación y, teniendo en cuenta la frondosa vegetación que rodea el río hasta donde alcanza la vista, parece poco probable que haya nada construido. Dudo unos instantes si avanzar, pero la lluvia cada vez cae con más fuerza. No parece el mejor momento para buscar un antiguo edificio del que la única referencia que tengo es una anotación de hace sesenta años, y que ni siquiera sé con exactitud si en su día estuvo cerca de aquí o a varios kilómetros. Si la lluvia cesa, bordearé el río más tarde. No tengo mucha confianza en encontrar nada con todos los años que han transcurrido, pero tampoco puedo aferrarme a mucho más.

Una espesa niebla poco a poco va dejando paso a la realidad mientras me pregunto qué ha ocurrido. Trato de ubicarme. Estoy aturdida, tumbada en la cama de mi habitación en penumbra, con un libro apoyado sobre el costado. Me froto los ojos para enfocar con nitidez. Mi consciencia va regresando poco a poco. Después de la suculenta comida y del café en la acogedora terraza de la parte trasera del hotel continuaba lloviendo, así que subí a mi habitación y me tumbé en la cama para leer. He debido de quedarme profundamente dormida. Hacía años que no me echaba una siesta.

Atontada, me incorporo y me estiro para activar mi cuerpo dormido. Palpo en la mesilla hasta dar con mi reloj y miro incrédula la hora: son las siete de la tarde. Me levanto para asomarme a la ventana, fuera ya ha anochecido y continúa lloviendo. Voy al baño a lavarme la cara. Creo que bajaré a tomarme otro café para librarme del aturdimiento.

Al ver a Margarita en la recepción le pido permiso para utilizar el teléfono y llamar a Carmen para informarle de que todo va bien. Margarita me lo tiende solícita y Carmen descuelga al segundo pitido. Le cuento dónde he venido, que quiero continuar en mi camino de búsqueda de respuestas, pero no entro en más detalles. Me pregunta que cuándo voy a volver. Le respondo con sinceridad que todavía no estoy segura, pero que no se preocupe. Carmen asiente sin demasiado convencimiento. Al colgar, estoy tentada de telefonear a Luis, pero me detengo. Sé que si quiero que aparezca pronto lo mejor es dejarlo. Si le presiono, solo voy a conseguir lo contrario.

Me dirijo al restaurante. Margarita se afana en prepararme el café con brío. Su intenso olor tostado inunda el salón. Me siento a la misma mesa en la que he comido, la misma en la que me senté el primer día con Luis, junto al fuego crepitante de la chimenea. Observo la fotografía por segunda vez en el día. Vuelvo a fijarme en el muchacho de unos veinte años de edad que ocupa el extremo contrario a Luis. Alto, moreno, musculoso, con una boina entre las manos y un mechón de pelo cruzándole la frente. Su pose es segura, pero hay algo en él que denota cierta incomodidad, algo en su mirada quizá. Me vienen a la cabeza las palabras de Luis, la expectación ante aquel desconocido aparato. Puede que a él tampoco le agradase demasiado posar ante aquella máquina. Recuerdo también las palabras escritas por el fotógrafo, la amabilidad de la familia y el generoso detalle de invitarle a que se uniese a retratarse con ellos. Efectivamente, es el único que no está uniformado. De todos los que salen en la fotografía su aspecto parece el más desaliñado e informal, como si aquello le hubiese pillado desprevenido. Más allá de su indumentaria, es como si no terminase de encajar con los demás. Está junto a ellos, pero al mismo tiempo les separa una distancia invisible. Sin poder evitarlo, mi vista se desplaza hacia el extremo opuesto de la fotografía, hacia Luis, y automáticamente frunzo el ceño ante el formal joven vestido con esmoquin, increpándole en silencio por ocultarme la verdad.

Margarita se acerca a traerme el café y me devuelve del pasado al presente. Quizá impulsada por su constante energía y entusiasmo, le confieso:

—¿Sabe? Mi madre sale en esta fotografía. Trabajó en esta casa cuando era joven.

Margarita abre los ojos de par en par.

—¡No me diga! No me había dicho nada. —Con expresión de sorpresa alza todavía más la voz y de repente grita—: ¡Graciela! ¡Ven!

A través de una puerta abatible junto al mostrador, sale una mujer de tez morena que se retira una cofia y deja al descubierto una exuberante melena de pelo rizado color azabache. Margarita exclama mientras la señala con la mano:

—¡La tía abuela de Graciela también trabajó aquí, era la cocinera de la casa! ¡Mire! Esta de aquí.

Me señala en la fotografía a la mujer que está junto a Luis. La examino sorprendida por la noticia. Lleva una larga falda ceñida a la cintura con un cinturón y una camisa de mangas abullonadas con pliegues en el cuello. Sobre la cabeza, un sencillo sombrero. La mujer es de proporciones generosas. Observo su rostro afable. Por alguna razón, no mira a la cámara como los demás, su mirada está un poco desviada. Sus redondas mejillas ocupan gran parte de su rostro y dejan medio ocultos sus finos labios.

—Intuyo que su madre es esta joven —me dice con entusiasmo Margarita mientras la señala en la fotografía—. ¡Madre mía, qué emocionante, trabajaron juntas!

Le indica con una mano a Graciela que se apresure y le resume con nerviosismo:

—Graciela, la madre de una de nuestras huéspedes, Isabel, trabajó cuando era joven aquí, junto a Gloria. ¿Lo puedes creer? Es la joven de la fotografía que sale al otro lado de los dueños de la casa.

Súbitamente esperanzada por encontrar alguna respuesta en ella, observo a la mujer que se acaba de unir a nuestro descubrimiento. Tendrá más o menos la misma edad que Margarita. Es alta, con grandes curvas y labios gruesos. Se desenvuelve con elegancia.

—¡Qué bueno! —En cuanto escucho su voz la calidez de su acento me confirma su origen cubano—. Qué extraordinaria casualidad. Encantada de conocerla.

—Igualmente —le digo mientras le tiendo mi mano.

—¿Cómo se llamaba su mamá?

—Aurora.

—Aurora…, me resulta vagamente familiar —responde pensativa—. Quizá mi tía mencionó ese nombre alguna vez. Cuando yo era chiquita, le pedía a menudo que me hablase de España y ella siempre me decía que había hecho grandes amigos acá.

Graciela se acerca para observar a mi madre, dejando tras de sí un agradable rastro de olor a comida. Sus calmados movimientos contrastan con la vivacidad de Margarita. Tras unos instantes mirando la fotografía, se gira y me observa.

—¿Le apetecería conocer a mi tía abuela?

La miro confusa.

—¿Quiere decir que todavía vive por aquí?

Graciela sonríe con cierto misterio, pero no responde a mi pregunta. Con una mano me invita a que nos sentemos, mientras Margarita desaparece en dirección al mostrador. Acomodada en una silla frente a mí, Graciela saca de su pantalón una cajetilla de tabaco, coge un cigarro, me ofrece uno con un gesto de la cabeza y ante mi rechazo vuelve a guardar el paquete. Prende el mechero con sus dedos largos y elegantes y tras inhalar con fuerza el humo responde al fin:

—La vida de mi tía abuela, Gloria, ha sido intensa. Trabajó aquí hasta el año 36, por aquel entonces tendría unos cuarenta años. Ella y mi abuela, Amelia, siempre habían vivido en esta zona y Gloria entró a trabajar en esta casa desde muy jovencita. De hecho, sirvió también a los anteriores señores, a los padres de él —dice mientras señala a Ignacio Velarde en la fotografía.

Hace una pausa para dar otra calada al cigarro. Mientras, yo aprovecho para coger mi taza de café caliente entre mis manos y dar pequeños sorbos.

—Al llegar la guerra, la familia Velarde decidió mudarse a Latinoamérica. Al parecer, poseían una empresa de navíos que operaba entre Santander y La Habana. Ignacio pasaba casi todo el tiempo yendo y viniendo, pues la sede estaba allá y eso le obligaba a estar largas temporadas al otro lado del océano.

Asiento, mientras recuerdo las palabras de Luis.

—Así que supongo que fue algo lógico que cambiaran de país cuando las cosas se pusieron feas acá en España. Mi tía abuela, viendo peligrar su puesto de trabajo y temerosa de lo que se venía encima, consideró también que la emigración era una posible vía de escape. Ella y mi abuela, viuda desde que era muy joven, tomaron la decisión de irse a Cuba. No les fue difícil conseguir dos pasajes, Ignacio las ayudó. Vendieron la casa de mi abuela, algunas pertenencias y junto con el dinero que tenían ahorrado zarparon en uno de sus navíos rumbo a una vida nueva en mayo del 36.

Margarita reaparece con una bandeja con dos cafés. Los deja sobre la mesa y se sienta con nosotras. Graciela da otra calada.

—En la travesía mi abuela se enamoró locamente de un hombre bastante mayor que ella. Se llamaba Eduardo, natural de Santiago de Cuba. Allí fue donde finalmente se establecieron y donde se casaron nada más llegar. Fue un amor rápido e intenso. Mi abuela se quedó embarazada de mi madre a los pocos meses. Eduardo murió cuando ella era muy pequeña. Fue un buen hombre. Humilde, sin mucho dinero, pero con un gran corazón. Consiguió un trabajo para mi abuela y mi tía en un restaurante, y antes de morir se aseguró de que no les faltase de nada. Les legó todo cuanto tenía, incluida su casa. Poco a poco las dos consiguieron labrar su vida en Cuba, donde permanecieron durante más de cincuenta años. Mi abuela falleció hará unos quince.

Graciela chasca la lengua y suspira antes de sonreír con melancolía ante su recuerdo.

—Una gran mujer... Tres grandes mujeres, en realidad. Siempre he dicho que soy una afortunada porque yo no he tenido una mamá, sino tres. Fueron Amelia y Gloria quienes me criaron, pues mi mamá trabajaba mucho, igual que mi papá, para sacar adelante nuestra familia. No fueron tiempos fáciles aquellos y éramos muchas bocas que alimentar. Les debo mucho..., soy quien soy gracias a ellas. Todo lo que sé de mi oficio me lo enseñó Gloria. Sin ir más lejos, la cena que estoy preparando para esta noche es una receta suya. —Hace una pausa. Me mira con sus ojos oscuros brillantes mientras esboza una sonrisa—. Supongo que se preguntará cómo es que acabé acá en España, ¿no? Bien, pues ella es la culpable.

Con un gesto de la cabeza señala a Margarita. Esta le devuelve la mirada sonrojándose ligeramente.

En la mirada cómplice que se dedican, comprendo que entre ellas hay algo más grande que la amistad.

—Ella tiene la culpa. Hizo un viaje a Cuba y, entre todas las personas de Santiago, me eligió a mí para preguntarme dónde estaba la estación de autobuses. Tardé varios minutos en comprender que se refería a las guaguas. Lo suficiente como para que entablásemos una conversación y ella decidiese dejar escapar la guagua a Santa Clara. —Ambas sonríen ante el recuerdo—. A las pocas semanas yo cogí el primer vuelo que pude para venirme con ella a España. Ya han pasado seis años. En cuanto Gloria se enteró de mis intenciones me rogó que la llevase conmigo. Decía que quería regresar a España para pasar aquí sus últimos años de vida. Fue una decisión difícil para nosotras. —Graciela apaga con lentitud su cigarrillo—. Yo fui la primera en ceder, pero a mi madre le costó convencerse de que aquella era una decisión acertada. Gloria por aquel entonces era muy mayor ya, tenía casi noventa años. Imagínese, nueve horas de vuelo..., qué locura, ¿verdad? Pero fue su voluntad y he de decir que aguantó como una campeona. Nada más llegar vinimos aquí a buscarle un lugar donde vivir, porque ella quería regresar a esta zona, no quería ni oír hablar de irse a vivir a una ciudad. Entonces nos encontramos con el cartel de «Se vende» colgado frente a la entrada de la casa en la que Gloria había trabajado tantos años. Para ella fue un shock encontrarla abandonada. Estaba todo sumido en la maleza, la vegetación se había descontrolado, las ventanas estaban rotas, la buhardilla se había desprendido... Incluso a mí me impresionó ver el edificio en ese estado. Sabía que mi tía guardaba con cariño en su corazón aquella etapa de su vida y no me imagino cómo tuvo que ser volver al cabo de los años y comprobar que este sitio, tal y como ella lo recordaba, ya solo existía en su recuerdo. Que la vida se había esfumado y lo habían abandonado a su suerte. Supongo que por eso insistió una y otra vez en que lo comprásemos. Nos metió en la cabeza que lo podíamos convertir en un hotel, que estaba segura de que no nos faltarían clientes, que esta es una zona privilegiada. Se ofreció a prestarnos todo el dinero que tenía ahorrado. Aun así no fue suficiente, así que invertimos también nuestros ahorros. Por otra parte, la familia de Marga nos prestó una cantidad importante y, finalmente, con la ayuda de un préstamo, aceptamos el reto: compramos la casa. Lo cierto es que esta zona nos había atrapado y, como tampoco teníamos nada que nos atase, nos volcamos en esta vieja dama.

Sonrío ante el apodo cariñoso con el que se refiere al edificio. Lo cierto es que lo describe a la perfección. Me giro y observo la estancia desde una perspectiva diferente. De alguna manera, valoro el enorme esfuerzo y la dedicación de Margarita y Graciela para devolver la vida a este lugar.

—Por la parte que me toca he de darles las gracias. Creo que a mi madre le habría hecho mucha ilusión conocer el enorme trabajo que han hecho para rescatar la casa. Si no fuera por ustedes, yo no habría podido conocerla por dentro. Por desgracia mi madre falleció hace apenas una semana. Por alguna razón, ella nunca me hablaba de esta etapa de su vida, así que aprecio mucho cualquier ayuda que tenga que ver con aquella época, no se imaginan lo importante que sería para mí conocer a Gloria. Supongo que no es casualidad que haya decidido alojarme aquí.

Las dos me miran con comprensión y me dan el pésame por mi madre. Les doy las gracias. Quiero aprovechar al máximo la valiosa ayuda con la que me he topado inesperadamente. Ni por lo más remoto podía imaginar que me encontraría a alguien que me condujese hasta una persona que conoció a mi madre en el pasado, que convivió con ella en esta casa durante varios años. Mis latidos se disparan al pensar que quizá Gloria conociese también a mi padre y pueda tal vez conducirme hasta él.

—Mañana telefonearé a su cuidadora para ver qué tal se ha levantado, creo que a Gloria le puede alegrar conocerla. —La voz de Graciela interrumpe mis pensamientos—. En lo referente a esta casa y su historia, cualquier cosa con la que podamos ayudarla, estaremos encantadas.

—¿Saben qué ocurrió con la familia Velarde? ¿Seguían siendo ellos los propietarios cuando compraron la casa?

—No, era un empresario —responde Margarita—. Había comprado en los años cincuenta varios inmuebles por la zona con la idea de reformarlos y obtener beneficios, pero lo cierto es que al final nunca reformó este en concreto. Nos dijo que él lo había comprado a través de su abogado y de un intermediario de la familia Velarde.

Graciela asiente ante las palabras de su compañera y toma la palabra.

—Tras emigrar sé que Gloria mantuvo un contacto formal mediante correo postal cada cierto tiempo. Ellos al llegar a Cuba se instalaron en una casa en las afueras de La Habana. Al parecer, la compañía de navíos de Ignacio comenzó a sufrir pérdidas con la llegada de los aviones y finalmente en la década de los sesenta se vio obligado a venderla. Yo por supuesto no lo recuerdo, era muy pequeña, pero Gloria me lo contó años más tarde porque debió de ser muy sonado. Salió en los periódicos, pues era una compañía muy conocida en toda Cuba y, por supuesto, ellos una familia de gran renombre en la capital. Seguían teniendo una posición privilegiada, habían amasado una gran fortuna. Creo que mi tía me dijo que se mudaron a Estados Unidos, pues Ignacio tenía diferentes inversiones en ese país. En cualquier caso, perdió el contacto con ellos desde entonces. No sé si en algún momento regresaron a España o continúan viviendo allá.

Asiento en silencio y miro otra vez la fotografía, señalo al joven del extremo y les pregunto si saben quién es. Como un acto reflejo, ambas entrecierran los ojos para observarlo mejor, pero compruebo con decepción cómo niegan con la cabeza.

—No, lo siento, corazón. Salvo los que en su día fueron los dueños de la casa, su hija y mi tía, los demás no sé quiénes son —me indica Graciela.

Pese a su negativa, esbozo una sonrisa de agradecimiento. Graciela se pone en pie y dice, esbozando una amplia sonrisa:

—Chicas, he de regresar a la cocina o de lo contrario hoy no habrá cena. Encantada de conocerla, Isabel, si baja luego a cenar, la veo por aquí.

Colocándose de nuevo la cofia, con su gracia natural, desaparece en la cocina con un suave contoneo. Margarita también la sigue con la mirada.

—Echa mucho de menos su tierra —me confiesa mirando hacia la puerta por la que acaba de desaparecer Graciela—. Siempre que puede recuerda retazos de su historia. Yo misma le pido que me cuente de nuevo cosas acerca de ella o de su familia, aunque ya me las sé de memoria. Creo que es importante para Graciela. Al fin y al cabo, todos debemos proteger y mantener siempre presentes nuestras raíces, ¿no le parece?

Sé que Margarita formula con inocencia la pregunta, pero llega en un momento de mi vida en el que se vuelve especialmente dolorosa. Bajo la vista a la mesa, incapaz de responder. Supongo que, mientras unos luchan por no olvidarlas, otros tratan de descubrirlas. Margarita se termina de un trago su café y poniéndose en pie me dice:

—¿Sabe qué? Esta noche invita la casa a la cena. Los guisos de Graciela curan las heridas, se lo prometo. La veo más tarde, ahora la dejo tranquila. Voy a ver si termino un par de cosas que he dejado antes a medias.

Le doy las gracias por su invitación y la observo mientras se aleja con movimientos ágiles. Antes de desaparecer en el recibidor, se gira de nuevo y me recuerda:

—¡A las nueve y media!

Envidio su energía tras un largo día de trabajo. Ahora que sé que llevan entre las dos el hotel, siento una profunda admiración. No puedo evitar sentirme un poco culpable ante mi propia inactividad y me pesa más todavía la siesta de dos horas que me he echado. Me prometo a mí misma que madrugaré para recorrer la zona del río. Me pregunto si será posible visitar mañana mismo a Gloria. Estoy impaciente por conocerla, ojalá sus recuerdos puedan ayudarme.

Al entrar en el salón a las nueve y media en punto veo a Graciela y Margarita sentadas a una mesa. No parece que haya más comensales por el momento. En cuanto me ven, como si me estuviesen esperando, ambas se levantan con semblante serio. Extrañada por su reacción avanzo dubitativa hacia ellas.

—¿Ocurre algo...?

Sobre la mesa hay una caja de madera. Me detengo esperando a que digan algo.

—¿Su mamá nunca le habló de un hombre llamado Léonard? —me pregunta Graciela con cuidado.

Preocupada niego con la cabeza.

—¿Leopoldo, quizá?

De nuevo agito la cabeza en señal de negación. No comprendo las preguntas. Esta vez es Margarita quien interviene.

—Isabel, verá... Mientras estábamos reformando la casa, los obreros encontraron esta caja en un pequeño compartimento en la pared en una de las habitaciones. De hecho, fue en la que está alojada ahora. Hubo que tirar abajo las paredes originales para reforzar la estructura y fue entonces cuando apareció. Dentro descubrimos una carta dirigida a Gloria y un colgante. Me he acordado de ella hace un rato y he pensado que podría interesarle, aunque aparentemente no tuviese nada que ver con su madre, porque nos ha comentado que le interesa todo lo relacionado con aquella época.

Margarita se detiene dubitativa. Graciela toma el relevo:

—Como recordará, antes le dije que el nombre de su mamá me resultaba vagamente familiar. Cuando he visto aparecer a Margarita en la cocina con la caja, me he dado cuenta de por qué me sonaba. Me he apresurado a desdoblar la carta y efectivamente he confirmado lo que sospechaba. El nombre de su mamá sale en la carta. En realidad, toda la carta gira en torno a ella. Lo mejor es que la lea usted con calma después de cenar. Puede subírsela a la habitación, por nosotras no hay prisa.

Margarita asiente corroborando su ofrecimiento. Yo intento con todas mis fuerzas que las piernas no me tiemblen, pero por el comportamiento de ambas mujeres está claro que el contenido de esa carta encierra algo que no me va a gustar. Al verme indecisa, Margarita, nerviosa, continúa hablando:

—Cuando la descubrimos, no comprendimos su significado. Tras varios días secándola con cuidado, pues estaba muy frágil y no queríamos que se rompiera por los pliegues, la abrimos y leímos su contenido. Nos intrigaban mucho los motivos por los que alguien hubiese podido esconder estas dos pertenencias en una pared, el hecho de que hubiesen permanecido ahí durante tantos años y finalmente hubiesen llegado hasta nosotras, dando la casualidad de que se trataba de una carta dirigida precisamente a Gloria. La verdad es que lo que en ella está escrito nos impactó, pero al mismo tiempo fue decepcionante darnos cuenta de que no conocíamos a nadie y no había mucho que pudiésemos hacer.

—Pero la carta estaba dirigida a Gloria, ¿no? Ella tiene que acordarse —respondo extrañada.

—La fecha data de diciembre del 36, más de medio año después de que Gloria y su hermana emigrasen a Cuba, lo cual quiere decir que no llegó a recibirla.

—Pero… cuando la descubrieron, ¿no se la enseñaron?

Margarita toca con afección el brazo de Graciela y le transmite con la mirada que continúa ella respondiéndome. Se toma unos instantes para escoger las palabras adecuadas:

—Es triste, pero… la última etapa de lucidez de Gloria desde que llegó a España duró hasta que se aseguró de que habíamos comprado la casa y la íbamos a reformar. Supongo que le hacía especial ilusión saber que íbamos a rescatar este lugar del olvido. Y por supuesto saber que tras tantos años Graciela iba a ocupar su puesto en el mismo lugar en el que ella había trabajado. Fue como si hubiese empleado en eso todas sus fuerzas porque a continuación pegó un gran bajón. Dos años antes de venir a España le habían diagnosticado un principio de demencia. Supongo que el cambio de país y la ruptura de su rutina a esa edad no le favorecieron. De vez en cuando tiene algún momento de lucidez. No habla mucho, pero cuando lo hace siempre menciona cosas del pasado. Por eso creemos que le hará ilusión conocerla.

Me despido de golpe de mis esperanzas. Una intensa congoja me recorre el cuerpo desde el centro de mi estómago, que se cierra ante la decepción. Intento con todas mis fuerzas centrarme en la voz de Graciela, quien coge aire con fuerza y toma el relevo haciendo un visible esfuerzo para no emocionarse:

—Nosotras le leímos la carta, pero como ha dicho Marga por aquel entonces mi tía tenía ya muchas lagunas, hablaba muy poquito. Por toda respuesta agitó mucho las manos, pero nada más. No sabría decir si ella comprendió lo que le estábamos leyendo. El hecho de que empeorase tan rápido... como se podrá imaginar nos dejó a Marga y a mí un sabor agridulce. Intentamos que los obreros se dieran toda la prisa posible en retirar todo lo que había para que la casa fuese accesible, pero entonces nos dijeron que la estructura estaba dañada, que era peligroso entrar y que había que repararla. También tuvieron que reconstruir parte de la buhardilla... En fin, cientos de cosas. Cuando creíamos que por fin estábamos terminando, siempre aparecía algo nuevo. Al final pasó más de un año hasta que esto estuvo medio decente y ya era seguro pasar. Para nosotras fue una especie de contrarreloj contra la enfermedad de mi tía. Queríamos vencer al tiempo, pero lo cierto es que cuando por fin pudimos traerla aquí había empeorado mucho y había perdido también mucha movilidad. La trajimos en una silla de ruedas y solo pudimos enseñarle la planta baja. Sí que balbuceaba y parecía contenta, pero yo ya no sé si reconocía la casa. Fue una lástima...

La cabeza me da vueltas ante tanta novedad. Siento que hay algo que estoy dejando escapar... Frunzo el ceño mientras repaso todo hasta que caigo en la cuenta.

—Me han dicho que Gloria no llegó a recibir la carta y que esta estaba escondida junto a un colgante en la habitación en la que me alojo. ¿Saben a quién pertenecía antes? Me imagino que fue esa persona la que encontró la carta y por algún motivo la escondió.

—Creemos que fue la hija de los dueños de la casa, la que sale en el medio de la fotografía, porque ese debía de ser su dormitorio —me responde Margarita—. El que estaba enfrente era el de sus padres, lo sabemos porque apareció un retrato de ambos el día de su boda. Había un tercer dormitorio en el segundo piso, pero debía de ser para invitados, pues había mucho menos mobiliario y la decoración nos pareció más austera. La cuarta estancia del segundo piso en su momento debió de ser un despacho, había una gran mesa de roble. La restauramos y la colocamos en la entrada, es el mueble que hay según entras al hotel a mano derecha. Tendría bastante sentido que fuese la habitación de la hija de los dueños, porque el colgante que está en la caja, aunque no lo llegamos a limpiar, parece de oro, bastante exclusivo. En su época debió de costar un dinero que sabemos que Gloria no habría podido permitirse. Además, las habitaciones del servicio, siguiendo la lógica de la época, debían de estar en el último piso. Pero, bueno, tampoco tome al pie de la letra lo que le estoy diciendo porque son nuestras suposiciones, a ciencia cierta no lo sabemos. Al fin y al cabo supongo que cualquiera pudo esconderlo ahí, fuese o no su habitación. Y no hay que olvidar que la casa estaba muy deteriorada cuando la compramos, la mayoría del mobiliario y la decoración se habían echado a perder por la humedad y parte de la buhardilla ya no existía.

Asiento lentamente. No entiendo por qué la hija de los dueños, la joven alta y esbelta que ocupa el centro de la fotografía, Cristina creo recordar que me dijo Luis que se llamaba, no solo se quedaría con la carta en vez de reenviársela a Gloria, sino que se tomaría la molestia de esconderla como si quisiese asegurarse de que nadie la leyera.

—Hay otra cosa que no nos encajó en su momento de la carta y que hoy hemos recordado. Por fuera, en el remite, aparece un nombre seguido del mismo apellido de Gloria, Martínez. De hecho en un primer momento, pensamos que quizá fuese un familiar suyo. Pero la carta está firmada por un nombre diferente. Por eso le hemos preguntado si no le sonaban ninguno de los dos —explica Graciela.

Margarita asiente ante las palabras de su compañera y, dubitativa o quizá sintiéndose culpable, añade:

—Quizá debimos dedicarle más tiempo en su día, intentar averiguar a qué personas se refería la carta. Pero... lo cierto es que por aquel entonces teníamos de todo menos tiempo. Nuestro día a día era un no parar, teníamos cientos de tareas pendientes en la cabeza. Así que después de leer su contenido, y dado que Gloria no demostró especial entusiasmo cuando se la leímos, volvimos a meterla en la caja y, como había tanto por hacer, terminamos olvidándonos de ella.

Aprecio su preocupación, sea lo que sea sobre lo que me está advirtiendo.

—No se preocupen. Lo importante es que se hayan acordado ahora y hayan tenido la amabilidad de buscar esa caja para que yo pueda verla. Esta noche leeré la carta y mañana les digo si he aclarado algo.

Justo en el momento en el que termino la frase entra en el salón una familia. Margarita se disculpa con la mirada y va a atenderlos. Graciela esboza una sonrisa cargada de preocupación e intenta tranquilizarme:

—Vamos, ahora cene tranquila. Luego ya se verá. Pero ahora aparte de su mente la caja y disfrute de mi guiso. Está feo que yo lo diga, pero me ha quedado bien rico.

Tomo asiento y me esfuerzo en disfrutar del intenso sabor del humeante plato con cordero y ciruelas que tengo ante mí, pero lo cierto es que he perdido el apetito. No puedo quitar la vista de la caja. Mi mente está ya en mi habitación. Necesito subir y, leer esa carta. Me apresuro en comer lo que considero lo mínimo para no parecer una maleducada y, en cuanto termino, me levanto de la silla, me despido de Margarita y le doy las buenas noches.

—Ánimo —me responde ella, preocupada, frenando su actividad.

Subo acelerada las escaleras con la caja entre mis manos y al llegar a mi habitación me siento sobre la cama. Sin preámbulos, con cuidado, la abro. Huele a humedad y a polvo, la fragancia del paso del tiempo concentrada en un pequeño habitáculo. Saco el sobre. En el remite figura el nombre de Leopoldo Martínez y por toda dirección figura «Casa de Salud Valdecilla». Lo abro con cuidado y despliego la carta. Ante la similitud de los movimientos, un *flashback* atraviesa mi mente y aparece el contenido de la postal que descubrí en mi casa. Mis manos trémulas agitan el papel y un mal presentimiento crece en mi interior. Me pregunto cómo algo tan inofensivo como unos cientos de palabras sobre una hoja me aterran tanto. Cómo puede ser tan grande el poder de las palabras que aunque hayan sido escritas en el pasado pueden modificar el rumbo del presente para siempre. Echo un rápido vistazo al final de la carta. Efectivamente los nombres no coinciden, está firmada por el nombre de Léonard. La carta comienza con una fecha: diciembre del año 36.

Estimada Gloria:

Le escribo esta carta desesperado, con la esperanza de que me confirme que Aurora se encuentra bien. Me imagino que no espera que le dé esta noticia, pero lo cierto es que no estoy con ella. De hecho, no sé dónde está. Aquella noche todo salió mal. Quiero que sepa que si tomamos la decisión de irnos de repente fue porque sabíamos que, de lo contrario, Cristina se encargaría de impedirlo de una u otra forma. Pese a todas nuestras precauciones, se enteró de nuestro plan. Supongo que alguien nos traicionó. Tenga cuidado con ella, Gloria, no la subestime.

Desde aquella noche no he vuelto a saber nada de Aurora. Me aterra pensar que le ocurriera también algo, o que ahora se encuentre sola en los tiempos que corren. Sé que han pasado muchos meses, pero créame cuando le digo que me ha sido imposible ir en su búsqueda. Ni siquiera ahora podría. Es una historia muy larga, pero tiene que creerme. Aquella noche me sucedió algo terrible que me ha obligado a permanecer inválido durante todo este tiempo.

¿Sabe si Aurora se fue a Santillana? ¿Acaso no llegó a marcharse y sigue allí con usted? Si es así, aunque ella no quiera saber de mí, por favor, hágamelo saber. Dígale que no la abandoné ni me arrepentí de nuestra decisión en ningún momento. Si no está ahí con usted, Gloria, significa que se marchó sola. Que está sola en medio de esta guerra. Es mi deber encontrarla, pero necesito su ayuda para ello.

Lo único que me daría fuerzas ahora mismo para continuar es saber que está bien. Prometerle que en cuanto salga de esta situación iré junto a ella. Espero que pese a todo me siga queriendo.

Gracias, Gloria.

Cuídese,

Léonard

Las lágrimas me empañan la vista cuando leo el final. Tengo entre mis manos la prueba tangible de la existencia de un hombre a quien mi madre quiso y de quien nunca me habló. Aprieto la carta contra mi pecho. Me dejo llevar por la emoción y permito que afloren todas las sensaciones que he ido recogiendo en cada frase. Me dejo invadir por la que con toda probabilidad sea la verdad. Porque en algún recoveco de mi corazón sé con seguridad que el hombre que escribió estas palabras, Léonard, es mi verdadero padre. Enseguida se formula en mi mente la pregunta inevitable: ¿sigue vivo? ¿Podré encontrarlo?

Estoy segura de que si firmó con otro nombre y con el apellido de Gloria en el remite del sobre fue para hacerse pasar por un familiar suyo, y así no levantar sospechas cuando recibiesen la carta, sobre todo, por lo que se deduce en sus palabras ante Cristina, la hija de Ignacio y Adela. Pero su verdadero nombre es Léonard. Deseo con todas mis fuerzas que pudiese ponerse en contacto con mi madre en algún momento. Pero si lo hizo, es decir, si consiguió contarle la verdad, explicarle que todo salió mal, pero que nunca dejó de quererla, ¿por qué nunca retomaron su relación? ¿Acaso mi madre ha muerto sin saber que ese hombre, mi padre, estaba desesperado por volver a su lado?

Ahogo los sollozos en la garganta y me dejo caer sobre la almohada. Me resulta doloroso pensar que mi madre vivió toda su vida creyendo que la abandonaron, que el hombre con el que iba a tener un hijo se arrepintió y la traicionó en el último momento. Sin embargo, por mucho que me pese, eso explicaría todo. Mi madre debió de continuar con la decisión de huir, aunque nada fuese como había imaginado, y así fue como llegó a Santillana, sola y embarazada. Por eso debió de intentar casarse con Miguel apresuradamente, necesitaba un padre para su bebé o de lo contrario caería en desgracia. Ahora comprendo la postal de Miguel, su aceptación de cuidar tanto de mi madre como del bebé que ya se estaba gestando en su interior. Explica también que mi madre, profundamente herida, enterrara aquella parte de su pasado y no volviese nunca a mostrar interés por ningún hombre.

La tristeza me oprime el pecho. Por mucho que quiera creer que existe la posibilidad de lo contrario, algo me dice que mi madre nunca volvió a reencontrarse con Léonard. La conocía muy bien, sé que si alguna vez hubiese llegado a saber que el motivo por el que Léonard no la siguió aquella noche nada tuvo que ver con su voluntad, lo habría perdonado. Habría mantenido el contacto con él. Era mi padre y la persona con la que había decidido huir de la casa donde llevaba viviendo toda su vida, por lo que debía de ser alguien muy importante para ella. La certeza de que habría vuelto a su lado de haber conocido la verdad me atraviesa el vientre como una aguja ardiente.

Pero ¿qué fue lo que ocurrió realmente? Por sus palabras se deduce que, por alguna razón, a la hija de los dueños no le hacía ninguna gracia su partida, hasta tal punto que lo hicieron a escondidas, temiendo que pudiera impedírselo. Pero que, sin embargo, ella se enteró. ¿Acaso se interpuso en sus planes aquella noche y le impidió de alguna forma marcharse? Léonard revela que le sucedió algo terrible, pero no logro comprender qué motivos podría tener Cristina, en qué podría afectarle su marcha para provocar algo así. Lo que sí parece obvio es que una tercera persona estaba al tanto de lo que iba a ocurrir y fue quien decidió contárselo a la hija de los dueños.

De repente, envuelta en un aire gélido, una posibilidad cruza mi mente y me hiela la respiración.

Luis.

¿Puede ser que conozca la verdad y la lleve ocultando durante tantos años? Rápidamente me opongo a esa idea, me digo a mí misma que es imposible. No sería capaz de traicionar a mi madre de esa forma. Pero sin que pueda evitarlo mi cerebro se pone en funcionamiento y reúne todos los cabos sueltos que he ido recogiendo a lo largo del camino. No puedo respirar, como si el aire de la habitación se hubiese esfumado de repente. Me incorporo para descorrer las cortinas y abrir la ventana. Me siento en la butaca ignorando el aire frío que entra y hace que se me erice la piel. Retrocedo en el tiempo, no puedo precipitarme. Repaso mentalmente una vez más a cada uno de los miembros de la fotografía. Los propietarios, su hija Cristina, mi madre, Gloria, Luis, un hombre mayor que debía de ser el jardinero, a juzgar por cómo está vestido, y el joven del extremo, unos años mayor que mi madre. El que se unió en el último momento, quien hizo palidecer a Luis. ¿Es posible que él sea Léonard?

Estudio de nuevo la fotografía. Estoy segura de que no había nadie más. Tomo de nuevo la carta entre mis manos. «Supongo que alguien nos traicionó». Alguien que estaba al tanto de que iban a marcharse los delató. Si le confiaron su secreto, quiere decir que debía de ser una persona de confianza de Léonard o de mi madre. Por supuesto desconozco las amistades de Léonard, pero las opciones de mi madre se reducen a la fotografía. Además, parece lógico pensar que fuese alguien cercano tanto de mi madre como de Cristina. Descarto a los señores porque mi madre tendría con ellos una relación formal, y no tiene sentido que les confiase que iba a abandonar su puesto de trabajo. Gloria tampoco pudo ser dado que se deduce, al leer la carta, que ella no sabía nada: Léonard se disculpa al principio por desaparecer repentinamente y le explica la razón por la que tomaron la decisión de huir a escondidas. Además, de haber sospechado de ella, Léonard no le habría escrito pidiéndole ayuda para localizar a mi madre. Por lo tanto, si mantengo mi suposición, quedan el jardinero y Luis. De uno de ellos no sé nada y doblaba en años a mi madre, aparentemente no parece probable que le confiase un secreto tan importante. Sobre todo teniendo en cuenta quién es la última opción: Luis. Otro miembro del servicio, un joven de su edad, con el que estrechó unos lazos de amistad tan fuertes en aquella época que han durado toda la vida, superando una guerra y todos los baches emocionales de Luis. El corazón me late con violencia. ¿Por qué haría algo tan horrible? No es posible... Ha sido un amigo fiel de la familia toda su vida, siempre atento y servicial... ¿Casi como si se sintiese culpable por algo?

No. Aparto esa idea de mi cabeza. No tiene por qué haber sido Luis, pudo ser alguien del entorno de Léonard. Me aferro desesperada a esta idea. Pero mi mente se adelanta y formula la pregunta inevitable, la gran incógnita: ¿qué es entonces lo que esconde Luis?

Me levanto, camino con ansiedad de un lado a otro de la habitación. Analizo todo una y otra vez con la esperanza de estar equivocándome, pero una voz en mi interior sentencia que todo encaja irremediablemente. Agotada miro el reloj, son más de las once y media de la noche. Es tarde, pero me da igual.

Salgo de mi habitación y bajo a la recepción. Las luces están apagadas y no hay ni rastro de Margarita o Graciela. Observo el teléfono sobre la repisa de madera y, sin pensarlo dos veces, marco el número de Luis. Uno, dos, tres, cuatro largos pitidos. Buzón de voz. Marco de nuevo el número atropelladamente. Nada. Maldigo en silencio: «Dónde demonios se ha metido». Regreso a mi habitación con la frustración a cuestas, me dejo caer sobre la cama y rompo a llorar.

¿Por qué Léonard no insistió? ¿Por qué no fue a buscar a mi madre antes? La carta de Miguel era de febrero, por lo que mi madre llegaría a Santillana a finales de enero, y la carta de Léonard es de diciembre, casi un año más tarde. ¿Por qué esperó tanto tiempo? En la carta dice que le fue imposible hacerlo antes, que lo que le sucedió aquella noche le mantuvo incapacitado durante mucho tiempo. En la dirección figura una casa de salud, ¿acaso tuvo un accidente? ¿Enfermó y no pudo superar la enfermedad? ¿Por eso mi madre no volvió a saber nunca de él?

Me encojo sobre mí misma y me tapo con el edredón. Mi cuerpo tiembla con violencia, asustado por lo que acabo de descubrir, por la oscura sospecha que se cierne sobre Luis. ¿Acaso él, la única persona que hasta ahora creía que podía ofrecerme alguna respuesta, fue quien traicionó a mis padres y provocó su separación?

No hay nada más frustrante que por cada incógnita que resuelvo surja un interrogante mayor. Desde que murió mi madre mi vida no ha hecho más que desmoronarse. Me pregunto cómo voy a retomarla si todo a lo que intento aferrarme se hunde y desaparece en el mar de la incertidumbre.

CAPÍTULO 16

Para ser justa he de decir que al principio no me porté nada bien con Luis. Él no tenía culpa de nada, pero yo no actué de manera razonable. Si, por ejemplo, me preguntaba dónde encontrar las servilletas de tela para servir la mesa o por la vajilla que habían regalado a la señora Adela en su boda, yo fingía no saber nada. También diré que, pese a mi antipático comportamiento, él fue siempre paciente y bueno conmigo. Es algo que tengo grabado en la memoria y que siempre le agradeceré. Su lealtad y su amistad durante aquellos tiempos es uno de los motivos por los que con el paso de los años he sabido tratarlo con tiento y perdonarle sus rarezas. Nunca he pretendido que Carmen lo comprendiese, pero mantener mi amistad con Luis hasta el final ha sido mi manera de agradecerle que apareciese en mi vida en el momento preciso y que tras la guerra volviese y se quedase para siempre a mi lado.

Lo conozco bien y sé que Luis es una persona cuyos silencios a menudo esconden sufrimiento. Su hermetismo denota algo encerrado en su interior que le gustaría liberar, pero que nunca ha sido capaz. Lo entiendo porque a mí me ocurre lo mismo. Cuáles son los pensamientos que ensombrecen su carácter, no lo sé. Reservados como siempre hemos sido los dos, jamás se me pasó por la mente preguntarle. Sin embargo, por eso mismo nos hemos comprendido siempre tan bien. Yo respetaba sus silencios y él los míos. Nunca nos hemos hecho preguntas, nunca le he echado en cara que desapareciese cuando lo necesitaba. Al principio me culpaba a mí misma por no saber demostrarle que podía contar conmigo también en los malos momentos. Pero con el paso de los años comprendí que yo no tenía culpa alguna, que Luis prefería huir cuando los pensamientos comenzaban a oscurecerse.

Carmen mientras tanto siempre se ha desesperado. «Pero, Aurora, cómo puedes tener tanta paciencia con él. Desaparece y reaparece en tu vida con una facilidad pasmosa. Y tú vas y le dejas volver a entrar, así sin más». Pero yo sabía que en realidad aquello debía de ser de todo menos fácil para él. Yo trataba de explicarle a Carmen que en su juventud él no era así. Había cambiado con el paso de los años; cuando nos reencontramos tras la guerra, supe que ya no era el mismo. Aunque seguía siendo cortés y leal conmigo, mantenía las distancias. Durante los primeros meses nos esforzamos para demostrarnos el uno al otro que continuábamos siendo los mismos pese al tiempo que había transcurrido y a los acontecimientos que habían tenido lugar desde entonces, como si nuestra confianza se hubiese quedado atrapada en el pasado y hubiésemos tenido que luchar por recuperarla. Yo supuse que había cambiado por la guerra, sabe Dios la de calamidades y horrores que tuvo que soportar. Pero Carmen refutaba mi teoría y, mientras negaba enérgicamente con la cabeza, me recordaba que también su Manuel había tenido que ir al frente y que también habría pasado por circunstancias parecidas. Igual que Eusebio, Clemente o Ezequiel, todos vecinos de Santillana. Obviamente todos estos hombres volvieron agotados y necesitaron tiempo para afrontar todo, razonaba Carmen, pero supieron continuar con su vida. «Hay que aprender a vivir, Aurora, y Luis no sabe. Se encierra en sí mismo y cada vez es más taciturno», me decía siempre exasperada. Entonces yo suspiraba y guardaba silencio. Sabía que era inútil prolongar la discusión. Carmen y Luis veían la vida desde esferas opuestas.

Rememoro muchas veces el día que lo conocí. Fui yo quien le abrió la puerta principal de la casa. Estábamos todas en el vestíbulo para dar la bienvenida al nuevo miembro del servicio, tal y como la señora Adela nos había pedido. Así que nada más llegar se encontró con cinco mujeres —la señora, Cristina, Rosa, Gloria y yo— que lo miraban con expectación. Se quedó tan descolocado que tardó varios segundos en reaccionar y quitarse el sombrero. Claro que todas nosotras también nos llevamos una buena sorpresa. Era un muchacho. De dieciocho años como mucho. Esperábamos a alguien bastante más mayor, por lo menos de treinta años, para poder encargarse de aquel puesto. ¿Cómo iba a asumir tanta responsabilidad aquel chico tan joven?

Tras la perplejidad inicial, la señora le hizo pasar y le enseñó la casa. Le explicó con detalle todas las tareas que debería desempeñar, no sé muy bien si con la intención de introducirle en su nuevo puesto o de que él mismo cogiese sus cosas y renunciase asustado a la carga de responsabilidades. A continuación nos pidió a Gloria y a mí que le mostrásemos las estancias del servicio. Más tarde, la señora nos hizo llamar y a solas nos transmitió que iba a darle una oportunidad durante una semana, si no buscaría otro candidato.

Su primer servicio fue desastroso. Menos mal que se trataba de una merienda informal, que ni siquiera servimos en el comedor, sino en la mesa baja del salón, frente a la chimenea. Ante la mirada reprobatoria de Gloria, yo había dado mi brazo a torcer y le había explicado, sin demasiada amabilidad, cómo colocar correctamente la cubertería sobre la mesa, así como los pasos que debía seguir para atender las comidas. A regañadientes, le había indicado dónde estaban la vajilla, los manteles y las servilletas. Sin embargo, le había dejado elegir a él y no dije nada cuando sacó un mantel color rosado y unas servilletas anaranjadas, que no conjuntaban en absoluto. Luego subí con él al salón y permanecí a su lado durante la merienda. Entonces comprobé que había dispuesto mal los cubiertos, aunque ya era demasiado tarde para indicarle nada porque la señora y su invitado, un joven vendedor de arte que por aquel entonces solía acudir con frecuencia, estaban entrando en la estancia. Nada más empezar, comprobé desesperada cómo servía la bebida por el lado incorrecto. Por fortuna, aquel día la señora estaba de muy buen humor. Aquel caballero debía de ser muy divertido, pues Adela no paraba de reír, pese a que yo no comprendía la gracia de la mayoría de los comentarios. En cualquier caso, no prestó demasiada atención a los torpes movimientos de Luis y, tras disponer los canapés, el bizcocho y los cafés sobre la mesa, la señora nos invitó a retirarnos.

Recuerdo cómo Luis respiró aliviado. Estaba tan nervioso que las gotas de sudor resbalaban por su frente. Pese a mi férrea actitud inicial, no pude evitar sentir cierta lástima por aquel muchacho. Lo cierto es que no me esperaba encontrarme con alguien de mi edad. Su aspecto desgarbado y el hecho de que lo hubiese dejado todo atrás y estuviese comenzando de cero sin conocer a nadie en la casa me suscitaron ternura y terminé ablandándome en cuestión de semanas.

Luis se mostró desde el primer momento servicial, obediente y trabajador. Se esforzó mucho para conseguir el puesto. Conocía las nociones básicas, había servido durante unos meses a una anciana señora. Pero aquello no era en modo alguno comparable con todas las tareas de las que era responsable en su nuevo puesto de trabajo, pues su antigua señora vivía sola en una casa de un solo piso. Así que tuvo que hacer un esfuerzo doble para ponerse a la altura en escasos meses. Cada semana iba adquiriendo más soltura y autonomía y, pronto, dejó de necesitar que le recordásemos qué debía hacer a continuación, él mismo tomaba la iniciativa. Mostró tanto empeño y dedicación que enseguida se hizo un hueco entre Gloria y yo. Las dos reconocimos que habíamos tenido mucha suerte por que fuese él quien ocupase el puesto. Nos trataba con respeto y se esforzaba en facilitarnos las cosas en la medida en que podía. Cuando veía que las provisiones de la despensa comenzaban a agotarse, él mismo iba a caballo al pueblo para comprar y avisaba a Léonard, quien nos estaba haciendo el favor de acercarnos los alimentos que íbamos necesitando hasta que llegase un nuevo carruaje. Si algo se rompía, Luis se las ingeniaba como podía para arreglarlo. No descansaba al final del día hasta que se cercioraba de que tanto Gloria como yo hubiésemos finalizado todas las tareas y ya no necesitábamos su ayuda. Aquello fue un gran alivio, porque por aquel entonces teníamos mucho trabajo, pues entre ambas habíamos asumido la responsabilidad de mi madre.

Aunque dentro de la casa los límites entre lo laboral y lo personal se desdibujaban, he de decir que pronto sentí un profundo cariño hacia él, más allá del trabajo. Me resultaba sencillo compartir mi rutina con Luis, con sus anécdotas y sus desilusiones. Él me escuchaba, lo hacía con atención y sin juzgarme. Nos quedábamos hasta muy tarde hablando en la cocina. Yo planchaba la ropa para el día siguiente y él se sentaba en una silla frente a mí, con lo ojos cansados, pero siempre atento. Hablábamos de nuestros miedos y de nuestras esperanzas, y, en ocasiones, nos permitíamos imaginar cómo nos gustaría que fuese nuestro futuro. Se convirtió en un buen confidente. Especialmente en aquel momento, en el que todavía me sentía muy vulnerable y en el que las cosas entre Cristina y yo se estaban quebrando del todo.

Tal y como me había anunciado en el salón unas semanas antes de que llegase Luis, Cristina quedó con Léonard para pasear. Solo que no ocurrió tal y como más tarde me lo describió. Léonard no fue a recogerla, ni la llevó a caballo por los alrededores ni terminaron viendo cómo el sol se ponía sobre las aguas del río. Tampoco era cierto que le hubiese presentado a sus padres o que le hubiese enseñado la posada. Acostumbrada a sus habituales mentiras, asentí a todo cuanto me contó al día siguiente, sin el menor atisbo de preocupación. Sabía que cuando pudiese Léonard me contaría la verdad, que nada tenía que ver con su versión: Cristina se presentó en la posada después de comer, preguntando por él. Su madre, extrañada, fue a buscarlo. Cuando bajó las escaleras y la vio en la puerta, se quedó pasmado. Todos los huéspedes que estaban en el comedor se habían girado para observarla. Sus ropas desentonaban allí, con tanto encaje y con tanta elegancia, igual que sus modales y su manera de hablar.

—No es precisamente la clase de gente que suele frecuentar la taberna —me explicó Léonard—. Me recibió con la mejor de sus sonrisas, como si de verdad nos hubiésemos citado a esa hora. Para nada parecía incómoda o inhibida por haberse presentado allí de repente. Charló como si nada y me instó a que continuásemos paseando. Yo rechacé su propuesta como cinco veces, Aurora, y le dije que tenía mucho trabajo que hacer. Mi madre, viéndome en apuros, se nos acercó y me pidió si la podía ayudar con la limpieza del salón. Pero Cristina sonrió y amablemente me indicó mientras se sentaba en una de las mesas que no había problema, que esperaría. Yo no sabía dónde meterme..., terminé pensando que cuanto antes se acabase aquello mejor. No podía montar delante de todos nuestros clientes una escena. Así que cogí mi chaqueta y me dirigí con ella a la zona del río. Iba hablando sin parar, de todo y de nada. A la media hora me cansé y le propuse que regresáramos. Eso fue todo. A mi madre no le gustó nada. Me dijo que era una chica prepotente y engreída, que no le había hecho falta intercambiar con ella más de dos palabras para saberlo. Que me anduviese con cuidado o nos traería problemas. Como si yo no estuviese haciendo ya todo lo posible por evitarla...

Aquella vez sí que vi a Léonard agobiado, como si se hubiese percatado de que las intenciones de Cristina no eran ninguna tontería. Le había hecho sentirse incómodo en su propia casa. Había traspasado ese nuevo límite sin pudor ni reservas. Las siguientes palabras de Léonard se quedaron grabadas en mi memoria:

—No encajaba allí, en mi casa, ni encaja conmigo, no sé por qué se empeña, Aurora. Ella pertenece a otro mundo, somos totalmente diferentes. Creo que en el fondo ni siquiera disfruta de mi compañía, pero le da igual, está obsesionada. Es como si se hubiese marcado como objetivo que nos convirtamos en amigos y no estuviese dispuesta a renunciar, aunque ello conlleve conseguirlo a la fuerza.

Yo oculté mi preocupación e intenté calmarle sin demasiada convicción. Le dije que Cristina era una persona caprichosa, pero no tenía maldad. Sin embargo, le insté a que tomásemos las precauciones que estuviesen a nuestro alcance. Así que aquel día acordamos no vernos más en la finca para evitar que Cristina nos viese juntos. Teníamos la suerte de tener como refugio la posada y decidimos que allí serían todos nuestros encuentros. La verdad es que, con todas las tareas que tenía asignadas por aquel entonces, ya rara vez tenía tiempo para acudir al cobertizo, pero para evitar cualquier posibilidad le pedí a Luis que a partir de entonces se encargase él de traer la leña. Así mismo, quedamos en que solo viniese por las mañanas, que siempre eran más ajetreadas, para disminuir las posibilidades de que Cristina tuviese tiempo para merodear a su alrededor. A la señora Adela aquella decisión le daría igual si no faltaba la leña en el cobertizo.

Desde que Léonard me había contado aquello, cada vez que atendía a Cristina sentía que entre nosotras se abría una distancia cada vez mayor. Supongo que ahora parece sencillo cuestionarse por qué no actué de frente y le pregunté las razones de su comportamiento. Pero no hay que olvidar que no éramos dos amigas cualesquiera; yo era su doncella y, por lo tanto, nuestra amistad no estaba construida sobre la igualdad. Sencillamente había límites que no me estaba permitido traspasar, con independencia de que hubiésemos sido amigas.

Esto no es una disculpa por mi parte, sino una explicación que me debo a mí misma. Porque, pese a todo, todavía en ocasiones pienso que me equivoqué. En aquel momento yo era consciente de que algo atormentaba a Cristina y provocaba aquel cambio en su manera de ser, cada vez menos cercana y más autoritaria. Sin embargo, no me esforcé en averiguarlo. No hice siquiera la intención de aunar fuerzas para olvidar mis motivos e intentar deducir los suyos. Quizá eso habría ayudado a cambiar el curso de los acontecimientos, aunque ya nunca lo sabré. Solo sé que actué así porque continuaba hundida en el resentimiento: Cristina no había estado a mi lado tras la pérdida de mis padres y, sin embargo, sí había tenido tiempo para reunirse con Léonard a mis espaldas.

CAPÍTULO 17

Enero de 1935

Las indicaciones acuciantes y nerviosas de Gloria me despertaron en mitad de una gélida noche de enero. Mis adormilados sentidos se activaron repentinamente sobresaltados.

—Aurora, el señor está enfermo. Baja corriendo para ayudar, por favor. Yo voy a la cocina a ver qué puedo preparar para intentar calmarlo. Luis ya se ha ido a avisar al médico.

Me apresuré a ponerme mi toquilla y bajé corriendo al segundo piso. Me dirigí al dormitorio principal, pero tuve que retroceder sobre mis pasos, extrañada, al ver que la cama deshecha estaba vacía. Entonces vi que la luz de la habitación de invitados brillaba al final del pasillo. Me encaminé hacia allí y, al asomarme a la estancia, me encontré con que el señor Ignacio yacía en la cama convaleciente. Entonces comprendí todo. Aquello significaba que los señores estaban durmiendo en habitaciones separadas. Inquieta por aquella novedad, me acerqué a la cama con pasos afligidos. El rostro esbelto del señor estaba muy pálido y su boca se contraía en una mueca de dolor. Gotas de sudor empapaban su frente, su expresión estaba demacrada.

—¿Qué le ocurre? —pregunté asustada.

La señora, sentada en un sillón junto a su marido, respondió:

—Se ha despertado en mitad de la noche con un fuerte dolor en uno de los costados. Al parecer la molestia comenzó después de cenar, pero no dijo nada porque era algo leve y no quería preocupar a nadie. Sin embargo, cuando se ha despertado, ha empeorado rápidamente y le ha subido la fiebre. Cristina ha ido a por un paño. —Entonces, crispada, gritó mirando hacia la puerta—: ¡Cristina! ¿Se puede saber dónde estás?

Justo en ese momento entró en la habitación y fue directa a colocar el paño húmedo sobre la frente de su padre. Ella también estaba más pálida de lo habitual. Un aire de preocupación y de frustración inundaba la estancia. Ante nuestra impotencia, no había nada que pudiésemos hacer por él salvo acompañarlo. Ninguna de nosotras teníamos los más mínimos conocimientos médicos. Yo permanecí de pie en uno de los extremos de la cama sin apartar la vista del señor, comprobando que estuviese despierto. Cristina estaba sentada junto a él, agarrándole la mano con fuerza. Al poco tiempo se incorporó en busca de otro paño para sustituirlo de nuevo, pero me adelanté y le dije que yo me encargaba. Cuando regresé y se lo tendí, vi que estaba llorando. Ignacio temblaba y se retorcía de dolor. Pude leer el miedo en los ojos verdes de Cristina. Gloria regresó de la cocina cargada con una bandeja con tazas de tilas para todas. Me apresuré a ayudarla y vi que en la bandeja había un platito con cebolla picada.

—Es para la fiebre, ayuda a que baje. Ven, ayúdame a encontrar unos calcetines viejos. Metemos la cebolla en ellos y se los ponemos al señor. Ay, madre mía, pobrecillo, lo mal que lo debe de estar pasando.

Yo nunca había oído tal cosa, pero hice lo que Gloria me indicaba sin protestar. Eso fue todo cuanto pudimos aportar, el resto fue una larga espera. Cuando el médico llegó, el señor Ignacio temblaba con violencia. El doctor nos ordenó a todas que saliésemos de la habitación y, tras otra larga espera, nos informó de que lo más probable es que se tratase de una infección. Nos advirtió que su estado era delicado e iba a necesitar tiempo y sobre todo reposo para curarse. No se equivocó. El señor estuvo convaleciente durante casi dos meses. El dolor y la fiebre persistieron durante largas noches y cuando por fin cesaron estaba tan débil que apenas se tenía en pie. Comenzó entonces un lento periodo de recuperación para volver a su estado físico anterior, porque en los meses que estuvo tendido en la cama adelgazó muchísimo, se quedó escuálido. Luis le ayudaba a asearse y entre todos nos turnábamos para que no estuviese solo y para ayudarle a incorporarse. Recuerdo el impacto del primer día cuando al incorporarle sentí cómo mis brazos se hundían en su camisa, como si su cuerpo, antes tan fuerte y ágil, se hubiese debilitado tanto que se hubiese perdido entre sus ropas. Sus movimientos eran muy lentos, se agotaba con el más mínimo esfuerzo. El señor se desesperaba al verse tan limitado. Supongo que temía lo mismo que todos nosotros, que no recuperase su anterior estado físico. Aquella larga convalecencia frustraba sus planes y su habitual carácter enérgico y activo se volvió endiablado durante los primeros meses. Los ratos en los que la fiebre le daba un respiro y estaba despierto, su mal humor se apoderaba de él. La señora Adela, sin ninguna paciencia, correspondía con gritos a su marido y las discusiones retumbaban por toda la casa. Yo siempre que oía sus gritos revivía el impacto que supuso para mí comprender que no estaban durmiendo juntos. Aquella primera noche en la que comenzó el dolor, la señora había permanecido sentada junto a su marido, pero sin llegar a coger su mano ni rozarle la frente, sin pronunciar ninguna palabra alentadora y distante pese a su delicado estado.

Cristina, temiendo que aquellas discusiones que podían alargarse durante horas perjudicasen el estado de salud de su padre, solía irrumpir en la habitación para forzar una tregua. Entonces Adela abandonaba el cuarto hecha una furia y ella se sentaba con cuidado al pie de la cama. A Cristina no parecía importarle la apatía de su padre, se mostraba siempre solícita y amable con él y lo cuidaba con cariño, tal era la admiración que sentía hacia su persona y la alegría que le provocaba tenerlo cerca durante tanto tiempo. Hablaba con Ignacio sin cesar y solo entonces el señor parecía relajarse y toparse con algo de tranquilidad.

A mediados de marzo, ayudado por Luis, el enfermo bajó al primer piso. Fue entonces cuando la biblioteca se convirtió en su refugio. Se encerraba en ella y permanecía horas leyendo tumbado en el sofá. «Me da paz estar entre tanto libro», solía decir. Había veces que teníamos que recordarle que debía comer algo, porque se sumergía tan profundamente en la lectura que perdía la noción del tiempo. Los libros y su mejoría fueron devolviéndole su buen humor. En el mes de abril ya se encontraba mucho mejor y comenzó entonces un periodo de tregua. Un periodo de calma antes de lo que sucedió después, una época de transición impregnada de la ilusoria sensación de que todo encajaba y de que todo iba bien.

A diario el señor daba largos paseos por los jardines de la finca con Cristina quien, aliviada al ver que su padre por fin estaba cada vez mejor, había apartado encantada sus quehaceres para disfrutar de todo el tiempo posible con él. Aunque yo prefería guardar las distancias, al verla junto a su padre, reconocí en ella por primera vez en mucho tiempo a la Cristina que había conocido cuando éramos pequeñas. Disfrutar de su progenitor se convirtió en su prioridad y se olvidó de lo demás; de las mentiras, de Léonard, incluso aligeró mis tareas... Así llegó el verano y, aunque el señor ya estaba casi recuperado, decidió quedarse con nosotros antes de partir de nuevo hacia América. El cielo despejado y el calor apremiante de los días de verano le vinieron bien. Se marchó hacia América a finales de agosto. A modo de despedida quiso retratarnos a todos. Gloria, Luis y yo esperamos aquel día con gran expectación. Hasta entonces nunca nos habían retratado, no sabíamos qué se sentía al verse a uno mismo capturado eternamente. Para aquella ocasión todos nos pusimos nuestras mejores ropas, y Gloria y yo nos peinamos la una a la otra, nos empolvamos la cara y nos dimos colorete mientras reíamos nerviosas. Sin embargo, cuando el fotógrafo colocó aquel aparato con tres patas delante de nosotros, nos quedamos muy serias.

Yo me sentí intimidada, observada por aquel ojo que se me antojaba siniestro. Dio la casualidad de que, mientras estábamos preparándonos, Léonard llegó a la finca. El señor, entusiasmado, no dudó en invitarle a que se uniese a la fotografía. Él también se sintió extraño, luego me lo confesó. Una vez estuvimos listos, el fotógrafo nos dijo que debíamos estar muy quietos durante varios segundos. Tuvimos que repetir varias veces aquel proceso, hasta que el fotógrafo se sintió satisfecho. Tras el revelado, nos enseñó el resultado y no pude evitar emocionarme al vernos a todos juntos. Me costó reconocerme, estaba seria, asustada incluso, pero me pareció mágico que hubiésemos aparecido sobre aquel papel. No pude evitar pensar que ojalá a mi lado hubiesen estado también mis padres. De esa manera hubiese tenido un recuerdo de ellos para siempre. Para recordarlos tal y como eran y no tener que esforzarme cada día en que su voz y su imagen no se desvaneciesen de mi memoria.

Aquella fotografía fue la despedida de Ignacio, del verano y de todo cuanto teníamos hasta aquel momento. Aquella fotografía retrata lo que éramos y lo que dejamos de ser.

CAPÍTULO 18

Septiembre de 1935

El día que mi padre se marchó se llevó con él mi felicidad y la misma pesadilla de siempre volvió a agitar mis sueños. Durante los meses que había compartido con él me había sentido comprendida, estar a su lado me transformaba en alguien especial, importante. Con su marcha volví a ser insignificante e incluso pensé que era una ilusa por haber creído que quizá papá ya no volvería a marcharse. Me había esforzado de veras en aprovechar con él cada instante, en intentar hacerle feliz cuando más enfermo había estado. Durante todo el verano habíamos caminado durante horas por el campo y me había contado historias fascinantes de cómo era el mundo. Me había recomendado libros y yo me había leído cada uno de ellos para luego poder debatirlos con él. Tras todos mis esfuerzos, había albergado la esperanza de que se quedase. ¿Cómo iba a irse tras todo lo que habíamos construido entre los dos aquellos meses? Sería incapaz de renunciar a aquellos momentos, de alejarse de mí.

Pero en septiembre mi padre se fue de mi lado. Nos lo había comunicado a mi madre y a mí un día cualquiera de agosto, mientras los tres desayunábamos en el comedor. Ojeaba el periódico distraído y de la misma manera anunció que ya había comprado un pasaje para dentro de dos semanas, que partiría como siempre desde Santander hacia Cuba. Acto seguido pasó de hoja. Mamá simplemente asintió con un leve movimiento de cabeza. Aquella indiferencia se llevó de golpe mi apetito y mi alegría. ¿Cómo podía anunciar su partida como si estuviese hablando del tiempo? Dolida por su noticia, me levanté de golpe de la mesa y abandoné el comedor. Entonces papá levantó por fin la vista del periódico y exclamó:

—¡Vamos, cielo! ¿No pensarías que iba a quedarme aquí eternamente? La compañía me necesita, bastante tiempo llevan ya apañándoselas sin mí.

No contesté. Subí a mi habitación y me encerré. Estaba enfurecida, me sentía abandonada. Al cabo de un rato oí unos golpes en la puerta, era él. Se sentó a los pies de mi cama como yo había hecho con él cuando estaba enfermo y me prometió que estaría en casa antes de Navidad. Como siempre que se marchaba, me dijo que esperaba poder llevarme pronto con él para que yo también pudiese ver con mis propios ojos todos aquellos países de los que me había hablado, pero que todavía no había llegado el momento oportuno. «Solo un par de años más», me dijo mientras sujetaba con fuerza mis manos entre las suyas. Después me ayudó a incorporarme y me pidió que fuésemos a dar una vuelta, como todas las tardes. Yo traté de aprovechar cada instante hasta su partida, pero por más que trataba de detener el tiempo comprobé con impotencia cómo este se escurría entre mis dedos. Finalmente, como siempre, papá se fue.

Una de las noches siguientes a su partida, incapaz de conciliar el sueño y cansada de mirar el techo, me levanté de la cama y salí de mi habitación. Dejé a mis pasos que me guiaran y terminé en la biblioteca. Descorrí la puerta entreabierta y me recibió vacío el sofá en el que tantas horas había pasado papá leyendo, colocado en el medio de una gran alfombra persa. Movida por las ganas de reconocer el olor de mi padre entre el suave y acolchado terciopelo verde, avancé hacia él mientras la alfombra me acariciaba haciéndome cosquillas en los pies descalzos. De pronto el sonido de una risa me sobresaltó y me detuve en seco. Miré a mi alrededor, recorrí con los ojos los pasillos formados por las pesadas estanterías de madera repletas de libros, pero no vi a nadie. Por un momento, me pregunté si mi imaginación me había jugado una mala pasada. Permanecí inmóvil durante varios minutos y, cuando estaba a punto de tumbarme en el sofá, escuché otra vez susurros y más risas. Distinguí la voz grave de un hombre y también la de una mujer, con un timbre muy familiar... ¿Cómo era posible? ¿Acaso había regresado mi padre sin avisar? Perpleja, avancé veloz por uno de los pasillos y, al girar en una de las esquinas, los descubrí. Mi madre se reía con una copa de vino en la mano. Estaba apoyada en una de las estanterías, las mejillas sonrosadas por la bebida. Un hombre la rodeaba con sus brazos y ella respondía cariñosa al gesto. Aunque estaba de espaldas a mí, supe al instante que aquel hombre no era mi padre. Me quedé paralizada, viendo cómo mi mundo se desmoronaba mientras aquel desconocido besaba a mi madre. Aquello tenía que ser otra pesadilla, un nuevo mal sueño. Quise pensar que solo tenía que esperar hasta que mis ojos se abrieran de nuevo. No sé muy bien cuánto tiempo transcurrió hasta que ella alzó la vista por encima del hombro de su acompañante y, sobresaltándose, se dio cuenta de mi presencia. Automáticamente se separó de él con un empujón y, alisándose la falda mientras recuperaba la compostura, me miró muy seria y me increpó:

—¿Se puede saber qué haces aquí? Sube a tu cuarto. —Su voz llegó a mí como un eco lejano—. Cristina, ¿me estás oyendo? Vamos, a tu habitación.

Mi cuerpo reaccionó antes que mis pensamientos. Fueron mis piernas las que me impulsaron, me sacaron de allí y me subieron hasta el segundo piso, porque mi cabeza seguía abajo, entre aquellas estanterías. Mis pensamientos retrocedían una y otra vez al momento en el que mi madre se había dado cuenta de mi presencia, porque justo en ese instante el hombre que estaba a su lado se había girado, pero ¿había llegado a ver su cara? Ella me había mirado tan furiosa que algo en mi interior se había encogido y me había paralizado. La había besado, lo había visto con mis propios ojos... Aquel desconocido había besado a mi madre y ella no se había apartado. Al contrario, se reía, parecía estar divirtiéndose como nunca la había visto con mi padre.

Aquella noche la vigilia se volvió interminable. Como si trazasen círculos, mis pensamientos volvían constantemente al mismo punto de partida, reproduciendo la dolorosa imagen de aquel abrazo, el violento impacto de aquella unión. No sé en qué punto de aquel círculo me quedé dormida. Pero sí recuerdo en qué momento desperté de él. Las sombras de la noche ya se estaban aclarando en el jardín con las primeras luces del alba cuando un sobresalto puso fin a aquel letargo extraño, frágil y liviano. Me había dormido, pero a la vez mi consciencia no había desaparecido. Mis pensamientos habían continuado sin mí hasta que localizaron lo que yo había sido incapaz de recordar y, sin ningún rodeo ni remordimiento, reprodujeron en medio de aquella confusa ensoñación, sin mi permiso y con suma claridad, el rostro de aquel hombre. Al recordar de golpe sus facciones, ahogué un grito. Ahora recordaba, me había fijado en él una milésima de segundo antes de darme la vuelta para abandonar la biblioteca, el tiempo suficiente para reconocerlo. El hombre que abrazaba a mi madre era el vendedor de cuadros que había venido en varias ocasiones a casa. Aunque mi madre nunca antes se había interesado por la pintura, hablaban de arte durante horas en el salón. O eso era lo que ella me había contado.

Me incorporé. La cabeza me dolía tanto que parecía que me iba a estallar. La luz que se colaba por la ventana me quemaba los ojos. Quería gritar, llorar, correr, todo al mismo tiempo. Sentía rabia, incomprensión y dolor. Por mí, por nuestra familia, pero sobre todo por mi padre. ¿Cómo podía haberle traicionado de esa forma en su propia casa tan solo unos días después de que se marchase? Muy lentamente me incorporé. Me apoyé en el cabecero de la cama y esperé a que amaneciera. Permanecí inmóvil hasta que entró Aurora en la habitación. Observé cómo apoyaba el desayuno en la cama y recogía la habitación. Oí que me preguntaba si no tenía apetito y si no me encontraba bien. Pero yo no tenía fuerzas para contestar, no tenía ganas de hablar con nadie. Le pedí que me dejase en paz y aguardé tumbada a que llegase Rosa. Me impacienté cuando vi que eran más de las diez de la mañana y no aparecía. Ella siempre acudía puntual a nuestras lecciones. Confundida, salí de mi habitación para buscarla. Necesitaba hablar con ella, desahogarme. Solo podía confiar un secreto tan terrible a Rosa. Ella, como siempre, sabría calmarme y me diría qué hacer.

Aliviada, me topé con mi institutriz mientras estaba saliendo del salón. Pero entonces vi que mi madre iba detrás de ella y me alarmé cuando descubrí que Rosa me estaba mirando con lágrimas en los ojos. No comprendía qué estaba pasando. Las lecciones tendrían que haber empezado hacía horas. ¿Acaso era festivo? ¿Por qué lloraba Rosa?

—Puedes venir a recoger tu material cuando quieras —dijo mi madre.

Rosa asintió con tristeza. Antes de salir por la puerta principal se dio la vuelta y me miró. Su rostro contraído reflejaba dolor, como si estuviese pidiéndome perdón en silencio. Mi madre cerró la puerta tras ella y se dirigió a mí. Yo no fui capaz de mirarla a los ojos.

—De ahora en adelante buscaré a alguien que te eduque como es debido; eso si no te internamos antes, que es lo que deberíamos haber hecho hace mucho tiempo. Es hora de que te comportes y dejes de entrometerte donde no te llaman. Está claro que la educación que te está proporcionando esta institutriz con su modo de vida salvaje e inapropiado, tal y como advertí a tu padre hace ya muchos años, es totalmente incorrecta y está muy alejada de lo que se espera de ti.

Cada una de sus palabras me golpeó con violencia y mi voz se fue quebrando mientras las lágrimas rodaban por mis mejillas.

—No puedes despedir a Rosa… —murmuré con rabia en un susurro.

—Ya lo he hecho. Créeme, es por tu bien. —Se acercó a mí y bajando la voz añadió—: Con respecto a lo de anoche…, más te vale no decir una sola palabra. Es mi vida privada y mi intimidad, Cristina. —Vaciló un instante y, no sé si a modo de disculpa o más bien de explicación, terminó—: Abandonada como me ha tenido siempre tu padre desde el primer día, ¿qué esperabas? Bastante he hecho aceptando una vida que no fue la que yo elegí. Y ahora haz el favor, quítate ese camisón y vístete.

Dicho esto desapareció por la puerta del jardín y no la vi regresar hasta el anochecer.

Cristina nunca me contó lo que ocurrió aquella noche, pero pronto comprendí que tuvo que ser algo grave. El despido de Rosa, la férrea actitud distante y fría con su madre, todavía más evidente a partir de ese momento, y el definitivo cambio de personalidad de Cristina me hicieron ver que no estaba equivocada. Según Gloria, Adela debía de haber hecho algo totalmente fuera de lugar, algo impensable.

—Si es que ya sabía yo, tanto escribir cartas; tanto «Luis, llévame al pueblo...» —había murmurado entre dientes.

Pero ¿qué tenía que ver Rosa con todo aquello? Yo no quise suponer nada. Solo me limité a acatar las consecuencias que aquello supuso para mí. Cristina cambió para siempre. No solo conmigo, se volvió fría con todos los que allí vivíamos, exigente y solitaria. Pasaba largas horas encerrada en su habitación. Yo sufría todo aquello más de cerca dado que era su doncella. Se dirigía a mí autoritaria, acuciante y sin rastro de la confianza que habíamos compartido alguna vez. Me exigía mucho, dobló mis tareas y me vi obligada a trabajar sin descanso desde el amanecer hasta mucho después del atardecer para poder cumplir todos sus encargos. Pero eso no fue lo peor. Aquello podría haberlo soportado. Cristina fue un paso más allá, llegando a un punto que jamás imaginé. Se interpuso entre Léonard y yo, dificultando o impidiendo directamente mis visitas. De repente, me necesitaba también los fines de semana, justo cuando yo podía ir a la posada. Hasta entonces ella siempre solía hacer planes con Rosa y me permitía algún día libre, pero desde que su institutriz se había marchado, Cristina permanecía en casa y parecía como si quisiera asegurarse de que yo no disfrutase de mi tiempo libre. Me imponía su mismo castigo. Me pedía que le remendase alguna falda de manera urgente, de pronto necesitaba una nueva colcha para su habitación o no encontraba esa blusa que tanto le gustaba. Sus tareas ocupaban cada vez más mi tiempo y no podía abandonar mi trabajo hasta que no estuviese todo hecho.

Así fue como me puse entre la espada y la pared. Si no cumplía con mis tareas, corría el riesgo de que Cristina se quejase a su madre. Yo ya había visto con mis propios ojos que no se andaban con chiquitas a la hora de despedir y reemplazar al personal. Así que tenía mucho miedo de que me echaran. Por eso permanecía en casa y cumplía con mi trabajo sin atreverme siquiera a pedir una tarde libre. Tras aquella noche, transcurrieron muchas semanas hasta que pude ver a Léonard. Él continuaba viniendo por las mañanas, tal y como habíamos acordado, pero no nos atrevíamos a que nos vieran juntos, así que me conformaba con observarlo de vez en cuando, con cautela, a lo lejos a través de los ventanales. Mientras tanto intentaba pensar lo menos posible, centrarme en el trabajo y actuar de manera mecánica. Por las noches subía agotada a la buhardilla, caía rendida y al amanecer me despertaba y comenzaba de nuevo otra jornada. Gloria y Luis se preocupaban por mí y trataban de ayudarme, quitarme trabajo. Me aseguraban que ellos se encargarían de todo, que podía irme tranquila. Pero yo me negaba, aquella era mi responsabilidad y debía cumplirla.

Ante aquella situación, Léonard y yo empezamos a escribirnos cartas. Luis me hacía el favor de entregárselas cuando iba al cobertizo. Al principio, las cartas de Léonard eran comprensivas, me animaba y me aseguraba que sería algo temporal. Pero yo no me atrevía a contarle la verdad, que aquello no era un exceso de trabajo de unas semanas, sino que estaba segura de que era un plan orquestado por Cristina para impedir que nos viésemos. Con el paso de los meses, Léonard fue perdiendo la paciencia. «Mereces un descanso, Aurora. Una cosa es que vivas en el mismo sitio en el que trabajas y otra muy distinta que no te dejen vivir», me escribió en una de sus cartas.

Aquella situación se alargó primero durante semanas, después durante meses. En noviembre solo pude ver un día a Léonard. Me levanté al alba un domingo, pues sabía que surgirían miles de tareas, y me esforcé en completarlas todas antes de comer. Al darse cuenta de mi esfuerzo, Gloria me dijo que ella se encargaría si hacía falta algo más y Luis me aseguró que él serviría la comida, así que salí por la puerta trasera y me dirigí a la posada. Lo hice sin demasiada convicción, como sintiéndome culpable porque no estuviese haciendo algo bien.

Léonard estaba en el comedor ayudando a su madre a servir las mesas. Se sorprendió tanto al verme que me abrazó allí mismo, delante de todos los comensales. Comimos juntos y él se esforzó en no tocar el tema que sabía que yo intentaba evitar, pero después de comer, mientras paseábamos por la orilla del río, no pudo contenerse más.

—¿Cómo están las cosas en la casa? Ya sabes..., con Cristina.

—Bueno, como te escribí, después de lo que ocurrió aquella noche, que no sé qué pudo ser, Cristina se ha vuelto muy exigente conmigo.

Léonard se paró en seco y me miró con compasión, exactamente lo que yo quería evitar a toda costa. Traté de actuar como si no ocurriese nada y continué andando.

—No pasa nada, Léonard, es mi trabajo.

Pero él no me siguió.

—¿Y qué pasa conmigo? Aurora, nos conocemos desde hace ya tres años, es hora de que pensemos en nuestro futuro, ¿no crees? Y está claro que, si las cosas continúan en esta línea, nuestro futuro dependerá de que dejes tu trabajo en esa casa. Yo mismo pienso dejarlo estas Navidades, que busquen a otro. No voy a trabajar para una familia que te trata de esta forma.

Aquella inesperada intromisión de Léonard en mi trabajo me bloqueó. No podía dar crédito a lo que acababa de decir.

—No generalices, Léonard, ni hagas nada de lo que puedas arrepentirte. Sabes que esto es cosa de Cristina —murmuré con voz seca.

—¡Como si no fuese un calco de su madre! ¿Por qué los defiendes? —dijo alzando la voz, realmente crispado.

Acto seguido Léonard se dio cuenta de que estaba sobrepasando mis límites y reculó. Respiró e intentó serenarse. Comenzó a hablarme de nuevo con voz suave, mientras cogía mis manos entre las suyas:

—Aurora, no temas abandonar esa casa. No hay ninguna necesidad por la que tengas que aguantar esta situación. Aquí en la posada hay un puesto aguardando para ti si así lo deseas. Tienes un techo asegurado donde comer y dormir. Sabes que a mí y a mis padres nos encantaría y podrías ver a Gloria y a Luis siempre que quisieras. Pero tengo la sensación de que, si te quedas en esa casa, nos van a separar. Estoy seguro de que es lo único que busca Cristina con todo esto.

Aquello que me proponía era tan inesperado y sentí que lo proponía con tanta convicción que me negué a procesar sus palabras. Estaba tan perdida en ese momento que solté sus manos con fuerza, me giré y me alejé sin despedirme de él. Me estaba pidiendo que abandonase el oficio para el que desde pequeña me habían formado mis padres, para lo que me había preparado durante toda mi vida. Había nacido, crecido y vivido siempre en aquella casa, no me imaginaba en ningún otro lugar. De hecho, no conocía nada más allá de los límites del pueblo. Nunca me había planteado salir de allí, aquel era mi mundo, y aquella era mi casa. ¿Cómo iba a marcharme? Me alejé sin rumbo, confusa, dolida. Léonard me estaba pidiendo que rompiese con todo cuanto yo conocía. Yo nunca sería capaz de pedirle una cosa semejante, sabía que la posada formaba parte de su vida. Últimamente en las cartas no cesaba de hablar de nuestro futuro, pero ¡yo tan solo tenía dieciséis años! No estaba preparada para aquello, era demasiado pronto.

Deambulé sin rumbo durante un par de horas a través de los prados. Me sentía perdida, echaba terriblemente de menos a mis padres. No podía dejar de pensar que si ellos siguiesen a mi lado todo habría sido más fácil. Cuando el sol se estaba escondiendo tras las copas de los árboles, decidí regresar a casa. Al atravesar el jardín, vi a lo lejos la sombra de una figura apoyada en la puerta trasera del jardín. Al acercarme, reconocí que aquella silueta pertenecía a Cristina. Temerosa por llegar a su lado, ralenticé el paso todo lo que pude, pero no se movió. Cuando estaba ya junto a ella, me espetó:

—Te estaba esperando, ¿se puede saber dónde te habías metido? Necesito que subas a mi habitación, he estado probándome vestidos para los bailes de Navidad, pues ya he recibido invitaciones, y ahora están todos esparcidos por todas partes. Tienes que recogerlos. Ah, y ya he elegido el que me pondré la semana que viene, tienes que coser un lazo que se ha desprendido. Para mañana tienes que plancharme varias camisas. Más vale que te des prisa.

Aquel recibimiento me desestabilizó. Ni siquiera había atravesado el umbral y ya tenía suficientes tareas como para no poder acostarme hasta muy tarde. Me sentí impotente. De repente, me vi a mí misma moviéndome por aquella casa como un ser insignificante, minúscula entre aquellas enormes paredes. Aunque tan solo habían pasado unas horas, anhelé con fuerza el roce de las manos de Léonard sosteniendo con suavidad las mías y me maldije por haberme marchado y haberle dejado con la palabra en la boca. Abatida, me pregunté a mí misma por primera vez hasta cuándo sería capaz de dedicar todo mi tiempo a atender a otra persona mientras desatendía a quien realmente quería. Pero, sobre todo, me cuestioné hasta cuándo estaría Léonard dispuesto a aguantar aquella situación. Un nudo se formó en mi garganta ante la angustiosa perspectiva de perderlo, deseé con todas mis fuerzas echar a correr y regresar a la posada para prometerle que no iba a consentir que nadie nos separase. Pero no encontré la valentía necesaria. Me sequé los ojos con un pañuelo, cerré con cuidado la puerta trasera, colgué mi abrigo y subí los peldaños hacia el cuarto de Cristina, dispuesta a obedecer.

CAPÍTULO 19

Marzo de 1992

Un cartel a mano derecha de la carretera anuncia que ya solo quedan veinte kilómetros hasta Santillana. Suspiro con impaciencia y me digo a mí misma que ya queda menos. Estoy dispuesta a dar con Luis como sea.

Mi cuerpo responde a mis movimientos con desesperante rigidez, todavía entumecido por el frío. En algún momento de la noche me quedé dormida sobre la cama del hotel con la ventana abierta. Me he despertado al amanecer congelada, con el cuerpo todavía hecho un ovillo y los músculos agarrotados. Cuando me he mirado en el espejo del tocador, mi reflejo era lamentable. El pelo revuelto, los ojos rojos e hinchados, el gesto desencajado. Lo he arreglado como he podido, he recogido mis pertenencias y he abandonado la habitación del hotel decidida a regresar a Santillana. Al recoger la caja de madera para devolvérsela a sus propietarias, he caído en la cuenta de que con el impacto de la carta ni siquiera me había fijado en el colgante.

Temerosa he vuelto a abrir la tapa y he cogido entre mis manos lo que en su día debió de ser una caja de terciopelo. La tela estaba muy desgastada y desprendida en varios sitios. En su interior estaba el colgante, indudablemente antiguo, ennegrecido por el paso de los años, con forma de estrella. En el centro había un agujero, como si en su día hubiese tenido una incrustación, posiblemente un cristal. He mirado en la caja, pero no había nada más. Tal y como me dijeron Graciela y Margarita, es bastante posible que perteneciese en su día a Cristina, la hija de los dueños. La cadena era fina y discreta, más propia de una chica joven que de una persona mayor.

Tras devolverla a su envoltorio, he echado un último vistazo a la carta, lo he vuelto a meter todo en la caja de madera y he bajado a la recepción para devolverla. En cuanto Margarita me ha visto descender por las escaleras se ha acercado presurosa, preocupada por cómo me había afectado el contenido de la carta. Pero al ver mi aspecto ha comprendido que mi reacción ha sido peor de lo que imaginaba. Comprensiva y respetuosa, no ha hecho preguntas cuando le he entregado la caja, solo ha dejado escapar un «Oh» lleno de preocupación. Le he dicho que me había surgido un imprevisto y debía regresar a mi casa de inmediato. Margarita me ha recordado que el desayuno estaba incluido en el precio de la noche, que no tardaría nada en preparármelo. Pero le he dado las gracias y he rechazado su oferta, asegurándole que debía marcharme cuanto antes. La pobre me ha acompañado hasta la puerta con el rostro contraído por la preocupación ante mi marcha abrupta. Mientras descendía las escaleras de la entrada, se ha vuelto a disculpar una vez más.

—Isabel, siento mucho si hemos hecho algo mal. Creímos que debía leer la carta. De hecho, nos pareció que le pertenecía a usted más que a nosotras. Lamento mucho que haya tenido tan mala experiencia en nuestro hotel. Me sabe muy mal...

Quizá me he comportado de manera desmesurada y debería haberme quedado a desayunar. Pero no tenía hambre ni ganas de hablar con nadie. Mi cabeza me repetía una y otra vez que debía localizar a Luis, conseguir que hablase conmigo.

Nada más llegar a Santillana, me dirijo a casa de Carmen para pedirle que me acompañe. Algo me dice que la voy a necesitar a mi lado para hacer frente a lo que sea que Luis tiene que decirme. No puedo evitar pensar que después de todo quizá el resentimiento de Carmen hacia Luis haya resultado certero. No hace falta ni que llame al timbre, Carmen ya me ha oído llegar y según me acerco a la puerta la abre, me mira con preocupación y automáticamente pregunta:

—¿Qué ha ocurrido?

Solo hace falta que pronuncie esas tres palabras con su habitual actitud maternal para que me derrumbe, sin poder evitar autocompadecerme de mí misma, y antes de cruzar el umbral ya estoy llorando.

—Carmen...

—Dios bendito, hija, ¿se puede saber qué te han hecho en ese hotel?

—Nada, Carmen..., es que he descubierto cosas del pasado en estos últimos días. Tienes que acompañarme, debemos ir a ver a Luis.

La voz se me entrecorta entre sollozos. Carmen, lejos de comprender mi urgencia, me invita con la mano a que pase mientras me quita el abrigo y lo cuelga en el perchero de la entrada.

—Hija, Luis no está en buenas condiciones.

—Me da igual, Carmen, no voy a esperar a que decida aparecer. Esta vez no. Tengo que dar con él, ¿vendrás conmigo?

Mi voz se eleva en las últimas palabras con un matiz de urgencia. Desesperada, veo cómo Carmen me invita a sentarme en la cocina.

—Está bien, iré yo sola —digo dándome media vuelta dispuesta a marcharme.

—Cariño, Luis está ingresado.

Me detengo de golpe. Me giro y la miro alarmada.

—¿Qué?

—Ha tenido una crisis nerviosa. No creo que sea una buena idea que vayas ahora a hablar con él, necesita descansar.

—Pero... ¿está bien?

—Creo que sí, pero yo no he hablado con él ni he ido a verlo. Me lo ha contado Milagros, que tuvo que ir al hospital porque su hijo se ha vuelto a poner enfermo y se encontró con que Luis estaba en la habitación de al lado. Estaba medio desorientado y adormilado, me imagino que por la medicación, pero no lo suficiente como para no decirle que ni se le ocurriese avisar a nadie, ya sabes cómo es. Pero Milagros se quedó preocupada y vino anoche a contármelo. Fue después de que hablase contigo por teléfono. He estado dándole vueltas toda la noche a si ir o no ir a verlo, porque no tenía forma de volver a contactar contigo hasta que no me llamases. Ahora que estás aquí creo que lo mejor es que vayas tú a verlo. Si no quiere que vaya nadie, menos querrá que vaya yo y no quisiera empeorar su situación. Eso sí, su estado debe de ser delicado ahora mismo, Isabel, así que lo que sea que tienes que hablar con él deberá esperar hasta que se estabilice.

Me desplomo en la silla más cercana. Hundo mi rostro entre las manos y dejo que las lágrimas rueden a su antojo. Carmen me abraza entre su pecho.

—Ay, hija, te advertí que hay cosas que es mejor que no salgan del pasado, pero veo que tomaste la decisión de continuar —dice mientras niega con la cabeza—. ¿Quieres compartirlo conmigo? Cuéntamelo y luego vemos juntas la mejor manera de hablar con Luis, ¿vale? Voy a ver si Manuel necesita algo, ahora mismo vengo.

La calidez de su abrazo desaparece y mi cuerpo se echa de nuevo a temblar. Me levanto a por el abrigo y me refugio en él acurrucándome en la silla. Carmen reaparece enseguida con una caja de pañuelos y una manta. Me la echa por las piernas, se sienta a mi lado, coge mis manos entre las suyas y con un gesto de la cabeza me invita a que hable. Al principio dudo durante unos instantes, porque sé que todo esto va a suponer un gran disgusto para ella y no quiero que cargue con más preocupaciones. Pero la necesidad de desahogarme, de compartir el peso que hasta ahora he asumido yo sola, me empuja a empezar y ya no soy capaz de detenerme. Le cuento todo. La reacción de Luis ante la fotografía del hotel, el desconocido del cementerio, el desmayo de Luis en medio de la ceremonia. La postal de Miguel donde descubrí que él no era mi padre. Perpleja, Carmen se lleva una mano a la boca y ahoga una exclamación, pero no me detengo. El viaje a Santander, el libro del fotógrafo, el joven del extremo de la fotografía. Me escucha con preocupación, sujetándome las manos con fuerza y mirándome con comprensión cada vez que alzo la vista hacia ella, infundiéndome valor para continuar. Una vez más, me doy cuenta de su enorme fortaleza. Está dejando en un segundo plano el impacto de todo lo que le estoy contando para centrarse en mí. No quiere que deje a medias mi relato. Mi regreso al hotel, la carta, la declaración de amor hacia mamá, la traición que alguien cometió contra ellos aquella noche... No me interrumpe hasta que pronuncio el nombre de Léonard.

—¿Cómo has dicho, cariño?

—Léonard, es un nombre francés.

Entonces suelta mis manos y se lleva las suyas al pecho presionando una contra otra, compungida.

—¿Qué ocurre, Carmen?

Duda durante unos instantes, intentando recomponerse.

—Debí contártelo antes, pero en los últimos días decía tantas cosas sin sentido para nosotras que no le di mayor importancia... —La voz se le quiebra ahogando un sollozo.

—Carmen, tranquila. ¿Es algo que dijo mamá?

Esta vez soy yo quien toma sus frágiles manos entre las mías para infundirle confianza.

—Aquel día..., cuando ya se puso tan malita, un poco antes de que tú volvieras al hospital... —Hace una pausa para serenarse ante el recuerdo y coger aire—. Es que parece mentira porque justo ese día estaba tan tranquilita... Yo estaba a su lado, ella parecía dormir calmada. Y entonces, justo antes de que de repente se pusiese tan mal y tuviese que apretar corriendo el botón para avisar a los médicos, dijo algo que me sorprendió, porque lo pronunció con mucha claridad. No fue como otras cosas que pronunciaba sin apenas vocalizar, que se asemejaban más a gruñidos inconscientes. No, eso último que dijo pareció algo premeditado, lo vocalizó con tranquilidad, como si supiese su significado. Pero, hija, no le encontré el sentido, me pareció un nombre, pero jamás lo había escuchado, no me recordaba a nada ni a nadie. Entonces se le cortó la respiración, enseguida entraron los médicos y me dijeron que saliese de la habitación y... Con el susto en el cuerpo lo último que hice es volver a pensar en aquella última palabra. Pero, ahora que lo has pronunciado..., acabo de recordarlo y estoy segura de que era ese nombre. Léonard.

Agarrando con fuerza sus manos, mirándola a los ojos llenos de lágrimas, dejo escapar en un susurro tembloroso:

—Eso solo puede significar una cosa..., que mi madre nunca olvidó a mi padre.

CAPÍTULO 20

Marzo de 1992

Avanzo bajo los fluorescentes del pasillo del hospital con desasosiego. Revivo la preocupación de los últimos meses entre estas mismas paredes, las noches en vela, la angustiosa espera hacia lo inevitable... Los recuerdos son demasiado recientes. Intento que no me afecten, y me repito a mí misma el motivo por el que estoy aquí. Tal y como he acordado con Carmen, todavía no voy a pedir explicaciones a Luis. Hasta que no conozca la verdad, no me puedo permitir juzgarlo y menos ahora que está tan débil. Dada su situación estoy dispuesta a esperar, pero hay algo que necesito saber cuanto antes: dónde encontrar a Léonard, si es que todavía está vivo. Estoy nerviosa porque sé que su reacción al verme va a ser de rechazo, sé que no quiere que nadie vaya a verlo.

Cruzo el umbral de la habitación que me han indicado en recepción y me encuentro con una señora que apenas levanta la vista ante mi saludo. Al fondo de la habitación, en otra cama, oculta por las cortinas corridas, deduzco que está él. Me acerco titubeante a los pies de la cama, temerosa de comprobar el estado en el que se encuentra.

—Luis —susurro.

Parece adormilado. Su rostro se ha consumido durante los últimos días. El corazón me da un vuelco ante su mal aspecto. Me consuelo pensando que todo el mundo tiene peor apariencia en un hospital. La barba sin afeitar y el pelo enmarañado tienen rápida solución. Pero está más pálido de lo habitual, su rostro parece escuálido y su cuerpo, débil. No se percata de mi presencia.

—Luis.

Esta vez alzo un poco más la voz. Abre los ojos, pero creo que no me ve. Los entrecierra intentando enfocar. Tarda un rato en ubicarse, en tomar conciencia de que soy yo.

—Luis, tranquilo.

Quiero que mi voz parezca lo más calmada posible. Con voz ronca, se esfuerza en hablar.

—¿Qué..., qué haces aquí? No deberías estar aquí. Yo...

—Lo sé, Luis, tranquilo. No pasa nada. Permíteme que me quede a tu lado, que me preocupe por ti. No tienes por qué pasar por esto solo. Te vas a poner bien, ¿de acuerdo? ¿Cómo te encuentras?

Emite un gruñido por toda respuesta mientras intenta incorporarse.

—Espera, espera, deja que te ayude. ¿Quieres que levante un poco el estor? No te vendría mal que te dé un poco la luz. Aunque te advierto que no hay demasiada, el sol lleva sin asomar desde la semana pasada.

Acerco una silla junto a su cama y me siento a su lado. Luis tiene la mirada perdida, sumergida en su subconsciente. No parece dispuesto a hablar, así que evito preguntarle por lo que le ha ocurrido para no dificultar aún más la situación. Suspiro y trato de controlar los nervios que danzan por mi estómago como cientos de bailarines. Me digo a mí misma que lo mejor es empezar cuanto antes, porque en cualquier momento puede pedirme que me vaya. Él tiene la respuesta, no hay otra forma de avanzar. Me lleno de aire los pulmones y hablo despacio:

—Luis..., desde que murió mamá he descubierto sin querer cosas que... me han hecho darme cuenta de que mi vida no es exactamente como yo pensaba que era. Cosas que tienen que ver con el pasado de mamá.

Luis se encoge ante mis palabras. Sé que está a punto de bloquearse, pero no puedo permitirlo, necesito que hable.

—No te preocupes, no te voy a pedir que me cuentes nada. No estoy aquí por eso. Solo necesito que me respondas a una pregunta.

Hago una pausa para elegir las palabras que menos impacto puedan causarle mientras me aprieto con fuerza las manos entrelazadas en mi regazo.

—La cosa es que ordenando unas cajas de mamá en el desván encontré una postal que dio un vuelco a mi vida, a mi pasado. En ella descubrí que el hombre que mi madre me ha hecho creer que era mi padre, Miguel, en realidad no lo es. En la postal que Miguel escribió a mamá deseando conocerla, ella ya estaba embarazada de mí.

Luis continúa mirando a la pared sin decir nada, no ha alterado su expresión, pero su respiración se va agitando cada vez más. Instintivamente le agarro la mano.

—No te preocupes por mí. Estoy bien. Me está costando aceptar que mamá nunca me dijese la verdad, pero creo que poco a poco voy entendiendo todo.

Agarrándole con fuerza su mano pálida, me armo de valor y dejo que las palabras salgan de una vez de mi garganta y queden suspendidas en el aire de la habitación de hospital:

—Necesito que me ayudes a encontrar a Léonard...

Pero no me deja acabar la frase. Luis suelta mi mano y se gira bruscamente para darme la espalda.

Su esquiva reacción hace que me tiemble la voz, pero me digo a mí misma que he de acabar la frase.

—Necesito que me ayudes a encontrar a Léonard porque creo que él es mi padre.

Ante mi perplejidad, Luis permanece inmóvil y sin emitir ningún sonido. Sin dar crédito a su pasividad, aguardo impaciente una contestación. Contemplo su silueta inmóvil, recortada contra la ventana. Pasados varios segundos, continúa sin decir nada. Su silencio comienza a herirme. Esta vez no es algo que pertenezca a su pasado o al de mi madre. Esta vez se trata de mí, de mi padre. Siento cómo transcurren con lentitud varios minutos. Detengo como puedo las lágrimas de impotencia, hasta que finalmente me rindo. Es inútil. Con el semblante desencajado, reprimiendo las ganas de gritar, recojo mi bolso, me levanto y abandono la habitación, pero al atravesar el umbral oigo algo parecido a un quejido. Me giro y veo que Luis trata de decirme algo. Me apresuro a acercarme de nuevo al pie de su cama. Con voz ronca, murmura:

—Desde el hotel, bordea el río en dirección al pueblo donde la enterramos. Bordéalo hasta que veas un edificio en la orilla. Si no está allí, no puedo ayudarte.

Los nervios y la impotencia que he contenido hasta este momento salen precipitados al exterior en forma de lágrimas. Me desinflo, como si llevase guardando el aire desde que he puesto el pie en el hospital.

—Gracias, Luis.

—Ahora vete a casa, necesito estar solo.

—Claro. Mejórate.

Abandono la habitación con pasos pesados. He conseguido que hable, pero el alivio tan solo ha durado unos instantes. El tiempo necesario para darme cuenta de que sus indicaciones con toda probabilidad me conducirán de nuevo hacia la antigua posada situada junto al río de la que hablaba el fotógrafo en su cuaderno. Es decir, que el joven de la fotografía que hizo palidecer a Luis no es otro que Léonard, el hombre del que mi madre estaba enamorada, mi padre. Esto no hace sino aumentar mi inquietud, pues cada vez hay más posibilidades de que mi segunda sospecha sea también cierta y la carga que Luis lleva arrastrando durante tantos años sea la culpa por traicionarlos, por contar su secreto a Cristina.

Estoy deseando salir de aquí, alejarme para poder pensar con claridad, pero antes de abandonar el hospital, busco al médico que le está tratando para asegurarme de que está evolucionando favorablemente. Tras preguntar a varias enfermeras y recorrer diferentes pasillos, doy con su doctora, que sale de una habitación.

—Déjeme consultarlo un momento —dice mientras pasa con rapidez las hojas sujetas a un tablero que apoya en su regazo.

—Sí, familiar de Luis Veltrade, ¿verdad? Bueno, se está recuperando. Se le realizó un lavado gástrico en cuanto llegó aquí y lo estamos vigilando de cerca, el hígado ha sufrido bastante. Por ahora parece que está respondiendo a la medicación, pero eso no quiere decir que su situación deje de ser delicada, ya sabe. Hay que esperar a ver cómo evoluciona en los próximos días.

—Lo siento, no entiendo qué tiene que ver lo que me ha dicho con una crisis nerviosa. Creo..., creo que se está equivocando de paciente.

—Si su familiar es Luis Veltrade, de la habitación 414, está ingresado por una sobredosis de medicamentos, diazepam concretamente. Si lo hubiesen encontrado un poco más tarde, no lo cuenta. Deberían intentar hablar con él, necesita tratamiento psiquiátrico, y si vive solo deben vigilarlo durante los próximos meses.

El corazón me retumba en el pecho. Un calor sofocante se cierne sobre mí. Siento la necesidad de arrancarme el jersey de cuello alto que llevo puesto.

—¿Quién lo trajo aquí?

—Señora, no le podría decir. —Con un gesto de impaciencia con la mano, baja la vista de nuevo a la hoja—. Lo único que pone aquí es que fue un varón quien llamó a la ambulancia. Si me disculpa, tengo que ver a los siguientes pacientes.

Le doy las gracias con un hilo de voz. Observo su bata blanca avanzar por el pasillo, alejarse, hacerse cada vez más pequeña hasta que se convierte en un pequeño punto blanco y desaparece. La palabra «sobredosis» retumba en mi cabeza, no deja espacio para nada más. Voy de nuevo a la habitación de Luis. Me sujeto en el marco de la puerta. Sigue recostado mirando hacia la ventana. Observo su silueta, encogida, maltrecha, la siento más débil que nunca, más incluso que hace apenas diez minutos, cuando abandoné la habitación. Las piernas me flojean y mi boca está cada vez más seca. Sea lo que sea contra lo que Luis lleva luchando todos estos años, ocultándonoslo, intentando dejarlo atrás, es demasiado tarde. Ya le ha alcanzado.

CAPÍTULO 21

Diciembre de 1935

Beatriz había decorado la posada de manera sencilla y acogedora para la ocasión. Guirnaldas, un árbol de Navidad nada pretencioso junto a una de las ventanas y varios lazos adornaban el comedor. La chimenea desprendía calor mientras todos reían y contaban anécdotas de sus viajes a mi alrededor.

Era 24 de diciembre, celebrábamos la Nochebuena de 1935 sentados a la mesa, repleta de comida. Aquel año los señores habían aceptado la invitación de la hermana de Ignacio, doña Inés, para celebrar en su casa las fiestas y se habían marchado a Comillas unos días antes. No volverían hasta el día de año nuevo. Luis se había ido con ellos para conducir el carruaje y atender a Ignacio, pero en casa de Inés había suficientes doncellas como para atender a Adela y a Cristina y, por supuesto, un séquito de cocineros, por lo que Gloria y yo nos quedamos cuidando la casa. Se hacía muy extraño estar las dos solas en medio de tanto silencio, así que dormíamos allí y aprovechábamos las mañanas para limpiar, pero luego nos íbamos al pueblo. Gloria visitaba a su hermana y yo me refugiaba en la posada. Allí ayudaba a servir las comidas y a recoger el comedor y después, cada tarde, Léonard y yo compartíamos una deliciosa rutina: subíamos a su rincón favorito en el altillo del antiguo pajar y allí, tumbados sobre una vieja alfombra y tapados con gruesas mantas para protegernos del frío, Léonard me leía libros durante horas. Recostada sobre su pecho, escuchaba su voz grave y nítida describiendo paisajes lejanos y narrando historias con protagonistas que desconocían el miedo. El mundo desaparecía a mi alrededor. Tras tantos meses sin apenas vernos, yo me aferraba al presente con desesperación, suplicando que el tiempo avanzase más despacio o me permitiese quedarme allí para siempre.

Aquella noche, la madre de Léonard había insistido en que me quedase a dormir allí. «Te prepararé tu propia habitación, pero no volverás tan tarde a dormir allí tú sola, de ninguna manera». Gloria había acordado quedarse a dormir con su hermana, así que yo había aceptado su invitación.

Nunca imaginé que aquella noche pudiese haber alguien de viaje en vez de estar en casa con su familia, pero lo cierto es que así fue. Cuatro o cinco huéspedes, todos hombres, nos acompañaron durante la cena. Habían ido llegando a lo largo de la tarde e hicieron noche en la posada antes de continuar. Uno de ellos, que no era el primer año que pasaba allí esa fecha especial, me explicó: «Por mucho que sea Nochebuena y mañana Navidad, el mundo no se para. La gente sigue comiendo y, en estas fechas, créeme que mucho. Así que mañana saldré antes del amanecer para llegar a tiempo hasta la costa, donde repartiré la mercancía».

Dado que eran pocos viajeros, dispusimos una única gran mesa en el centro del salón y cenamos juntos. La madre de Léonard y yo habíamos pasado la tarde juntas en la cocina preparando la cena: solomillo de ternera con cebolla y almendras. De postre servimos un pastel de arándanos. Todo estaba delicioso. Recuerdo la mirada de satisfacción de Léonard ante la complicidad de ambas mientras trabajábamos en la cocina. Sé que estaba feliz al vernos unidas. Además los dos estábamos contentos por poder estar al fin juntos, sin nadie que lo impidiera, aunque solo fuera durante unos días. Tras los meses que habíamos atravesado, poder celebrar con él aquellas fiestas había sido el mejor regalo. Aquella ilusión, entremezclada con varias copas de vino, me sumergió esa noche en una dulce y relajante realidad en la que no podía parar de sonreír. Aquella era la primera vez que probaba el alcohol. La bebida bajaba ardiendo por mi garganta a medida que mis mejillas se sonrojaban y me volvía cada vez más valiente. Entre risas y animadas conversaciones, yo lanzaba miradas fugaces a Léonard, a su oscuro cabello recortado contra el brillo del fuego en la chimenea, y sorprendía a sus profundos ojos rasgados mirándome cómplices, en secreto, emanando un brillo exultante. Un vértigo eléctrico se desataba en mis entrañas cada vez que me cruzaba con sus ojos a escondidas.

Al finalizar aquella deliciosa velada subí levitando las escaleras hacia el cuarto que me habían preparado. Léonard iba detrás de mí, siguiéndome. Como si estuviese viviendo un sueño, me deslicé flotando por aquella estancia de paredes y suelos de madera. Escuché a lo lejos el arrullo de las aguas del río, di varias vueltas sobre mí misma sin dejar de sonreír y me dejé caer sobre la cama. Oí que Léonard me preguntaba si tenía frío, si necesitaba algo más. Mis sentidos, aletargados, confusos, me alertaron de que me estaba dando las buenas noches. Pero yo no estaba dispuesta a que aquella noche acabase; en realidad, no quería que terminase nunca. Las palabras brotaron de mi boca sin ningún pudor:

—Duerme conmigo.

Léonard se quedó muy quieto ante mi proposición, indeciso, en una de las esquinas de la cama. Riéndome, lo rodeé con mis brazos y lo obligué a que se tumbase conmigo. Entonces él se rio también. Aquel sonido perfecto me agitó por dentro y de un soplido apagué la vela que Léonard había colocado en la mesilla. Aquella noche, en medio de aquella íntima oscuridad, escuchando de fondo el avance incesante del agua hacia su destino, Léonard y yo nos fundimos en un profundo abrazo hasta que me fue imposible distinguir dónde acababa su cuerpo y dónde comenzaba el mío. Pero aquello no fue un sueño. Aquello era la vida elevándonos hasta lo más alto para que pudiésemos rozar con nuestros dedos su perfección.

CAPÍTULO 22

Cuando regresé tras aquellas Navidades a La casa de las magnolias, ya había tomado mi decisión. Supongo que mi instinto se adelantó a mi consciencia, incluso a mi cuerpo. Una fuerza poderosa me susurraba que ahora mi hogar debía estar junto a Léonard. Lo supe en cuanto pisé de nuevo el jardín y vi la casa alzarse sobre mí. Se me antojaba cada vez más grande y desoladora.

La situación con Cristina no cambió ni un ápice, si acaso regresó de Comillas con el carácter más agriado, pues su padre no había podido regresar a España durante aquellas Navidades. Después de todos los meses que había estado convaleciente, había decidido permanecer trabajando en la sede de la compañía, al otro lado del océano. De nuevo las órdenes y las tareas se sucedieron una detrás de otra, igual que iban pasando los días, en un círculo de tediosa monotonía. Sin embargo, ahora era diferente, porque albergaba en mi interior la confianza de que aquello pronto acabaría. En mi mente repasaba una y otra vez las palabras con las que se lo comunicaría a la señora Adela, tal y como había acordado con Léonard. Me aferraba con decisión al dulce recuerdo de los días que había pasado con él y su familia en la posada. Me prometía a mí misma que iba a reunir el coraje para cambiar mi vida.

Una noche, tendida ya en mi cama dispuesta a dormirme, regresaron a mí las palabras que mi padre había escrito hacía ya casi dos años. Abrí el cajón de la mesita de noche y allí, pulcramente guardada, estaba su carta. La saqué del sobre y la releí una vez más. Pero en aquella ocasión fue diferente, comprendí en profundidad cada palabra, sentí que cada una de ellas había sido escrita expresamente para ese momento, como si en realidad la hubiese redactado la noche anterior. Mientras avanzaba de línea en línea, escuché su voz como si fuese él quien la estuviese leyendo. Noté también la presencia de mi madre, a su lado, asintiendo mientras me miraba con ternura. Los percibí tan cerca de mí que una oleada de decisión recorrió mi cuerpo y la carta acabó con cualquier atisbo de duda. Sentí su apoyo a través de las palabras escritas en el pasado, supe que no estaba equivocándome, que iba a hacer lo correcto.

A la mañana siguiente hablé con Gloria y con Luis. Gloria me miró con tristeza, pero no se sorprendió de mi decisión, como si ya lo hubiese adivinado hacía tiempo y tan solo estuviese esperando a que lo anunciase. Mientras me recogía un mechón de pelo detrás de la oreja, me dijo:

—Cariño, eres joven. Las cosas aquí se han complicado para ti con esos malos modos que ha adquirido doña Cristina. Haces bien, aunque te vaya a echar terriblemente de menos, haces bien. Tienes todo mi apoyo. Iré a visitarte siempre que pueda.

La reacción de Luis fue, sin embargo, mucho menos entusiasta. Me sorprendió que reaccionase de aquella forma tan reticente. Poco dado a las palabras en los momentos complicados, no dijo mucho más allá de «Piénsalo bien, es una decisión importante. Pero si tú crees que es lo correcto...». A aquellas alturas lo conocía lo suficiente como para saber que no aprobaba mi decisión. No pude evitar que aquello ensombreciese un poco mi ánimo, pues contar con su apoyo era importante para mí. No podía comprender que Luis no se diese cuenta de lo infeliz que había sido durante los últimos meses. Era mi amigo y yo deseaba lo mejor para él. En cualquier caso, no dije nada, porque yo ya había tomado mi decisión. Al día siguiente se lo comunicaría a la señora Adela.

Aquel día, los nervios me impidieron dormir y desayunar, incluso tuve náuseas al levantarme. Pero no estaba dispuesta a rendirme. Cuando vi que Adela entraba en el salón a media mañana, me armé de todo el valor del que fui capaz y, sin darme la oportunidad de pensarlo más, me apresuré a llamar a la puerta. Tras oír su invitación, abrí la pesada puerta y entonces descubrí que Cristina también estaba allí. Al ver mi expresión, la señora me preguntó:

—¿Ocurre algo, Aurora? Estás un poco pálida.

Durante un instante dudé si aquel era el momento adecuado. Pero mi voz se adelantó a mis pensamientos y emanó de mí con determinación:

—Hay algo que me gustaría hablar con usted —dije intentando poner especial énfasis en la última palabra.

Pero Adela no pareció comprender, porque se giró en su asiento para verme mejor y contestó:

—Claro, adelante.

Comprendí que Cristina no iba a irse, así que cogí aire y, sin apartar de mi mente a Léonard y la vida que quería para nosotros, dije:

—Señora, tras mucho pensar en mi futuro, he tomado la decisión de abandonar mi puesto de trabajo aquí. No quiero que piense que es una decisión espontánea, llevo meses planteándomelo y creo que ha llegado el momento. Léonard y yo estamos pensando en comenzar una vida juntos y quisiera pasar más tiempo con él.

No sé quién de las dos mostraba mayor aspecto de estupefacción. Me di cuenta de que quizá Adela no estaba al tanto de nuestra relación. Como la señora no decía nada, continué nerviosa:

—Le estoy enormemente agradecida por todos estos años, por la oportunidad que brindaron a mis padres de construir aquí su vida y también la oportunidad que me dieron de crecer aquí junto a ellos. Ha sido verdaderamente mi hogar y ustedes mi familia, pero siento que ha llegado el momento de comenzar una nueva etapa en mi vida. Por supuesto, esperaré hasta que encuentren a alguien que me reemplace.

La señora continuaba visiblemente sorprendida. Creo que intentaba hacer un gran esfuerzo por comprender mis palabras. Tras varios instantes, que duraron una eternidad para mí, sopesando su respuesta, finalmente respondió:

—Vaya..., desde luego no me lo esperaba —dijo alisándose la falda con su habitual gesto para recomponerse—. Veo además que tu decisión es firme. Supongo que no voy a poder decir nada para lograr convencerte de lo contrario. Es tu vida y por supuesto tú tomas las decisiones, solo intento pensar en qué dirían tus padres de esto... A fin de cuentas, aquí tenías tu vida resuelta, Aurora, un empleo fijo que con los tiempos que corren no es nada sencillo. Dejarlo todo por una aventura...

—En realidad, señora, llevamos ya varios años juntos.

—Oh, ya veo... —respondió abriendo mucho los ojos—. En ese caso, solo puedo desearte que esta sea la decisión correcta y, tan pronto como pueda, comenzaré a buscar a alguien.

—Muchas gracias —contesté sin moverme del sitio.

No es que estuviese paralizada, sino que para mí aquella conversación no había terminado, puesto que Cristina todavía no había dicho nada.

—Salvo que necesites algo más... —me dijo la señora expectante.

Entonces miré a Cristina, que estaba pasando las páginas de un libro que tenía en el regazo fingiendo un repentino interés. Comprendí que no iba a decir nada.

—Claro, por supuesto —respondí apresurándome a abandonar el salón.

Gloria me esperaba en la cocina preocupada por la reacción de la señora.

—Ha sido... agridulce. La señora parece que lo ha aceptado, aunque se ha llevado una gran sorpresa, pero incluso me ha dicho que pronto buscará a alguien para ocupar mi puesto. Pero también estaba en el salón Cristina... Ella sencillamente no ha abierto la boca.

Gloria me miró comprensiva.

—Hija, yo a esa muchacha hace años que dejé de entenderla. Pero quiero pensar que, bajo ese caparazón de frialdad en el que se refugia, en realidad siente cariño por nosotros. En especial por ti, claro está. Si es que lleváis juntas toda la vida. Me imagino que, aunque no sea capaz de expresarlo en voz alta, será muy difícil para ella aceptar que ya no vas a estar aquí.

Asentí sin demasiado convencimiento, pero antes de que pudiera rebatir las palabras de Gloria, el estómago me dio un vuelco y salí corriendo hacia el servicio. Las náuseas se habían vuelto muy intensas y al final la tensión y los nervios acumulados durante los últimos días pujaron por salir al exterior con una desagradable bocanada.

Aquella noche entré temerosa en el cuarto de Cristina. Antes de ayudarla a desnudarse, me apresuré a murmurar:

—Cristina, siento que te hayas enterado de esa forma de mi decisión. Me gustaría habértelo contado en privado, no sabía que ibas a estar en el salón...

Con demasiada tranquilidad, Cristina comenzó a deshacerse el lazo del pelo mientras se miraba en el espejo. Impasible respondió:

—No te preocupes, Aurora, no hay nada que disculpar.

Extrañada por aquella tranquilidad aparente, le desabroché los botones del vestido de la espalda. Pero entonces Cristina remató la frase:

—No hay nada que disculpar porque no vas a irte a ningún lado.

Levanté la vista para mirarla de frente. Las manos me temblaron ligeramente. Ella se levantó del taburete, se dirigió a la puerta y con un movimiento rápido la cerró de golpe. Atemorizada, de manera instintiva, me llevé las manos a mi vientre.

—No puedes abandonar a la familia que te ha dado todo cuanto tienes —dijo en un tono de voz seco, feroz—. No me puedes abandonar, no seas tan desagradecida. Tú no eres así, Aurora, ¿o acaso me equivoco?

—Cristina, yo...

—¿No te das cuenta, Aurora, de lo sola que estoy? No tengo a nadie, todos se alejan de mí. Solo te tengo a ti... —La voz feroz de Cristina elevó cada vez más el tono hasta quebrarse en un sollozo.

Ante mi perplejidad, Cristina rompió a llorar mientras se tapaba el rostro con las manos. Necesité varios segundos para procesar aquel inesperado cambio de actitud. Me acerqué a ella despacio. Cristina se lanzó hacia mí y hundió su rostro en el hueco de mi clavícula mientras sollozaba sin consuelo.

Yo sentí que se me secaba la boca, estaba tan paralizada que no conseguía encontrar las palabras.

—Está bien, tranquila —murmuré con torpeza.

—Prométeme que no te vas a ir —dijo mirándome con ojos implorantes.

Pero fui incapaz de prometerle aquello. Me limité a posar mi mano sobre su cabeza y permanecer inmóvil hasta que Cristina me pidió que la dejase a solas.

Aquel cruce de sentimientos me había descolocado. Durante meses la actitud de Cristina había sido tan férrea y asfixiante conmigo que no sabía si lo ocurrido había sido sincera tristeza o un intento desesperado por impedir mi marcha. Decidí aguardar para ver cómo se comportaba durante los días siguientes, pero no solo me encontré con que nada había cambiado, sino que Cristina sobrepasó todas mis expectativas.

Todo ocurrió un día en el que yo estuve ocupada durante toda la tarde en el desván. Había subido para bajar una antigua vajilla que la señora Adela quería recuperar, pero al ver el desorden y la suciedad que inundaban el cuarto decidí quedarme para adecentar todo aquello. Cada cierto tiempo, me veía obligada a interrumpir mi tarea y visitar el aseo con urgencia, pues no desaparecían las náuseas. Al parecer,

Cristina había acudido en mi búsqueda para pedirme algo y, al no dar conmigo, les preguntó a Gloria y Luis, quienes tampoco estaban al tanto de dónde estaba en ese momento. Poco menos que enloqueció cuando no obtuvo la respuesta deseada. Cuando descendí a la cocina, ignorando lo que estaba ocurriendo, los gritos de Cristina me sorprendieron ya en el rellano del segundo piso y, a medida que bajaba, distinguí asustada en ellos mi nombre. Descendí los últimos escalones con cautela, incapaz de comprender qué hacía Cristina en el sótano. Los gritos se interrumpieron en cuanto entré en la cocina.

—¿Se puede saber dónde te habías metido? —bramó Cristina.

—Subí al desván, tal y como me ordenó doña Adela. Había mucha suciedad y decidí quedarme para ponerlo en orden —respondí con un hilo de voz.

Lanzando un suspiro desesperado al aire, sin decir nada más, Cristina desapareció pegando un portazo. Gloria me miró abriendo los ojos desmesuradamente y, cuando las pisadas de Cristina se alejaron, susurró:

—Esta muchacha está perdiendo la cordura, tardas un minuto más en bajar y sale a buscarte, sabe Dios adónde.

Desde aquel día, las cosas entre las dos empeoraron cada vez más. Su miedo irracional a que me marchase no dejó de aumentar y su manera de gestionarlo era ejercer un excesivo control sobre mí, impidiéndome que me alejase de ella. Aquella exhaustiva vigilancia me agotaba. El exceso de tareas, que no eran más que caprichos innecesarios, me desbordaba, incluso si salía al jardín a coger aire, podía sentir sus ojos clavados en mí a través de la ventana de su habitación. No se daba cuenta de que con aquella presión conseguía exactamente lo contrario, porque yo cada vez ansiaba con más fuerza irme de allí. Mi única esperanza era que pronto todo aquello acabaría. Sin embargo, veía desesperada cómo transcurrían los días y nada cambiaba, ninguna candidata daba señales de vida, como si, pese a sus palabras iniciales, la señora Adela no estuviese buscando a nadie para ocupar mi puesto. Tampoco había vuelto a mencionar mi partida. ¿Acaso Cristina había hablado con ella para decirle que no me marchaba? ¿O que no tuviese prisa por buscar a otra doncella?

Me sentía atrapada dentro de la casa. No sabía cuánto iba a prolongarse aquella espera. ¿Acaso debía volver a recordárselo a doña Adela? Fuertes escalofríos surcaban mi espalda solo de pensar en volver a tener que enfrentarme a aquella situación. Me exasperaba la sensación de que ahora mi futuro estuviese en sus manos, de que el siguiente paso no dependiese de mí. Las cartas de Léonard cada vez delataban una mayor preocupación. Quería venir y hablar con Adela él mismo. Pero yo le rogaba que tuviera un poco más de paciencia y, aunque la mía iba mermando cada vez más, le transmitía esperanza. Lo más difícil ya estaba hecho, pronto viviríamos juntos.

Al vencer el mes desde que había anunciado mi decisión, una fuerza imperiosa comenzó a brotar de mis entrañas urgiéndome a actuar. Estaba harta del excesivo control al que estaba sometida. Ahora que tenía una salida, carecía de paciencia para aguantar todo aquello por más tiempo. Si no daban por mí el siguiente paso, lo daría yo misma. No quería estar más tiempo en aquel limbo entre mi antigua y mi nueva vida, necesitaba terminar cuanto antes con aquello. Mi cabeza volvía una y otra vez a la imagen de Léonard y su familia esperándome en la posada. Una noche cogí mi pluma, la sumergí en el tintero y escribí a Léonard. Le comuniqué que mi decisión continuaba siendo férrea, solo que deberíamos eje-cutarla de una forma diferente. Era consciente de que aquella no era la manera que habíamos acordado, pero no se me ocurría otro modo más inmediato de llevarla a cabo.

Guiada por lo que me dictaba el corazón, le confesé que las cosas no iban según lo planeado, pues la señora no hacía ademán de buscar a nadie. Mi intención era no alarmarle y obviar todo lo que me había ocurrido con Cristina, aunque no hacía falta ser muy intuitivo para darse cuenta de que ella estaba en el centro de esas palabras. De hecho fue imposible no nombrarla como un problema. No estaba dispuesta a que aquello me impidiese marcharme, estaba cansada de dejar mi vida en manos de los demás. Por eso le escribí mi plan. Me iría por mi propio pie y quizá sería conveniente que durante un tiempo nos alejásemos, porque lo más probable era que Cristina no nos dejase tranquilos y que acudiese a la posada en cuanto se percatase de mi ausencia. Tracé cada palabra con determinación, consciente de que aquello suponía lo que más temía, alejarme de mi mundo. Pero estaba dispuesta a renunciar a todo si con eso conseguía irme de allí. Si de verdad deseábamos comenzar una nueva vida juntos, aquella era sin duda nuestra oportunidad. Al día siguiente le entregué a Luis la carta y le pedí que se la diese a Léonard lo antes posible.

Su respuesta llegó enseguida. Si se había sorprendido no solo no lo demostró, sino que además tomó cartas en el asunto en cuanto leyó mi decisión. Había hablado con uno de los huéspedes habituales de la posada, Santiago, y este le había asegurado que podía buscarnos un trabajo en un pueblo de la costa. Viajaba allí todos los meses y podía llevarnos a ambos. Ese mismo día había partido hacia el interior y al cabo de dos semanas regresaría de nuevo a la costa. Me prometió que, cuando las cosas estuvieran más tranquilas acá, volveríamos si así lo deseábamos.

Mis latidos se aceleraban a medida que leía las palabras de Léonard. Nuestro plan se volvía tangible, aquella era nuestra vía de escape. Un billete hacia nuestro futuro. Continué leyendo. Léonard me confesaba su preocupación, porque intuía que algo más iba mal dentro de la casa, y me pedía que hiciésemos bien las cosas. Me sugería que, para evitar que Cristina se enterase de nada, me marchase inesperadamente. Sin decírselo a nadie. Y, para más seguridad, quería orquestarlo todo de tal forma que fuese lo más rápido posible. Ni siquiera tendría que ir hasta la posada, sino que me recogerían cerca de casa, esperándome ya en el carruaje listos para partir. Aquello me pareció un exceso de preocupación, pues, aunque contaba con que Cristina no iba a aceptar sin más mi marcha, no tenía miedo de ella. Sin embargo, Léonard insistía en que debíamos tener todo el cuidado posible, y yo estaba demasiado emocionada como para rebatirle aquel plan. Estaba tan ansiosa por que todo acabase que acepté su requisito. Aunque quizá fuese desmesurado, sabía sin duda que me lo pedía por mi bien. Confiaba en su prudencia. Solo quería cuidarme y que todo saliese bien. «Estoy deseando comenzar una vida nueva a tu lado. Nos irá bien, no debes tener miedo. Estoy seguro de que esta es la oportunidad que tanto tiempo llevamos esperando. Te quiere, Léonard».

Sonreí con sus palabras y derramé lágrimas de alivio. Tan solo faltaban quince días para comenzar una nueva vida. Terminé de leer su carta nerviosa, ilusionada, con las manos posadas sobre mi vientre.

CAPÍTULO 23

Enero de 1936

Una luz cegadora me despertó. Molesta, me giré para evitarla mientras el peso del cansancio se posaba de nuevo sobre mis párpados. Estaba a punto de recuperar el sueño cuando un gran estruendo estalló sobre mí y provocó que abriese los ojos asustada. Miré aturdida a mi alrededor, sin comprender qué había ocurrido. Sobre mí, en el techo de madera, se escuchaba un repiqueteo constante. Estaba tendida sobre la cama sin deshacer, con la ropa puesta. Al comprender que me había quedado dormida, salté preocupada de la cama temiendo que se hubiese hecho demasiado tarde. Procurando no hacer ruido, me apresuré hasta el armario, en busca del antiguo reloj de mi padre, rogando en silencio que todavía no fuese la hora acordada. Deshice el nudo de la bolsa en la que había metido las pocas pertenencias que iba a llevarme y revolví todo hasta dar con él. Comprobé con alivio que las manecillas doradas solo marcaban las cuatro y media de la mañana. En ese instante un nuevo resplandor procedente de la ventana iluminó mi habitación por completo, y en cuestión de segundos el cielo crujió con tal magnitud que hizo temblar paredes y techos. Eran gotas de lluvia lo que aterrizaba con insistencia sobre el techo abuhardillado, mientras el viento agitaba el cristal de mi ventana con fuerza. Comprendí que fuera había estallado una gran tormenta. Mi inquietud se disparó, aquello me traía dolorosos recuerdos. Temí el viaje, incluso que nuestro plan se arruinase. Hasta aquel momento ni siquiera había tenido tiempo de pensar, todo había sucedido demasiado rápido. Léonard me había escrito aquella misma tarde una carta diciéndome que nos marchábamos en cuestión de unas horas, que estaba ultimando todo. Al parecer, Santiago había adelantado su viaje y había llegado a la hora de comer a la posada, dispuesto a hacer noche y salir al amanecer hacia la costa. Ni siquiera había transcurrido una semana desde que había escrito a Léonard con mi decisión de marcharme. En mi fuero interno sabía que había sido mejor así, pues llegados a aquel punto no tenía sentido alargar aquella espera; sin embargo, como había sido todo tan precipitado, tenía la incómoda sensación de que había algo que se me olvidaba.

Una vez más, repasé las pertenencias que iba a llevarme. Además de varias mudas de ropa, había reunido varios objetos personales con un especial valor para mí y que no quería dejar atrás: el pasador de pelo en forma de flor que mi madre siempre se ponía en las ocasiones especiales, el reloj de cadena de mi padre, el peine de plata que había pertenecido a mi bisabuela y el jarrón que mis padres me habían regalado por mi décimo cuarto cumpleaños, envuelto en la colcha que Gloria me había confeccionado a mano para decorar mi habitación de la buhardilla. Observé despacio cada objeto. Había sido difícil escoger entre las pertenencias de mis padres, pero finalmente estaba satisfecha con mi elección. Aquellos objetos me acompañarían en mi nueva vida y sería como si mis padres viniesen también conmigo. Por último, envueltas con cuidado en papel, había recopilado las pocas prendas de ropa que conservaba de cuando era pequeña. Desconocía si el bebé que crecía en mi interior sería un niño o una niña, pero a aquellas alturas sabía muy bien que la vida había comenzado a abrirse paso dentro de mí, así que no podía permitirme dejar allí aquella ropa. Una falda de paño, un par de camisas bordadas, ropa interior y la chaqueta azul que tanto me gustaba de pequeña, todo estaba cuidado, como si estuviese nuevo. Sostuve las prendas en mis manos, con una sensación entremezclada de melancolía por mi infancia y de esperanza y preocupación por la infancia de mi futuro hijo. Deseaba poder ofrecerle lo mejor.

Sabía muy bien que aquella no era una casualidad del destino. La vida me había otorgado aquel regalo en el momento justo. Pensar no solo en nosotros, sino en el futuro de mi hijo, era el impulso definitivo que necesitaba. Era consciente de que aquel cuerpecito que se estaba formando dentro de mí me iba a enviar el coraje necesario para afrontar aquella noche y todo lo que vendría después, aquel regalo era la confirmación de que había tomado la decisión correcta. Estaba deseando compartir con Léonard aquella gran noticia. Se lo diría esa misma noche, pero una vez estuviésemos ya en el carruaje, rumbo a nuestro nuevo hogar, no antes. No quería aumentar la presión ni hacerle sentir a Léonard que debía exigirse más de lo que sabía que ya se estaba exigiendo a sí mismo para que todo saliese bien.

Introduje de nuevo todas las pertenencias en la bolsa, salvo el reloj para vigilar la hora, cerré con cuidado las puertas del armario y me dirigí con sigilo hacia mi mesita de noche. Aunque la lluvia, que continuaba crepitando contra el tejado, parecía encubrir mis pisadas, no debía confiarme, pues no quería despertar a nadie. Afortunadamente Gloria tenía el sueño profundo. Me arrodillé y abrí el primer cajón de la mesita. Ya no quedaba nada, salvo la caja de terciopelo rojo en el centro. La cogí y la abrí para ver una vez más el colgante que Cristina me había regalado hacía ya dos años. Estaba indecisa. No me parecía correcto llevármelo, pues hacía tiempo que había dejado de ponérmelo, decepcionada y dolida ante el comportamiento que había tenido conmigo durante los últimos meses. No tenía intención de volver a ponérmelo. No por rencor, sino porque no me sentía cómoda llevando algo tan caro y que carecía ya de su significado inicial, nuestra amistad. Sopesé una vez más qué hacer con él. Era su valía lo que me hacía dudar. Tanto Léonard como yo teníamos dinero ahorrado y, en principio, Santiago le había confirmado a Léonard que le conseguiría un puesto de trabajo. Sin embargo, el futuro no dejaba de ser incierto. Siendo realistas, teníamos muy poco asegurado. Ni siquiera sabíamos, a punto de marcharnos, dónde íbamos a vivir, tan precipitado como había sido todo. Es cierto que estábamos dispuestos a enfrentarnos al destino con ilusión, con esfuerzo y con amor, pero aun así ignorábamos si aquello sería suficiente. Y aunque deseaba con todas mis fuerzas que no fuese necesario, sabía muy bien que vendiendo aquel colgante tendríamos una nueva oportunidad. Con un suspiro, lo guardé sin demasiado convencimiento en el bolsillo interior de mi chaqueta. Si llegábamos a necesitarlo, sería un error haber dejado atrás aquel colgante. Sin más vacilaciones, cerré la bolsa, la cargué sobre mi espalda, miré el reloj y decidí que había llegado el momento. Miré a mi alrededor por última vez. Pero no me permití el tiempo suficiente para emocionarme ni tomar consciencia de todo lo que estaba a punto de dejar atrás. El siguiente paso sería encontrarme con Léonard. Ya solo podía mirar hacia delante. Debía actuar con determinación y serenidad si quería que todo saliese bien. Impaciente por acabar con aquello cuanto antes, me despedí de mi cuarto en silencio, encendí una vela y me giré hacia la puerta, dispuesta a afrontar la parte más complicada. Salir de la casa sin que nadie me viese.

La tormenta jugaba a mi favor al ahogar mis pisadas, pero al mismo tiempo tenía miedo de que se despertasen desvelados por el ruido. Mi mayor preocupación era toparme con Cristina, porque sabía que se pondría a gritar e impediría mi marcha de una forma u otra. Cerré con cuidado la puerta de mi cuarto y, sosteniendo la vela con firmeza, me descalcé con la otra mano para pasar lo más desapercibida posible. Visualicé una vez más la imagen de Léonard esperándome en el carruaje para tranquilizarme y descendí despacio las escaleras. Afortunadamente, no tenía que pasar por las distintas estancias de la casa, bajaría por la escalera de servicio hasta las cocinas, desde donde saldría al jardín por la puerta trasera.

Bañada por la negrura de la noche, la casa parecía un lugar tenebroso. La oscuridad se disipaba a mi paso gracias a la tenue luz de la vela que formaba alargadas sombras a mi alrededor sobre las altas paredes blancas. A mitad de la escalera, a la altura del comedor, me detuve. Quizá el miedo me jugó una mala pasada, pero creí escuchar un crujido en la escalera principal, al otro lado del comedor. Aguanté la respiración y me quedé inmóvil. Tan solo me separaban diez peldaños de las cocinas, estaba a punto de conseguirlo. Aguardé en silencio, poniendo toda mi atención, concentrándome por encima del sonido de la lluvia. Y entonces una nueva descarga en el cielo retumbó y atravesó la casa en silencio provocando en mi interior un estallido de nervios. Asustada, bajé los últimos escalones para poder salir cuanto antes al jardín. Un nuevo sonido metálico me sobresaltó, esta vez procedente del portalón de salida, como si alguien estuviese al otro lado intentando forzarla. El corazón me latió desbocado, presa del miedo. El aire emitía un desagradable susurro a mi alrededor colándose por los resquicios de la puerta. Y, de nuevo, a los pocos segundos, otro forcejeo. Podía sentir la adrenalina subiéndome por la garganta, pero de manera instintiva solté los zapatos y me llevé la mano a mi vientre. Me detuve durante unos segundos para recordar las valiosas palabras de mi padre, buscando la fuerza necesaria para serenarme. No podía perder el control, debía seguir actuando con sensatez, mantener la calma. Inhalé aire con fuerza para obligarme a frenar mi respiración acelerada y me dije a mí misma que aquellos forcejeos no podían ser obra de nadie, sino del viento. No tenía ningún sentido pensar que hubiese nadie fuera, con la que estaba cayendo. Me apresuré a calzarme de nuevo, abrí con rapidez el pequeño armario de madera en el que se guardaban todas las llaves de la finca, cogí la que pertenecía al candado de la puerta lateral, apagué la vela y, cogiendo aire una vez más, empujé despacio la pesada puerta de hierro de salida al jardín. A partir de ahí todo sucedió muy rápido.

En cuanto abrí una rendija de la puerta, la fuerza del aire me sorprendió. Me azotó la cara, a la vez que agitaba y elevaba mi falda en todas direcciones. Me apresuré a salir y a cerrar con tanta premura que la puerta emitió un desagradable chirrido. Instintivamente miré hacia arriba, hacia la ventana de la habitación en la que dormía Adela, maldiciendo en silencio mi descuido. Me apresuré a rodear la casa pegándome todo lo posible a la fachada, para evitar que nadie pudiese verme. En cuestión de segundos, la lluvia había empapado mi ropa y mi cabello. Era tan intensa que me costaba distinguir nada, así que avanzaba palpando la pared. Doblé la esquina de la fachada y aceleré mis pasos, consciente de que me encontraba justo debajo de la habitación de Cristina. Pero no miré hacia arriba ni una sola vez, sino que buscaba la puerta en el muro lateral por la que iba a abandonar la finca. Cuando al fin la alcancé, me despegué rápidamente de la fachada y me apresuré a abrirla, no quise pensar que aquel punto era perfectamente visible desde cualquiera de las ventanas de la casa que daban a ese lado, incluidas las de Cristina. Rogué por que la tormenta no la hubiese despertado. Con manos temblorosas introduje la llave en la cerradura y la giré hasta que el pestillo se abrió. A continuación agarré la manija de hierro y la alcé para descorrer el cerrojo, pero estaba demasiado duro. Forcejeé con él con todas mis fuerzas, pero no conseguía que cediese hacia ningún lado. Estaba oxidado por su poco uso. El pánico se apoderó de mí. No había cogido las llaves del portalón de hierro por el que había abandonado la casa, así que ya no podía volver a entrar para coger las llaves de otra puerta. Además no había muchas más opciones, la verja de entrada era demasiado arriesgada y la otra estaba al final de la finca, bordeando el bosque. Estaba demasiado oscuro, apenas había visibilidad para atravesar la finca entera y el muro era demasiado alto para saltarlo. Ya no tenía otra opción, debía descorrer aquel cerrojo como fuese. Desesperada, recordé los hierros que llevaban años tirados en un rincón del invernadero y, sin pensarlo dos veces, me encaminé hacia allí. Sabía que estaba tardando demasiado, exponiéndome y arriesgándome a que alguien me descubriese, pero era mi única salida.

Bordeé el jardín por detrás del grueso tronco del magnolio, para ocultarme durante el mayor tiempo posible, y después corrí hasta el invernadero. Abrí la puerta de cristal y atravesé los pasillos rodeada de flores y ramas convertidas en sombras acechantes, mecidas por la corriente de aire que entró tras de mí. Avancé hasta el final, hasta el rincón en el que se amontonaban las herramientas, y cogí uno de los hierros. Deseaba con tantas ganas escapar que no me detuve a entornar la puerta de cristal, sino que eché a correr lo más rápido que pude deshaciendo el camino hacia el muro lateral. Dispuse el hierro para que hiciese palanca con la manija y con gran alivio el cerrojo cedió y la puerta se abrió con un gruñido.

Solo entonces fui consciente de que lo había logrado. Estaba fuera de la finca. Era tal la emoción que ni siquiera notaba el frío de la ropa empapada pegada contra mi piel, erizada por el viento. Ya no quedaba nada, solo tenía que salir al camino principal y correr hasta el carruaje en el que Léonard estaba esperándome. Recorrí los primeros metros protegida por la espesura de los árboles. Cuando me aseguré de que ya no podían verme desde la casa, salí al camino principal y eché a correr con todas mis fuerzas. La lluvia era tan densa que me costaba enfocar a través de ella, pero ya tan solo tenía que avanzar en línea recta. Mis zancadas se sucedían veloces, grandes y ágiles. Tal y como Léonard me había prometido, el carruaje apareció delante de mí. Emocionada rompí a llorar, nuestro sueño estaba ya tan cerca de alcanzarse que al fin podía creerme que aquello iba a ocurrir de verdad. Ya casi podía acariciar con mis dedos la libertad, la ilusión por nuestro futuro y la felicidad de Léonard cuando le dijese que iba a ser padre. Deseando lanzarme en sus brazos, recorrí sin esfuerzo los últimos metros y alcancé el carruaje presa de la excitación. La puerta se abrió en cuanto llegué a su altura invitándome a subir, pero entonces, al ver su interior, me detuve en seco.

Allí dentro no estaba Léonard. Pensé que me había equivocado de carruaje, pero aquello no tenía ningún sentido. Obviamente no había nadie más alrededor a aquellas horas. Sonreí con incomprensión mirando a todos lados. No podía creerme que estuviera gastándome una broma en un momento así. Alcé la voz y grité su nombre en un intento desesperado por comprender por qué el asiento que debía ocupar estaba vacío. Miré con perplejidad al hombre encaramado en el asiento del conductor, al que ni siquiera había saludado, en busca de una explicación. Tan solo fue necesario que nuestros ojos se encontrasen. Su mirada de compasión fue suficiente para comprender que Léonard no iba a aparecer.

A mi alrededor la lluvia seguía cayendo, el cielo continuaba iluminándose cada pocos segundos, el viento zigzagueaba con fuerza entre los árboles emitiendo tenebrosos susurros, pero yo ya no percibía nada de todo aquello. La incomprensión dio paso a la fría certeza. Había valorado todo lo que podía salir mal aquella noche, pero jamás se me habría ocurrido barajar la posibilidad de que Léonard se echase atrás. Aquel golpe de realidad me derribó con fuerza. Me arrancó mi determinación, mi ilusión y toda la fe que había depositado en el amor que sentía hacia Léonard. No era tanto el hecho en sí de que hubiese decidido no venir, de que me hubiese prometido lo que al final no había cumplido, sino que ni siquiera hubiera reunido el valor para decírmelo, que ni siquiera se hubiese despedido de mí.

Con los pies hundidos en el barro del camino y el aire azotando mi rostro, comprendí que aquella decisión finalmente había sido demasiado para él. Las hondas raíces que lo unían a sus padres y a aquel lugar habían pesado demasiado. Si para mí, habiendo perdido a mis padres y con una situación insostenible con Cristina, la decisión de alejarnos había sido difícil de tomar, ¿qué me había hecho pensar que Léonard no dudaría en acompañarme? Al fin y al cabo a mí me impulsaba alcanzar la libertad que durante tantos años llevaba anhelando, pero Léonard ya era libre allí. Siempre lo había sido, desde que había nacido. ¿Qué le esperaba a él acompañándome, aparte de un futuro incierto?

—Hija, yo me tengo que marchar ya. Con la que está cayendo más vale que me dé prisa o no llegaré a tiempo. ¿Subes o no?

La voz impaciente de aquel hombre desconocido aumentó mi desesperación. Miré a mi alrededor sin saber qué hacer. Me sentía desprotegida e indefensa. Sola ante un futuro por el que ya no sentía ilusión, tan solo temor. Deseaba salir corriendo, pero ¿hacia dónde? Me había repetido tantas veces que se había terminado el tener que trabajar para Cristina que me lo había creído de verdad, pues me había dado cuenta de que aquel ya no era mi lugar. Me había hecho a la idea de librarme de aquello y ahora no tenía fuerzas para enfrentarme de nuevo a ella. A la posada ya no tenía sentido ir, no estaba dispuesta a dañar aún más mi dignidad rota. Léonard había tomado su decisión, yo no iba a rogarle nada. No había ningún otro sitio donde pudiese ir. Pero, si me subía a aquel carruaje, ¿cómo iba a ganarme la vida? ¿Qué hogar le iba a ofrecer a mi bebé?

Mi hijo. En aquel instante me di cuenta de que aquella criatura todavía diminuta levantaba un muro de protección a nuestro alrededor. Sentir con aquella claridad la vida incipiente en mi interior detuvo momentáneamente todo el dolor, la incertidumbre y el miedo. Acaricié mi vientre con suavidad con ambas manos. No estaba sola. Ya nunca más lo estaría. Comprendí que todo cuanto necesitaba lo llevaba conmigo, dentro de mí. Era imposible suponer qué nos depararía el destino, solo una cosa era segura: si me quedaba allí, mi hijo no encontraría su sitio, yo se lo impondría a él. Y aunque consideraba mi infancia feliz y amaba a mis padres por encima de todo, quería ofrecerle a mi hijo algo mejor. Algo que sería imposible brindarle si decidía regresar.

Sé que, si en aquel momento no hubiese estado esperando a Isabel, no habría reunido las fuerzas necesarias para subirme al carruaje. Pero lo hice. Aquella personita, el deseo de brindarle lo mejor y la calidez de su compañía me llenaron de fuerza y conseguí vencer el miedo.

Sin despegar las manos de mi vientre, cogí aire con fuerza, cerré la puerta tras de mí y le pedí en un susurro que se pusiese en marcha. Sin mirar atrás, sin permitirme dudar. Emprendí el camino hacia mi libertad con el corazón roto.

Movida por una furia descontrolada, con las mejillas ardientes, con la conocida sensación de abandono abrasando mi interior, me arranqué de un tirón la estúpida cadena atada a mi cuello. No quería volver a verla. Aurora había demostrado ser exactamente igual que los demás, no tenía ningún sentido llevarla puesta nunca más. Con la misma intensidad del viento que rugía fuera, me dirigí hacia el despacho de mi padre. La furia se escapaba de mis manos, era incapaz de controlarla. Mis pensamientos volvían una y otra vez a su traición. A su decisión de abandonarme en secreto, de marcharse sin despedirse de mí, después de tantos años. ¿Cómo podía considerarme tan insignificante en su vida? La rabia recorría mi cuerpo como una oleada de calor ardiente y con manos temblorosas descolgué de la pared la escopeta que tantas veces había visto utilizar a mi padre. Los sofocos me dificultaban la respiración. Esta vez no. Esta vez no se iban a salir con la suya. Esta vez ganaría yo. No pensaba sumirme en la más absoluta soledad en esta maldita casa. Estaba dispuesta a hacer cualquier cosa con tal de impedirlo. Esta vez lo pararía yo misma.

Bajé las escaleras con determinación. Salí al jardín por la puerta trasera, me adentré en la oscuridad. Recorrí la finca, atravesé la puerta encajada en el muro opuesto y me adentré en el bosque. Su negrura me absorbió, la lluvia caló mi ropa. Empuñé el arma con fuerza, con las manos rígidas, entumecidas. La sangre me hervía al pensar en cómo hacía apenas unas horas ella había cerrado la puerta de mi cuarto al retirarse con suavidad, con inocencia, pese a que sabía muy bien que aquella era la última vez. Que en cuestión de horas se marcharía para siempre. Con un rápido movimiento me sequé las lágrimas y volví a asir con fuerza el arma. Ya no aguantaba más, no permitiría que se saliera con la suya. Iba a hacerle pagar muy cara su traición. No la detendría, pensé, sino que le arrebataría lo que más le iba a doler. Aquello que tanto quería.

CAPÍTULO 24

14 de marzo de 1992

Mi cabeza da vueltas. Me siento extenuada. Mi cuerpo ya no me responde, el mero hecho de abrir los ojos supone para mí un esfuerzo agotador. La distorsionada realidad se entremezcla con mis ensoñaciones. No distingo más que figuras borrosas, no oigo más que voces muy lejanas. Sin embargo, en mi mente todo es nítido y confortable, así que me refugio en ella. Me pesan tanto los ojos...

De pronto, estoy con mis padres. Soy una niña, río feliz. Estamos celebrando el cumpleaños de mi madre en el río como todos los años. Hace calor, los pájaros celebran con alegres gorjeos la inminente llegada de la primavera. Respiro profundamente y el olor dulce de las flores me acaricia los pulmones. Mamá saca de la cesta una comida deliciosa que impregna el aire. Papá estudia el paisaje y me propone ir a buscar nuevos animales. Soy tan feliz…, deseo con todas mis fuerzas que este momento no acabe nunca…

Siento un fuerte y rápido pinchazo en el brazo y mi recuerdo se desvanece. Una voz lejana. Alguien que me coge de la mano. Debo de estar helada porque siento el contacto como si ardiese al tacto. Pongo todo mi empeño en coger aire una vez más. Al exhalar, mi cuerpo emite un leve quejido. La mano me agarra más fuerte. Me quema.

Vuelvo a relajarme y esta vez mi mente se queda en blanco, tan solo oigo de fondo una risa. Escucho con más atención. Es la risa de una niña, es la risa de mi hija. Sus carcajadas se elevan en el aire y eclipsan el pitido que se oye de fondo. Poco a poco una imagen se va formando en mi mente. Es nuestro momento. Estamos solas, las dos, ella corriendo libre, yo la observo sentada en un banco, como cada día. La miro y mi corazón se colma de amor. Qué afortunada, qué suerte la mía. Ella es mi mayor regalo.

Otro pinchazo vuelve a arruinar mi recuerdo. Más voces. El pitido insiste, se vuelve ensordecedor. «Por favor, dejadme descansar». La mano que me agarraba me suelta, dejo de sentir su calor. Mis brazos y mis piernas están paralizados, ya se han despedido de la vida. Respiro con fuerza, el aire se ha vuelto espeso, huidizo, me cuesta obligarlo a entrar en mis pulmones, retenerlo.

La mente se me nubla y, de pronto, después de tantos años, aparece él. Está igual, tal y como lo recordaba. Sigue siendo joven y tiene esa mirada que tantas veces he intentado en vano olvidar. Me tiende la mano, me está esperando. Yo extiendo la mía y avanzo hacia él, temerosa de que desaparezca. «Pese a que me juré a mí misma no volver a verte, te he echado tanto de menos...». Cada vez estoy más cerca. Voy flotando, como en un sueño. «Tranquila», me dice él con la mirada al verme jadear. Pero yo no me detengo. Pongo todo mi empeño en inspirar las últimas bocanadas de aire, y entonces, al fin, lo alcanzo y nos fundimos en un abrazo eterno. Mi cuerpo se relaja y yo hago un último trueque con la vida. Le entrego todo el aire de mis pulmones en una última y lenta exhalación y ella, a cambio, me da la paz que tanto anhelaba.

—Léonard...

CAPÍTULO 25

21 de marzo de 1992

A la guerra me fui deseando olvidar. Acepté aquella llamada al deber como un castigo merecido. Sin asomo de protesta, sin permitirme el tiempo suficiente para asimilar lo que me esperaba por delante, me marché con la cabeza alta y el corazón en un puño, con la absurda esperanza de que si me alejaba sería como si nada hubiese pasado. Un intento inútil por dejar atrás la culpa y con la incertidumbre de no saber si la mujer a la que quería me odiaba. Combatí contra el bando enemigo mientras en mi interior libraba mi propia batalla, contra mi peor enemigo: yo mismo.

Aquellos tres años de lucha se hicieron eternos. Yo, que siempre había huido de todo tipo de violencia, me vi sumergido en una espiral de sangre, disparos y pérdidas. Me había prometido a mí mismo no hacer amistades, pero el roce diario con aquellos hombres desconocidos que se habían convertido en aliados, en compañeros de sufrimiento, era inevitable. Y entonces llegaban las bajas. La muerte. La desolación. Comenzaron las noches de insomnio que me acompañarían de por vida, atravesé momentos en los que creí que ya no podía más.

Si hubo una razón por la que sobreviví sé que fue ella. Aunque me había prometido a mí mismo olvidar, mi subconsciente la evocaba una y otra vez, a modo de salvavidas. Su recuerdo aparecía en las situaciones críticas. En todas las ocasiones en las que pensé que había llegado mi final, aparecía ella. Tan buena, siempre tan fuerte y trabajadora. Me enamoré de ella desde el primer día. Reacia al principio porque yo estaba sustituyendo a su padre, supo perdonarme, sin embargo, con su buen corazón en cuestión de semanas.

Rodeada de pólvora, mi mente viajaba a kilómetros de distancia para refugiarse en la casa en la que había trabajado durante más de dos años, que ahora parecían ya muy lejanos. Regresaba al principio, cuando todo estaba en calma, antes de que cometiera el error que marcaría de por vida mi existencia. Evocaba los días en los que disfrutaba observándola en silencio, sin que ella se percatase, enfrascada como estaba en las largas conversaciones que solía mantener con Gloria. Siempre escuchaba con tanta atención que a sus grandes ojos cálidos se les olvidaba pestañear. El cabello castaño, liso y brillante, recogido en un elegante y tirante moño en la parte alta de la cabeza. La frente amplia, los labios gruesos, la nariz respingona. La había observado a escondidas muchas veces, conocía de memoria su perfil. Elegante, bello.

De alguna manera que no podría explicar, en medio del estruendo de los aviones que quebraban el cielo despertándonos a todos en mitad de la noche, escuchaba su voz. El ruido se amortiguaba y solo la oía a ella, como si estuviese a mi lado pidiéndome con claridad que fuese paciente, que el final de la guerra y a la vez el comienzo de mi vida cada día estaba más cerca.

Cumplí con mi castigo hasta el final. Tres años sin aprovechar ninguno de los permisos. Los rechacé, me decía a mí mismo que no merecía volver, no todavía. Y también lo temía, para qué mentir. Temía mi regreso y prefería estar en el frente que enfrentarme de nuevo a la culpa. La distancia y el ruido de la guerra parecían dejar en un segundo plano mi dolor.

Aún no sé cómo pude traicionarla de esa manera. El tormento me acompañará durante el resto de mi vida, pagaré por la injusticia que cometí con ella durante cada uno de mis días. La guerra acabó hace ya mucho tiempo, pero mi lucha interna continúa, mi castigo todavía no ha terminado.

Supongo que, si tuviese que señalar un motivo, diría que fue mi cobardía. Siempre he sido un cobarde. Nunca desvelé mis sentimientos. Ella estaba enamorada de otro hombre, así que yo poco podía hacer. Pero fui un egoísta al no aceptar que quisiese huir con él. No quería perderla, no podía dejarla marchar. Así que actué a sus espaldas. Antes de entregarle aquella última carta, la leí. En el mismo instante en el que Léonard me la tendió, supe por la gravedad de su semblante y por su insistencia que aquella no era una carta más, algo ocurría. Así que la abrí y descubrí su plan, se iban a marchar aquella misma noche. La idea de no volver a verla se me hizo insoportable. Así que me comporté de manera mezquina, pensé en la única persona que podía detener aquello y acudí a ella. Le enseñé la carta a Cristina.

Dios sabe que yo jamás imaginé lo peligrosa que podría llegar a ser. Jamás imaginé que ocurriría algo tan horrible. De haberlo sabido, jamás habría acudido a su cuarto.

Cuando regresé de la guerra, estaba exhausto. Los acontecimientos vividos en aquellos años habían alterado el rumbo de mis pensamientos. Poco quedaba ya de aquel muchacho que entró un día muy lejano por la puerta principal de aquella casa inmensa. Muerto de miedo, asustado, sintiendo el peso de la gran responsabilidad que de repente se cernía sobre sus espaldas. Aquel muchacho que se desvivía por satisfacer a sus señores y por cumplir con éxito cada tarea encomendada. Siempre deseoso de gustar, de agradar. Aquel muchacho había dejado de golpe su infancia y al cabo de unos años abandonó de la misma forma su adolescencia. Fue un final abrupto, marcado por la horrible sensación de culpabilidad por haberla dejado marchar sin apenas despedirme de ella, por haber descubierto más tarde lo que había provocado mi insensatez, hiriéndola sin pretenderlo en lo más profundo. Arrancándole a quien amaba.

Así que al regresar lo único que deseaba era descansar de lo vivido. Pero aquello obviamente resultó imposible. La culpabilidad me perseguía, se había convertido en una parte más de mi cuerpo. Me dije que si existía la más mínima posibilidad de aminorar aquella carga era enfrentándome a la verdad, a pesar de las consecuencias que desataría. La incertidumbre de no saber si Aurora conocía lo que en realidad había ocurrido me estaba matando. No aspiraba a su perdón, tan solo a confesar la razón por la que había actuado de esa forma. Iba preparado para encontrarme con la decepción, la rabia y el rencor en sus ojos, incluso para que me pidiese que desapareciese de su vida. Al menos habría hecho lo correcto, al menos así me liberaría del pecado de no haberle contado la verdad.

Emprendí su búsqueda precavido, inseguro, temiendo su reacción al verme, ignorando qué era lo

que conocía de los acontecimientos de aquella noche.
No fue difícil encontrarla en Santillana. Y entonces,
nada más dar con ella, comprendí que desconocía la
tragedia, porque al verme su rostro se iluminó, co-
rrió hacia mí y me abrazó con fuerza, ingenua, ajena
a mi traición. Había crecido, se había convertido en
una mujer, pero aquella sonrisa con dos hoyuelos
era la misma. Y entonces se apartó y me di cuenta de
que tras ella había una niña diminuta, de unos tres
o cuatro años. Intimidada por mi presencia, se escondía entre los pliegues de la falda de Aurora. Ella
le instaba a que me saludase, pero la pequeña no ar-
ticuló palabra. «Es mi hija», me dijo. Como no podía
ser de otra manera, era una niña preciosa. A Aurora
le brillaban los ojos al mirarla, al nombrarla. «Su padre falleció en la guerra», explicó sin demasiado detalle. Aquello me sorprendió, pero no pregunté.
Ahora que había terminado todo ese horror, decía
que por fin respiraba algo más tranquila. Y ahí estaba yo, a punto de provocar que se derrumbase de
nuevo. Dispuesto a contarle todo mientras Isabel, su
hija, brincaba y reía a nuestro alrededor intentando
llamar mi atención.

Me pregunté en silencio si sus fuerzas resistirían
un embate más. Aunque ella nunca me lo hubiese
confesado, yo sospechaba que aquella fortaleza que
brotaba de sus entrañas en los momentos más duros
era su manera de honrar a sus padres y ahora tam-

bién al padre de su niña. Aunque en aquel momento no sabíamos lo que se nos venía encima, ella no miraba hacia delante, se centraba en luchar por su presente, en asegurar el de Isabel. Pese a todo agradecida, luchando por forjarse la vida que sus padres le habían regalado.

Entonces mis piernas se echaron a temblar. ¿Quién era yo para provocarle un nuevo dolor? ¿Cómo iba a contarle lo que en realidad había ocurrido aquella fatídica noche en la que abandonó la casa? Ahora que había rehecho su vida en Santillana, que había dejado atrás su pasado, que había tenido una hija, ¿cómo iba a darle otra dolorosa noticia que de nuevo la rompería un poco más? Conocer la verdad la destrozaría, de eso estaba seguro. Porque por lo menos ella todavía creía que él estaba vivo. Ella misma me lo confesó un poco más tarde, mientras reposábamos en la pequeña sala que hacía las veces de comedor y de cuarto de estar en el diminuto piso en el que vivía con su hija. La pequeña continuaba jugando y riéndose mientras nosotros conversábamos. Sin desviar la mirada de los ágiles y frenéticos movimientos de su hija, quizá sintiendo que debía darme una explicación, me confesó: «Al final me abandonó. No fue capaz de cumplir su palabra. No le culpo, aunque fue él quien me propuso venir aquí, no le culpo. Yo jamás le exigí que abandonase a su familia, nunca le habría pedido tal cosa si no hubiese salido de él. Pero supongo que pesó más el amor que tenía a sus padres. Al cabo de unos meses, estalló la guerra. No he vuelto a saber nada de él. Supongo que es mejor así». No hizo falta que pronunciase su nombre, ambos sabíamos de quién hablaba. Una punzada de culpabilidad atravesó mi vientre. Ella me miró brevemente de soslayo y esbozó una sonrisa desgastada al terminar su confesión. Advertí la fatiga en su mirada. Leí en su expresión el daño que le había causado. Supe también que daba por zanjada aquella conversación, no quería hablar más de aquello. Así que guardé silencio.

Había acudido para liberar el discurso memorizado. Dispuesto a confesar mi culpa, a soltar aquello que llevaba atormentándome durante los últimos tres años. Estaba decidido y con las palabras cuidadosamente escogidas. Pero, cuando por fin la tuve frente a mí, el valor para pronunciar las palabras que le romperían el corazón desapareció entre las risas de su hija. Si aquel fue también un acto de cobardía imploro perdón. No quería hacerle daño. Lo juro. Quería protegerla. A cambio, para compensarla por mi silencio, decidí permanecer a su lado. Ahora que la guerra había acabado no tenía ningún sitio al que regresar ni trabajo que retomar. No estaba preparado para regresar a La casa de las magnolias, el cuerpo me temblaba con violencia de solo pensar en tener que enfrentarme de nuevo a Cristina. Mi sitio estaba allí, junto a Aurora. Así que con los ahorros que tenía compré una casa modesta en las afueras. Quería ayudarla en lo que fuese posible, asegurarme de que a ella y a la niña nunca iba a faltarles nada. Encontré trabajo en un pequeño taller y me esforcé en ahorrar para prestarle a Aurora la cantidad suficiente para que pudiese comprar una casa mejor, para que ella y su hija tuviesen así la vida que ambas merecían tras tanto sufrimiento. Aquello era lo mínimo que podía hacer. Esa fue mi manera de pedirle perdón, de confesarle mi arrepentimiento por aquella funesta decisión.

Creí que sería mejor que Aurora siguiera creyendo que estaba vivo, aunque solo lo estuviese en su mente... Y así fue como por segunda vez le arrebaté al mismo hombre de por vida. Porque ahora sé que Léonard ha estado vivo durante todo este tiempo.

Con la decisión que tomé aquel día al regresar de la guerra quebré sin saberlo todas las posibilidades de que se reencontrasen. Dios mío, ¿cómo iba a saber que seguía vivo?

Mi cabeza regresa una vez más a aquella fatídica noche y reproduce la espeluznante visión de Cristina que llevo toda mi vida intentando relegar inútilmente al olvido: su silueta envuelta en las sombras de la noche, paralizada de espaldas a mí en el rellano del primer piso, junto a la puerta trasera; sus ropas empapadas goteando sobre la moqueta, su figura encogida, empequeñecida a causa del arrepentimiento por lo que acababa de cometer. A ambos lados de su silueta sobresalía un arma que yo conocía muy bien, pues la había limpiado cientos de veces. Era la escopeta de su padre. El cañón metálico se adivinaba con demasiada claridad en la oscuridad. Todavía oigo el sonido de la lluvia enmarcando la escena, el inquietante silbido del viento colándose por los quicios de las ventanas. Me quedé paralizado al comprobar con pavor hacia dónde había conducido la furia a Cristina. Sabía que no tenía un buen corazón, pero jamás imaginé que albergase tanta maldad en su interior. Aguanté la respiración hasta que el pecho me empezó a arder, rogando que no se diese la vuelta y me descubriese. Estaba a escasos metros de mí, podía escuchar su respiración: agitada, irregular, culpable. No sé cuánto tiempo transcurrió hasta que finalmente emitió una última exhalación desesperada y se encaminó escaleras arriba hacia el primer piso. Permanecí inmóvil durante mucho tiempo después de que hubiese desaparecido, incapaz de reaccionar o de ir a comprobar la tragedia, paralizado por el miedo. ¿Qué era lo que había provocado?

Entonces una sombra silenciosa al otro lado del ventanal del comedor me sobresaltó. Avanzaba despacio, con precaución, tratando de pasar desapercibida. Estaba desdibujada bajo la intensa lluvia, pero la identifiqué al instante porque conocía sus movimientos de memoria, era Aurora. Momentáneamente respiré con alivio al ver que estaba bien. Miré hacia el reloj de pared. Quedaban escasos diez minutos para la hora que habían acordado. Se dirigía hacia el carruaje, dispuesta a reunirse con Léonard. Entonces comprendí. Cristina no había ido a por ella, había ido a por él. Era inútil ya pedirle a Aurora que tuviera cuidado, ofrecerme a acompañarla hasta el carruaje, el verdadero motivo por el que me había levantado aquella noche, intranquilo y con el remordimiento a cuestas por haber desvelado su secreto. En cuestión de minutos, la mujer de la que estaba enamorado comprobaría la tragedia que yo había desatado.

Muerto de miedo ante la inminencia del desastre esperé minutos eternos y horas inabarcables. Aurora no regresaba. Aquello incrementó mi inquietud. Continué esperando hasta que la tormenta terminó amainando, hasta que el amanecer disipó las sombras. Entonces no aguanté más aquella espera interminable. Con los nervios crispados y un nudo en las entrañas, intentando aferrarme a la posibilidad remota de estar equivocado, encaminé mis pasos hacia el primer piso, a la habitación de Cristina, dispuesto a exigirle que confesase lo ocurrido. Irrumpí sin llamar y la encontré sentada frente al espejo de su tocador. No movió un solo músculo al notar mi presencia. Permaneció inmóvil mirando su reflejo, haciendo girar un mechón de su cabello entre sus dedos una y otra vez, en una exasperante espiral infinita. Me acerqué a ella, pero seguía sin desviar su mirada. Contrariado por la manera en que me ignoraba, salvé la distancia que aún nos separaba y me encontré de frente con su reflejo. Con su rostro desquiciado, desencajado, con su mirada perdida. Aquella expresión...

Como un resorte, salí corriendo de allí y dirigí mis pasos tambaleantes hasta la posada. A medida que me acercaba el ambiente se enrarecía cada vez más. Me detuve en seco. Un silencio espeso y siniestro se había posado sobre el edificio. La puerta cerrada a cal y canto, las contraventanas sin echar, ni un solo carruaje, ni un alma alrededor. Podía palpar en el aire la huida precipitada. Mis peores sospechas se vieron confirmadas. Ya no había esperanza posible. En ese instante comprendí que había ocurrido lo peor y que la familia, aterrorizada, había abandonado el lugar precipitadamente. Caí de rodillas en el suelo empapado. Lancé al viento un bramido desesperado desde lo más profundo de mis entrañas. Por un capricho insensato había destruido una relación, había provocado la muerte de un hombre y había destrozado la vida de Aurora.

Lloré durante horas. Me maldije una y otra vez. Con el corazón encogido en un puño, decidí aguardar a que Aurora regresase para enfrentarme a la verdad. Pero transcurrieron primero días, luego semanas y Aurora no apareció. Durante todo ese tiempo oculté la tragedia como pude, hasta que finalmente comprendí que no iba a regresar. Por aquel entonces ya nada era lo mismo, la amenaza de la guerra se cernía sobre todos nosotros y había enrarecido el ambiente. Podían palparse la desconfianza y la incertidumbre. En el pueblo ya nadie hablaba con nadie. Se había agotado el tiempo razonable para confesar y mi mente me decía que siempre sería demasiado tarde, que no había ningún motivo coherente para haber ocultado la verdad durante tanto tiempo. Así que callé, cobarde, incapaz de formular siquiera con palabras aquella fatalidad. Sabía muy bien que delatar a Cristina sería también condenarme a mí mismo. Guardé silencio, los primeros días por miedo, y terminé callando toda mi vida. Enterré en mí la tragedia, me aislé con mi secreto. No volví a mirar a los ojos a aquella joven despiadada, como si eso sirviese para algo.

Unos golpes fuertes e insistentes en la puerta de mi casa me arrancan del recuerdo. Oigo a alguien gritar. Tardo unos minutos en procesar que es mi nombre lo que están gritando, pero no reconozco la voz. No tengo fuerzas para levantarme, esta segunda culpa pesa demasiado. Mi maltrecha cabeza no puede más, no puede hacer frente a esta desgracia.

Me siento miserable. Todos mis esfuerzos no han servido de nada. Me merezco la fiereza de la mirada de Léonard. Revivo la impresión al descubrir, después de tantos años cargando con la culpa, que está vivo. Me siento como si estuviese asomándome a un precipicio. Me recorre el vértigo ante el abismo que se abre entre mis pies, ante la fragilidad del suelo que en cualquier momento puede desaparecer. No hizo falta que articulase una sola palabra, por su mirada sé que sabe que fui yo. Seguramente lo supiese desde el instante en el que las cosas se torcieron aquella noche, porque nadie más que yo estaba al tanto de sus planes.

Los golpes en la puerta no cesan. El timbre ruge con su desagradable sonido metálico. Con manos temblorosas, sintiendo sobre mí de nuevo una ardiente oleada de culpabilidad, abro el bote de medicamentos que tengo apoyado entre mis piernas y me tomo otras dos pastillas. Espero a que hagan su efecto. Poco a poco mis pensamientos se calman y se ralentizan. Los golpes se detienen. Me entrego al silencio. Me dejo sumergir en un mundo, envuelto en oscuridad, en el que no soy culpable de nada.

CAPÍTULO 26

Marzo de 1992

C on un quejido, el motor se apaga y el ruido renqueante de mi coche cede al silencio. Pese a que la lluvia ha dado un respiro, el aparcamiento del área recreativa está vacío y no hay nadie a mi alrededor. Desciendo del vehículo con los nervios a flor de piel. Bajo mis botas siento las briznas de hierba húmedas que mojan mi pantalón vaquero. Pequeñas flores amarillas salpican la pradera que se expande ante mí, con el oxidado tobogán en el medio. Con los sentidos agudizados por los nervios, inhalo aire con fuerza y ando río arriba a través de un pequeño sendero embarrado que atraviesa los campos, en dirección al pueblo donde enterramos a mamá. Las indicaciones de Luis fueron claras, bordear el río hasta dar con un edificio. Pero ahora que estoy aquí lamento que no fuese un poco más específico. ¿A qué altura se supone que tengo que rendirme? ¿Iré por la orilla correcta?

A ambos lados del camino la vegetación crece a su antojo, salvaje y de color verde intenso. Pequeñas gotas de rocío se posan sobre hojas y flores. El canto destartalado de un ave invisible atraviesa el aire. Miro a mi alrededor y me pregunto si estaré siendo observada desde la seguridad de algún escondite. Continúo avanzando mirando en todas direcciones. Mi cuerpo se tensa ante cualquier posible señal.

En mi interior me debato entre el empeño y la esperanza por encontrar a Léonard y el miedo y la incertidumbre si consigo dar con él. Es cierto que todo me ha llevado hasta él y siento que este acercamiento es la única manera de recuperar las riendas de mi vida. Sin embargo, no deja de ser un desconocido para mí. No sé cómo se supone que debería presentarme ni cómo será su reacción. Pese a todo, no puedo evitar cuestionarme a qué aspiro. ¿Acaso es posible recuperar el tiempo perdido de toda una vida? ¿Y si él no quiere saber nada de mí? Porque, por supuesto, existe la posibilidad de que él llegase a enterarse de mi nacimiento, pero decidiese renunciar a mí. Eso explicaría por qué mi madre nunca me habló de su historia ni volvió a verlo, quizá lo hizo para protegerme.

Al cabo de media hora caminando me detengo y miro a mi alrededor. Salvo praderas, campos de cultivo y una línea de árboles flanqueando ambas orillas, no se avista nada más. Avanzo hacia el agua y echo un vistazo al otro lado del río, pero enfrente la vegetación es aún más tupida. La sensación es la misma que el otro día, no parece probable que de repente vaya a aparecer ante mí un edificio del que solo tengo una referencia de hace más de sesenta años. He de admitir que camino a ciegas, pues es posible que lo que estoy buscando desapareciese hace décadas. Miro hacia el pueblo con un sentimiento de desazón inundándome el estómago, las primeras casas ya no pueden estar demasiado lejos, no debe de quedar mucho del tramo que Luis me indicó. La frustración que oscurece mis pensamientos contagia también a mis pasos, que se vuelven lentos y pesados. En un intento por aferrarme a algo que me impulse a seguir buscando, me digo a mí misma que, aunque no encuentre nada, llegaré hasta el pueblo y allí preguntaré a quien haga falta. Al fin y al cabo el nombre de Léonard no es muy frecuente, quizá haya alguien que lo recuerde y pueda conducirme hasta él.

Continúo caminando tan metida en mis pensamientos que, cuando alzo de nuevo la vista para mirar a mi alrededor una vez más, me doy cuenta de que me he alejado del río. A la izquierda del camino ya no distingo el agua entre la vegetación y su sonido llega hasta mis oídos amortiguado. Extrañada, abandono el camino y me abro paso entre la espesa vegetación, en dirección al cauce del agua. Avanzo con lentitud, con la vista puesta en el suelo, sumergida en una maraña de ramas, zarzas y hierba que me llega hasta las rodillas. A unos cincuenta metros, veo el agua de nuevo a mi izquierda, pero al girar mis ojos esta desaparece entre los árboles, alejándose de mi posición. Confundida, miro hacia mi derecha y de repente el corazón me da un vuelco. Hay algo entre la vegetación. Una mancha oscura entre tanto verde. Sin poder apartar la mirada, me apresuro en esa dirección. A medida que voy dando pasos, la orilla se ensancha formando un recoveco, y comprendo que el río debe de hacer un quiebro un poco más adelante desembocando en este amplio recodo, por eso el camino se separa del cauce y lo he perdido de vista. En mis acelerados movimientos por alcanzar lo que he atisbado, un pie se me enreda en una rama y por poco caigo de bruces al suelo. Lentamente, la vegetación se va abriendo y, apartando las últimas ramas delante de mí, alzo la vista. Ante mí aparece el esqueleto de lo que en otro tiempo intuyo que debió de ser un edificio. Apenas se conservan varios muros en pie, el resto está derruido. Ni siquiera se adivina su estructura. En torno a mí, esparcidos por el suelo, hay ladrillos rotos, tejas y algún trozo de madera desvencijado, deshecho por la humedad.

Mi esperanza se diluye de golpe. La ubicación encaja con la descripción que anotó el fotógrafo en su libreta y con las indicaciones de Luis. El río vuelve a adivinarse al final del recodo. Me acerco a los muros derruidos, poso la mano sobre ellos. Los reconstruyo con mi mente, me adentro en su interior. Siento el trasiego de carruajes y escucho el bullicio de la gente. Veo ante mí al fotógrafo que retrató a la familia Velarde sentado a una de las mesas, anotando sus vivencias en un cuaderno que sesenta años más tarde yo leería. Doy vida también a Léonard, avanzando entre estos muros. Sonrío con tristeza. Soy incapaz de imaginar su aspecto. Todo se desvanece y las ruinas del pasado reaparecen ante mí. No queda nada de lo que un día fue.

A lo lejos, por encima de las copas de los árboles, avisto la torre del campanario de la iglesia del pueblo, anunciándome su proximidad. Presa de la impotencia, echo un último vistazo a mi alrededor y retrocedo con resignación por donde he venido en busca del camino. Me sacudo de encima las ramitas y las hojas que he arrastrado a mi paso y me dirijo al pueblo, aferrándome a mi última opción: que alguien recuerde a Léonard. El camino se aleja del río dejando atrás el recodo, adentrándose en una arboleda rodeada de prados que precede la entrada al pueblo. Miro hacia el agua una última vez y me sumerjo entre los árboles. Una fina llovizna cae tímidamente entre las hojas, así que me cobijo bajo mi capucha y acelero el paso. Estoy a punto de alcanzar una de las calles empedradas del pueblo cuando a mi derecha distingo un movimiento que llama mi atención entre dos troncos. Entornando los ojos, distingo a alguien a lo lejos, atravesando uno de los prados... Pienso distraída que será algún vecino del pueblo, pero entonces me fijo en él con más atención y apenas tardo unos segundos en reconocerlo. Me quedo paralizada.

Es el hombre del cementerio. Apoyado sobre las dos muletas, avanza ágil hacia el río, de espaldas a mí. La duda tan solo me paraliza unos instantes, porque en el momento en el que lo pierdo de vista a lo lejos durante unos segundos echo a andar en su dirección con pasos firmes. No estoy dispuesta a dejarlo escapar de nuevo. Decidida, salgo de la arboleda y cruzo el prado. No tardo en volver a distinguirlo. Las zarzas y la maleza desaparecen y acelero mis pasos, que ahora se suceden ágiles y veloces, como si una fuerza invisible aligerase mis movimientos. Sin apartar la vista del hombre, preguntándome hacia dónde se dirige con tanta determinación, miro más allá de él, adelantándome a sus pasos en la dirección en la que avanza. Medio oculto por un desnivel, un tejado asoma entre los árboles. Mi corazón se desboca. Continúo avanzando con rapidez y compruebo que se trata de una casa baja de piedra, junto a uno de los márgenes del río. Al mismo tiempo que va apareciendo, inconscientemente una posibilidad comienza a formularse en mi mente, pero apenas si reparo en ella, concentrada como estoy en imprimir velocidad a mis movimientos. Delante de mí, el hombre ya ha llegado a la pequeña parcela con hierba pulcramente cortada que delimita la casa. Atraviesa una valla construida con listones de madera pintada de blanco y de repente se gira para cerrar la puerta percatándose de mi presencia. Vacilante, con los nervios a flor de piel, me detengo. Él también se queda quieto. Pasada su sorpresa por mi presencia, me observa despacio, como si estuviera leyendo y memorizando cada uno de mis rasgos. Tras varios segundos detenidos, en silencio, uno frente a otro a escasos trescientos metros, él decide hablarme:

—Eres la hija de Aurora, ¿verdad?

Incapaz de encontrar mi propia voz, asiento con la cabeza. Tengo la boca seca, pastosa. Soy consciente de que esta es la oportunidad de preguntarle qué hacía en el cementerio en el funeral de mi madre. Sin embargo, hay algo que me paraliza. No es miedo, es algo que siento que se me escapa. El hombre continúa observándome. Sin previo aviso, mis piernas echan a andar y no se detienen hasta que estoy a escasos metros de él. Según voy acercándome, él yergue su cuerpo y sigue mis movimientos con los ojos entrecerrados, con toda su atención. Una vez a su lado, en un susurro, le pregunto:

—¿Quién es usted?

Él se toma unos segundos más para observarme y responde:

—Mi nombre es Léonard. Pero, por favor, tutéame. Las formalidades me aburren.

Una corriente invisible de aire húmedo me eriza la piel. Los ojos se me inundan de lágrimas al oírle pronunciar el nombre que estaba buscando. El mismo nombre que hace apenas una semana pronunció mi madre haciendo un último esfuerzo, reuniendo las fuerzas que ya no le quedaban. Tengo ante mí al hombre a quien mi madre guardó en silencio en su corazón hasta el final. De alguna forma que no puedo explicar, siento que todo encaja en el lugar exacto. Paralizada por la impresión lo observo con atención, recorro sus facciones ansiosa por descubrir algún rasgo que reconozca como propio, que me confirme lo que he venido a confesar. Pese al paso de los años, su mirada brilla con intensidad, como si conservara intacta la energía de su juventud. Tiene los ojos claros y rasgados, los labios gruesos, la tez oscura. Me obceco tanto en mis observaciones que no me doy cuenta, hasta que transcurren varios segundos, de que Léonard me está analizando con la misma atención con la que yo observo su rostro. Cuando nuestras miradas se cruzan, me apresuro a desviar la mía, cohibida. Él rompe de nuevo el silencio:

—Adelante, pasa, por favor. No te quedes ahí. Hice café esta mañana.

Sin dilación, sosteniéndose sobre ambas muletas, se da media vuelta y se dirige hacia la entrada de la casa. Yo atravieso la valla de madera y, vacilando un breve instante en el umbral, paso al interior.

—Acomódate donde quieras. Esto no es muy grande, como puedes ver, pero para uno solo basta. Ahora mismo vuelvo, voy a la cocina —dice mientras se aleja por un pasillo.

Desaparece, apoyándose en ambas muletas. No sabría determinar con exactitud su edad. Quizá más o menos la misma que tenía mamá. La energía de su mirada y su ropa deportiva con un toque juvenil contrastan con la pronunciada curva en forma de media luna en la que se pliega su espalda y que reduce su altura, que en otra época debió de ser imponente. La emoción llena cada rincón de mi cuerpo y, al mismo tiempo, mis músculos están paralizados, temerosos. Mi cerebro piensa a toda velocidad por dónde empezar y cómo confesar la verdad. Permanezco inmóvil hasta que un insistente tintineo de tazas entrechocándose me hace reaccionar y me asomo a la cocina para ayudarlo.

—Yo llevo la bandeja —me apresuro a murmurar.

—Te lo agradezco, me ahorras una sesión de malabares con estas dos —responde él señalando las muletas con humor.

Cuando regreso al salón, me doy cuenta de que ni siquiera había mirado a mi alrededor. La estancia es pequeña, con decoración sencilla. Un sofá, dos sillones, una mesa baja donde dejo la bandeja y una televisión. Poco más.

—Hago más vida fuera que dentro —me explica Léonard—. De hecho, ha sido toda una suerte que me hayas encontrado por aquí. Venía a por un par de herramientas e iba a bajar al río de nuevo. Vengo a casa para dormir y me refugio en ella cuando está lloviendo, pero poco más. Me paso el día por los prados, junto al agua o cuidando del huerto.

—Haces bien. No todo el mundo tiene la suerte de vivir en plena naturaleza. Me imagino la tranquilidad que debe ofrecer vivir aquí.

Siento su mirada sobre mí mientras vierto el café humeante en dos tazas, echo azúcar y las coloco sobre dos platos pequeños. Le tiendo una de ellas y me siento con la mía en el sillón. Sin apartar la vista del café le pregunto:

—¿Por qué fuiste al funeral de mi madre?

Como si estuviese esperando esa pregunta, Léonard se acomoda y responde con voz lenta y profunda:

—El hijo de un viejo conocido del pueblo, Sebastián, va y viene todas las semanas a Santillana. Conoció a tu madre de pequeño. Somos de los pocos que quedamos en el pueblo de aquella época. Los demás han fallecido o sus hijos se han mudado a la ciudad. Vio la esquela en el periódico y me transmitió que iba a ser una ceremonia privada, pero tenía que acercarme... —Haciendo una breve pausa, añade bajando la voz—: Lo cierto es que tu madre ha sido una mujer muy importante para mí. Lamento si rompí la intimidad u os incordié.

Tras su disculpa, Léonard baja la mirada y vuelve a cambiarse de posición en su asiento. Parece incómodo, como si ahora que me tiene frente a él se sintiese mal por haber aparecido en el cementerio. Decido responder con sinceridad para aliviar sus dudas:

—Desde donde sea que esté ahora, sé que mamá apreció que te acercases.

Léonard asiente en silencio dándome las gracias con la mirada, pero no dice nada. Temiendo que la distancia que parece estar guardando conmigo se acreciente, empiezo con suavidad:

—Has dicho que apenas queda gente en el pueblo de aquella época. Supongo que te refieres a cuando mamá servía a los dueños de la casa que está a las afueras y que hoy han convertido en un hotel. Supongo también que conocías a Gloria, la cocinera.

No sé si sabes que regresó de Cuba y está viviendo en el pueblo.

—Veo que sabes más de lo que me esperaba —me contesta mientras entrecierra los ojos—. Sí, lo sé. Vino hace unos años. Cuando me enteré fui a visitarla, pero está bastante enferma, creo que ni siquiera se enteró de que estuve allí. No me reconoció. La visita fue muy breve, porque se alteró a los pocos minutos, se puso nerviosa y su cuidadora me dijo que iba a acostarla.

Deduzco de las palabras de Léonard que en ese momento Gloria estaba sola con su cuidadora. Graciela y Margarita estarían con toda probabilidad en el hotel trabajando. Me pregunto qué habría pasado si hubiesen estado con Gloria aquel día: si habrían reconocido a Léonard, si lo habrían asociado al nombre de la carta. Sintiendo una oleada de nostalgia, alzo la vista para mirarlo de nuevo y entonces, para mi sorpresa, descubro que Léonard está llorando. Pero lejos de esconderse o de disimular, me mira de frente, sin apartar los ojos. En un susurro, su voz profunda, cargada de tristeza, cruza la estancia:

—Es solo que te pareces tanto a Aurora...

Una intensa oleada de compasión surca mi interior. La franqueza con la que emana su dolor y la naturalidad con la que ha asumido el llanto me conmueven. Cala muy dentro de mí su valentía por no ocultar su tristeza, me permite compartirla con él en silencio. De alguna forma, creo que acaba de derribar una primera barrera invisible y ahora estamos un poco más cerca el uno del otro. Alentada por la confianza con la que ha compartido su dolor, respiro hondo, me armo de valor y empiezo la conversación:

—Supongo que te preguntarás qué estoy haciendo aquí. La verdad es que desde que murió mi madre he descubierto muchas cosas de su pasado que desconocía. A ella le resultaba muy complicado hablar de su vida antes de mudarse a Santillana. Tanto que se convirtió en un tema tabú entre nosotras. Yo aprendí a no hacer preguntas para evitar su tristeza, decidí olvidar aquella etapa que tanto dolor traía a mi madre cuando la recordaba. Pero al morir ella abrió la puerta hacia su pasado. Quería ser enterrada junto a sus padres, lejos de Santillana. Aquello me extrañó, pues ella evitaba regresar a esta zona desde que se fue cuando era joven. Y entonces, en la ceremonia, apareciste tú y Luis reaccionó de aquella forma. Eso, junto con la visita a la casa donde Luis y mamá trabajaron durante su juventud, provocó que tomase consciencia de todo lo que desconocía sobre ella. Me pregunté por qué tomó la drástica decisión de mudarse a Santillana, qué la había llevado a abandonar la casa en la que ella y sus padres habían servido durante tantos años y, sobre todo, por qué no era capaz de hablar de ello. Recurrí a Luis, pero para mi sorpresa él reaccionó con el mismo secretismo. Por más que le pregunté, aunque estaba claro que te conocía, no me quiso decir quién eras. Entonces comprendí que algo tuvo que ocurrir para que ambos ocultasen su pasado de manera tan hermética. Algo que quizá explique también los altibajos emocionales que sufre Luis cada cierto tiempo.

Hago una pausa al recordar la última imagen de él: tendido sobre la cama de hospital, débil, encogido, con la mirada perdida.

—Mamá siempre decía que Luis había cambiado mucho durante los años que estuvo en el frente durante la guerra. Pero, por cómo ha esquivado todas las preguntas que le he hecho desde que falleció mi madre, pienso que quizá su comportamiento se deba a algo que sucedió antes. Si no me equivoco, algo que sucedió concretamente una noche a principios del año 36.

Observo a Léonard y por sus movimientos sé que vuelve a estar incómodo. Me escucha con atención, preguntándose adónde quiero ir a parar.

—Decidí investigar como buenamente pude por mi cuenta para dar con las respuestas que necesitaba conocer, y esa es la razón por la que estoy aquí. Todas, de una forma u otra, me han conducido hasta ti. Estoy aquí porque hay algo que tienes que saber. Que ambos merecemos que sepas. Pero para ello primero necesito saber qué ocurrió entre mi madre y tú. Qué fue lo que salió mal aquella noche y también por qué no os volvisteis a ver.

Los nervios se arremolinan en mi estómago. Ruego en silencio que Léonard acepte continuar hablando. Lo observo, él baja la vista y parece estar sopesando lo que le propongo. Tras varios segundos responde:

—Está bien, pero antes quiero saber qué es lo que has descubierto hasta ahora.

Con una tímida sensación de alivio, hago memoria y ordeno todo para no dejar nada atrás:

—Sé que mamá y tú estabais enamorados, pero había algo que dificultaba vuestra relación..., o quizá sea más correcto decir que alguien no la aprobaba. En cualquier caso, por el bien de ambos, quisisteis abandonar esta zona una noche, en secreto. Temíais que Cristina, la hija de los dueños, os descubriese. Pero, pese a vuestra precaución, alguien os traicionó revelándole vuestros planes y en el transcurso de la noche algo salió mal. Creo que fue algo que te ocurrió a ti. Algo que provocó que os separaseis. Pero mamá continuó adelante y se marchó a Santillana. Sé también que al cabo de varios meses intentaste contactar con ella a través de Gloria, pero ella nunca recibió tu carta. Una de las mujeres que regenta ahora el hotel en el que se ha convertido la casa es precisamente la sobrina nieta de Gloria. Fue ella quien me confirmó que, cuando la carta que le escribiste llegó a la casa, Gloria ya estaba en Cuba. Encontraron el sobre al remodelar el edificio, en un hueco en la pared de una de las habitaciones, la que creen que perteneció a Cristina. Así que, aunque te hiciste pasar por un familiar de Gloria, Cristina debió de darse cuenta y se aseguró de esconder esa carta. No la destruyó, pero sí se aseguró de que nadie la encontrara.

Léonard baja la vista abatido, asintiendo lentamente. En su rostro se reflejan la impotencia y el resentimiento, incluso el desprecio. Como si al mencionar el nombre de Cristina hubiese avivado un rencor antiguo.

—Debí imaginarlo... Pero quiero que sepas que no fue solo una, fueron muchas. Decenas. Nunca obtuve respuesta, pero aun así no me rendí. En aquel momento de mi vida lo único que podía hacer era enviar cartas y Gloria era la única persona que podía informarme sobre qué había sido de Aurora. Ahora entiendo por qué nunca obtuve respuesta.

—¿Qué pasa con Luis? ¿Por qué no le escribiste a él?

Léonard no responde a mi pregunta inmediatamente, sino que me analiza con la mirada mientras sonríe con cansancio.

—No te conozco, pero pareces astuta, igual que tu madre lo era. Estoy seguro de que a estas alturas conoces la respuesta igual que la sé yo, solo que tu instinto te dice que la rechaces.

Estoy a punto de replicar por qué Luis haría algo así, pero Léonard me pide con una mano que le deje hablar. Pasea la vista por la habitación, sopesando por dónde empezar.

—Conocí a Aurora en las Navidades del año 32. El muchacho que hasta aquel momento se encargaba de aprovisionar de leña la finca de la casa en la que trabajaba tu madre enfermó gravemente y se vieron obligados a buscar a alguien que ocupase su puesto. Siempre me dio la sensación de que tanto Ignacio como su mujer, Adela, eran reacios en general a incorporar al servicio gente nueva y, en particular, a alguien que no conociesen previamente o de quien no tuviesen referencias. La prueba es que, pese a lo grande que era la casa, siempre hubo muy poca gente trabajando en ella. Gloria, tus abuelos, tu madre cuando se hizo mayor, un jardinero y su ayudante. Todos ellos habían empezado a servir muy jóvenes en la casa, en la época en la que vivían los padres de Ignacio. Pero en aquella ocasión no les quedó más remedio que contratar a alguien, porque el frío arreciaba. Fue tu abuelo quien colgó el anuncio en la posada de mis padres.

»Lo cierto es que igual que ahora, por aquel entonces el dinero no me importaba lo más mínimo. No fue esa la razón por la que me interesé por aquella oferta. Tampoco me impulsó a hacerlo, como podría pensarse, la promesa de trabajar en aquella casa, tan envidiada como inaccesible para las gentes del pueblo. A mí no me atraía aquello tan elegante y tan formal, más bien todo lo contrario. Sin embargo, cuando vi el anuncio no dudé en presentarme, porque tenía un motivo secreto por el que estaba dispuesto a pasar por todo aquello. Meses atrás, me había cruzado con una joven desconocida, mientras me bañaba en el río, cuya inesperada presencia y su osada curiosidad habían suscitado en mí una fuerte atracción. Aquel día di por hecho que la volvería a ver, pero me equivoqué, porque aquella joven no frecuentaba el pueblo. Entonces me lamenté por no haberme acercado para hablar con ella y, movido por una creciente intriga, pregunté por ella hasta que averigüé por qué nunca antes la había visto con las demás jóvenes del pueblo: vivía en la imponente casa de las afueras, la misma que levantaba tantos rumores y curiosidad entre los vecinos por su contraste con las demás de la zona. Esa fue la verdadera razón por la que solicité el puesto cuando vi el anuncio: poder conocer a aquella joven que tanto interés había despertado en mí.

»Tuve bastante suerte porque aquel puesto en concreto parecía diseñado a medida para mí. Por aquel entonces la posada de mi familia estaba muy cerca de aquí, de hecho aún se puede ver lo poco que queda de ella. Como habrás visto, en esta orilla del río abundan los árboles y yo ya estaba acostumbrado a cortar leña para ayudar a mis padres. Además, mi familia tenía transporte para llevarlo hasta la finca y desde la posada no se tardaba más de quince minutos. Tras solicitar la vacante, al cabo de unos días tu abuelo me confirmó que había conseguido el puesto y, tal y como yo preveía, no tardé en conocer a aquella joven. Como habrás adivinado, era tu madre. Ella acudía al cobertizo a recoger la leña que yo cortaba. A mí me intrigaba lo que no está escrito aquella muchacha tímida, tan diligente, que se acercaba cada tarde con una cesta colgada del brazo y las ropas pulcramente planchadas. Yo, que me había criado al aire libre, no comprendía cómo alguien podía estar encerrado en el mismo edificio día sí y día también y, sin embargo, tener siempre esa voluntad tan férrea, esa predisposición y respeto por su trabajo. Además, no sé si lo sabes, pero el servicio tenía las cocinas, el comedor y algunas habitaciones en la planta baja, en el sótano. Se entraba por una escalera pegada a la fachada en la parte trasera. Imagínate, apenas les entraba luz por una rendija. Me agobiaba de solo pensarlo. Admiraba su sentido de la responsabilidad y su lealtad a aquella familia. Su forma de ser despertaba en mí una gran curiosidad.

»Por circunstancias del destino, lo que en principio iba a ser algo temporal para mí, se terminó convirtiendo en un trabajo estable. Tomás, el pobre muchacho, falleció después de una larga convalecencia y yo acepté continuar en su puesto. Los meses fueron pasando y con ellos aquellos encuentros que yo tanto anhelaba. Por supuesto eran breves y discretos, teníamos que guardar las apariencias, pero los dos descubrimos rápidamente lo bien que encajábamos. Lo cierto es que todo iba bien entre nosotros hasta que Cristina se entrometió.

Léonard se detiene. Su mirada se oscurece.

—No entraré en detalles porque ni merece que la nombre ni me resulta fácil hacerlo. Solamente diré que era una joven caprichosa, hija única y, como demostró en múltiples ocasiones, despiadada. Si se marcaba un objetivo, estaba dispuesta a hacer todo lo que fuese necesario para conseguirlo. No soportaba perder ni que las cosas escaparan a su control. Al principio tuvo un repentino y desmesurado interés en mí. No solo forzaba encuentros, sino que mentía a Aurora diciéndole que era yo quien los buscaba. Para guardar las distancias con ella y mantener nuestra relación en secreto, decidimos vernos solo en la posada, pero Cristina terminó enterándose.

»Fue ahí cuando nos dimos cuenta de que el objetivo que se había marcado no era yo, sino que lo que quería era separarnos. Cuando al fin aceptó que yo no sentía por ella el más mínimo interés, le puso las cosas difíciles a Aurora en casa. Las dos habían sido buenas amigas de niñas, pero Cristina experimentó un cambio radical. De lo que ocurrió entre ellas no debo saber ni la mitad, porque tu madre nunca me hablaba mal de ella. Sabía que yo le tenía mucho recelo, había algo en Cristina que me decía que la evitase, y supongo que por no preocuparme ni alimentar mis sospechas se calló casi todo. Pero hay algo que jamás le perdonaré a Cristina y que resume todo lo demás, y es que no estuvo al lado de Aurora cuando fallecieron sus padres. Tu madre los adoraba. Fue..., fue un gran impacto para todos, pero para Aurora fue desgarrador. Aquel día la vida le arrebató de cuajo su familia y su felicidad.

Me encojo en mi asiento ante la fuerza de sus palabras. Es la primera vez que oigo hablar de lo que les ocurrió a mis abuelos. Compruebo con vértigo lo cerca que estoy de averiguar una de las grandes incógnitas del pasado de mi madre, y de mi propio pasado. Cojo aire lentamente antes de preguntarle:

—¿Qué ocurrió exactamente?

—¿No lo sabes? —Léonard me observa extrañado.

—Solo sé que fue un accidente, en el año 34. Pero no sé cómo sucedió.

—El carruaje en el que iban volcó y cayeron por una ladera. Fue un día en el que hubo una gran tormenta, seguramente esa fue la causa. Por aquel entonces los caminos eran muy diferentes a los de ahora.

Guardo silencio. Descubrir lo que les pasó a mis abuelos a través de una persona que vivió aquel terrible suceso junto a mi madre hace que pueda palpar su inmenso dolor.

—Si te estoy incomodando solo tienes que pedirme que pare —dice Léonard mirándome con preocupación.

—No, no es eso —me apresuro a responder—. Es solo que me habría gustado ayudar a mi madre con su dolor. Pero lo asumió todo ella sola.

Léonard me observa con precaución antes de seguir hablando.

—Continúa, por favor. Decías que Cristina no la acompañó en el duelo como debía.

Hago un esfuerzo por sonreír para asegurarle que estoy bien. Ahora que me encuentro tan cerca de las respuestas que tanto ansío, sé que debo seguir escuchando. Léonard vacila durante un instante y continúa su relato con una voz fría, casi como si estuviese hablando más hacia sí mismo que para mí.

—No solo no la acompañó como se merecía, sino que al poco tiempo la cargó de tareas y la mentía una y otra vez... Maldita sea, se portó muy mal con ella.

La voz de Léonard se eleva con rabia en las últimas palabras. Su vehemencia y el timbre oscuro que apaga su voz cada vez que menciona a Cristina me traen a la mente sus palabras en la carta que escribió a Gloria: «Tenga cuidado con ella, Gloria, no la subestime». Cuesta mucho encajar esa descripción con el rostro pálido y angelical enmarcado por un fino cabello rubio de la fotografía del hotel. Una desagradable sensación se asienta en la boca de mi estómago y me digo a mí misma que he de estar preparada para la verdad. Léonard emite un chasquido levantando la vista hacia mí y se apresura a disculparse.

—Perdóname. Es solo que me hierve la sangre ante las personas que se creen poseedoras de la potestad para tratar mal a gente buena. A mi modo de ver automáticamente se convierten en necios. Tu madre terminaba agotada cada jornada, por no hablar del desgaste psicológico que soportó, cuando todavía tenía tan reciente la pérdida de sus padres. Adelgazó mucho y perdió durante una buena temporada su vitalidad. Pero aun así cumplió hasta el final, hasta que ya no pudo más. Era tal la carga de trabajo que pesaba sobre sus espaldas que hubo meses en los que ni siquiera le permitían un día libre. Durante todo ese tiempo nos enviábamos cartas para saber el uno del otro. Hasta que por fin, en la Navidad del año 35, pudimos vernos. La familia Velarde celebró fuera las fiestas y eso nos permitió tener tiempo suficiente para hablar con tranquilidad de su situación en la casa. Yo le aseguré que en la posada tenía un hogar y un puesto de trabajo esperándola. Ella, que ya estaba muy cansada, tomó la decisión de renunciar a su trabajo. Pero la respuesta de Adela no fue la esperada. Le prometió que podría irse en cuanto encontrase a alguien que ocupase su puesto, pero lo cierto es que comenzaron a pasar las semanas y no hacía por buscar a nadie. Esto es lo que Aurora me dijo en una de sus cartas, pero por lo que te voy a decir a continuación estoy seguro de que ocurrió algo más con Cristina.

»Al cabo de un mes tras haber anunciado su renuncia, Aurora me escribió una carta diciéndome que su decisión seguía siendo firme, pero que no contaba con el apoyo de Adela, así que quería irse por su propio pie y deseaba hacerlo cuanto antes. Además, me instaba a que nos alejásemos de allí durante una temporada hasta que las cosas se calmaran. Con aquellas palabras sé muy bien que se refería a Cristina. Ya no valía con que abandonase la casa y viviésemos en la posada, como habíamos planeado, sino que era necesario alejarnos. Aquella urgencia repentina me extrañó, capté al vuelo que algo había tenido que suceder para que Aurora acelerase nuestros planes de pronto, pues, aunque estaba decidida a marcharse, lo cierto es que no era una decisión fácil para ella, porque nunca había salido de allí. Pero no insistí, la secundé y me apresuré a acelerarlo todo para que abandonase cuanto antes la casa, tal y como ella me pedía en la carta. Lo único que le pedí es que tuviésemos todo el cuidado posible, porque me fiaba cada vez menos de Cristina. Gracias a toda la gente que iba y venía por la posada, no fue difícil encontrar a alguien que pudiese ofrecernos un trabajo lejos de allí. En Santillana, concretamente. Aquella fue la oportunidad que necesitábamos, el impulso decisivo para marcharnos. Yo sabía que no podíamos irnos sin más, necesitábamos algo a lo que aferrarnos. Quería poder ofrecerle a tu madre la vida que se merecía.

Haciendo una pausa, Léonard se impulsa hacia delante para alcanzar la cafetera sobre la mesa y echarse más café. Con un gesto, me ofrece a mí también. Léonard coge su taza entre las manos y bebe despacio, se toma su tiempo antes de continuar. Me pregunto si mi madre aceleró sus planes porque se dio cuenta de que estaba embarazada. Aprovecho la interrupción para asimilar todo lo que me ha contado hasta ahora. Sé tan poco de la juventud de mi madre que me cuesta encajar su historia, asimilar que la muchacha de la que estamos hablando es ella. Me resulta difícil tomar conciencia de que el hombre que tengo delante de mí compartiese con ella años de su vida desconocidos hasta ahora por mí. Aun sabiendo que es absurdo, me sorprendo a mí misma deseando que su historia acabe bien. Quiero que los jóvenes de los que me está hablando puedan huir y comenzar su nueva vida en Santillana.

Observo a Léonard. Parece dubitativo, como si estuviese sopesando sus siguientes palabras. Tras varios segundos parece tomar una decisión, exhala con resignación y retoma el relato:

—Supongo que no sería justo continuar sin mencionar, dada su relación con lo ocurrido, que Cristina no tuvo una infancia feliz. Esto no es una excusa, porque para mí su comportamiento fue y será siempre imperdonable, pero detrás de cada acto siempre hay un cúmulo de circunstancias que nos conducen hasta él. Quiero que sepas que hace ya muchos años que no la menciono, pero hoy haré una excepción porque veo en tu mirada la importancia que tiene para ti todo esto y, dado que eres la hija de Aurora, mereces saber todo lo que yo sepa. —Léonard carraspea y coge aire, como si estuviese fatigado, antes de seguir—: Adela fue una madre arisca y nada cariñosa con Cristina. Exigente, autoritaria y ausente. Su padre, Ignacio, a quien adoraba, rara vez estaba en casa y ella se dedicaba a contar los días que quedaban para que regresase. Pero, cuando por fin volvía, Ignacio se quedaba dos semanas, un mes si acaso, y se marchaba de nuevo. Por lo que me contaba Aurora, creo que durante mucho tiempo Cristina peleó por ganarse el afecto de su madre y la atención de su padre. Sin embargo, su insistencia no bastó. Lo fue sobrellevando gracias a su institutriz, no recuerdo cómo se llamaba, pero Aurora me decía que era buena con ella. Más allá de su educación, se comportó con Cristina como la madre que nunca tuvo. Por alguna razón que Aurora nunca llegó a saber, Adela la despidió sin previo aviso de un día para otro. Aquello afectó mucho a Cristina, ya de por sí dolida con sus padres. Fue a raíz de esto cuando se convirtió en una persona, como te he dicho antes, tan autoritaria y estricta con Aurora. Ironías de la vida, parecía un calco de su madre. Pero, sobre todo, era una mujer posesiva. No le daba un respiro y... el hecho de que Aurora quisiese marcharse no entraba en sus planes. No estaba dispuesta a permitir que ocurriese, así que hizo todo lo posible por impedirlo. Prácticamente encerró a tu madre en aquella casa, asegurándose de que apenas saliese. Supongo que así estaba segura de que Aurora no se iría a ningún lado. Creía tenerlo todo controlado. Por eso descubrir que pese a sus esfuerzos Aurora había planeado todo en secreto para marcharse conmigo la desquició. Perdió la cabeza al ver que no la obedecían ni las cosas se hacían como ella deseaba que fuesen. Las cosas no terminaron bien para ella. No sé si lograría reponerse, pero hace ya mucho tiempo me enteré por Sebastián de que estaba internada en un centro psiquiátrico en Cuba, a donde se habían trasladado tras el estallido de la guerra. Al ser una familia importante de la zona había salido en un periódico y a Sebastián no se le pasaba ni la más mínima noticia, siempre andaba metido en todo. Igual que ahora su hijo, que parece que ha heredado el mismo afán por enterarse de todo lo que ocurre en el pueblo y alrededores.

Dejando escapar un suspiro, Léonard apoya el vaso de café en la mesa y al hacerlo advierto que su mano tiembla un poco. Llegados a este punto no sé si podría regresar a mi casa sin conocer la verdad, pero aun así hago un esfuerzo por obligarme a ser comprensiva con él.

—Léonard, si quieres que regrese otro día... Entiendo que remover el pasado puede ser difícil.

Pero él eleva la mano para indicarme que puede continuar.

—No, ya es hora de que lo suelte.

Tengo todo mi cuerpo en tensión, pero ni siquiera me molesto en recolocarme en el asiento. Mi mente ya no atiende a otra cosa que no sea aquella noche. Léonard, con la mirada ensombrecida, regresa al pasado:

—Habíamos acordado quedar poco antes del amanecer en el camino de entrada a la casa, a una distancia suficiente como para que la vegetación ocultase cualquier movimiento desde las ventanas de la casa y para evitar que se escuchase nada. Santiago, el hombre que iba a llevarnos hasta Santillana, partiría a esa hora, por lo que los dos esperaríamos a tu madre ya en el carruaje. Ella saldría por una puerta que había en el muro lateral de la casa. De esa forma, bordeando el edificio, pegada a la fachada, solo había un tramo que era visible desde el salón principal, vacío a esas horas, y desde la habitación de invitados, donde no dormía nadie. Tu madre solo tenía que avanzar unos cientos de metros hasta el carruaje, que ya estaría enfilado en dirección a Santillana, y una vez en él nos marcharíamos. Pero desde el principio las cosas no fueron como habíamos pensado.

»Aquella noche estalló una tormenta terrible, de las que parece que el cielo se va a partir en dos. La naturaleza parecía haber concentrado toda su rabia y estaba descargándola de golpe. Llovía a cántaros, azotaban rachas de viento endiabladas y cada cinco segundos el cielo se iluminaba con destellos cegadores. Yo no pude pegar ojo. Pensaba en el plan, en que todo saliese bien y, por supuesto, en tu madre. La imaginaba en su habitación en lo alto de la buhardilla escuchando la violencia de la tormenta y ansiaba ir corriendo hacia allí para asegurarle que todo iba a salir bien. Así que improvisé. No me veía capaz de esperar hasta la hora acordada y decidí que iría hacia la casa con cuidado y esperaría a Aurora en la puerta, al otro lado del muro, para que únicamente tuviese que recorrer sola los escasos metros que había hasta la puerta lateral. Una vez allí yo estaría esperándola e iríamos juntos hasta el carruaje.

»Antes de abandonar la posada, con cuidado, abrí por última vez la puerta de la habitación de mis padres y los observé. Sonreí porque dormían plácidamente, ajenos al cielo enfurecido que los iluminaba con luz grisácea, ajenos a mi marcha. Sabía que no iban a comprender que hubiese decidido abandonar el campo por los edificios. Quiero decir que, aunque ellos nunca me hubieran obligado, confiaban en que dentro de la libertad con la que siempre habían intentado educarme yo elegiría quedarme aquí y llegado el momento encargarme de la posada, porque sentiría que ese era mi sitio. Y lo cierto es que yo pensaba así, pero en aquel momento debíamos alejarnos por el bien de los dos, para poder tejer nuestro propio futuro. Yo tenía la esperanza de regresar y encargarme de la posada tal y como mis padres esperaban que hiciese, pero en ese instante no podía pensar tan a largo plazo. El futuro más inmediato pasaba por alejarnos de allí. Sé que mis padres habrían insistido en que nos quedásemos aunque solo fuera durante unas semanas con ellos en la posada, para ver cómo transcurrían las cosas. Pero no podía permitir que nos hicieran dudar, pues ellos no estaban al tanto de todo lo que ocurría con Cristina. Tanto Aurora como yo sabíamos que teníamos que irnos lejos para que Cristina se olvidase de nosotros, así que seguí esa corazonada. Les había escrito una nota contándoles todo y la dejé sobre el secreter para que la leyesen al despertarse. Aunque no sabía cómo avanzarían las cosas, en ella les aseguraba que volveríamos en poco tiempo. Cerré su puerta y bajé al comedor. Todavía era pronto y Santiago no se había despertado. Entre destello y destello la posada se quedaba en penumbra, vacía. Descansaba, no había ningún movimiento, tan solo el inquietante sonido de los truenos rasgando el cielo. Me planteé despertar a Santiago para avisarle de que iba a salir antes para reunirme con Aurora, pero en ese instante una nueva luz cegadora bañó de blanco la estancia y el ruido ensordecedor de un trueno hizo retumbar los cristales. No podía quedarme más tiempo, corría el riesgo de que mis padres se despertasen por la tormenta y me descubrieran. Debían creer que permanecía en mi cuarto, al menos hasta que amaneciese. Además, la noche anterior había repasado el plan con Santiago y él me dejó muy claro que él saldría a su hora, con o sin nosotros, pues de lo contrario no llegaría a tiempo a la costa para descargar la mercancía. Aunque mi ausencia le extrañase, sabía que aun así acudiría puntual a recoger a Aurora, en el lugar acordado en el camino de entrada a la casa, donde los dos le estaríamos esperando. Intentando no pensar en que me marchaba sin saber cuándo volvería a mi hogar, abandoné la posada entre nervios y esperanza.

»Decidido a ir a por Aurora me sumergí en las ráfagas de agua. Su fuerza era tal que en cuestión de segundos estaba empapado y, aunque conocía el camino de sobra, me costaba un gran esfuerzo orientarme. El primer tramo era asequible, porque transcurría paralelo al río, cuyas aguas bajaban con mucha fuerza. Tan solo tenía que concentrarme en su sonido para saber que iba en la dirección correcta. Pero, una vez el camino se adentraba en el bosque, empezaron los problemas. La senda habitual parecía haber desaparecido, porque todo estaba embarrado, y al mirar hacia arriba tampoco tenía una referencia, porque la lluvia era tan densa que apenas se distinguían los árboles a mi alrededor y el cielo estaba muy oscuro, era una masa negra encima de mí. Gracias a los fogonazos de las descargas eléctricas me orientaba momentáneamente, pero lo cierto es que al cabo de un rato estaba desorientado en medio de la oscuridad intermitente de la tormenta. Los nervios no hacían sino incrementar la presión, me sentía un inútil. ¿Cómo era posible? Había recorrido ese camino cientos de veces, pero precisamente aquella noche tenía que caer aquella tormenta para ponernos aún más difíciles las cosas. Tras dar varias vueltas sobre mí mismo, tuve que aceptar que no reconocía nada que pudiera guiarme. Era incapaz de distinguir algo a más de un metro de distancia. Era como estar atrapado en un estrecho cuarto formado por paredes de lluvia. A mi pesar, tuve que admitir que aquella no había sido una buena idea. Tenía que regresar a la posada e ir con Santiago, como habíamos planeado. No sabía qué hora era, pero aquella vuelta me había hecho perder bastante tiempo, así que debía apresurarme en regresar.

»Giré sobre mí mismo, decidido a deshacer el dudoso camino que había recorrido, tratando de volver a distinguir el sonido del río. Pero entonces un movimiento a escasos metros de mí me hizo frenar en seco. Sabía que aquello no había sido fruto de mi imaginación, pese a la oscuridad estaba seguro de que había visto algo moverse delante de mí. En un primer momento pensé en Aurora. Quizá le había ocurrido lo mismo que a mí y ella también había salido en mi búsqueda. Estuve a punto de gritar su nombre, pero supongo que la intuición me dijo que me detuviese. Entonces vi que, fuera quien fuese, iba tapado con una capa negra. Una capucha ocultaba su rostro, pero había algo en sus borrosos movimientos que me previno. Agudicé la vista desde mi posición, pero me costaba atravesar la lluvia. Hasta que una ráfaga de aire arrastró hacia atrás la capucha y pude ver su perfil. Era Cristina. Me quedé paralizado al reconocerla. Habíamos tenido todo el cuidado del mundo para evitar problemas con ella y, sin embargo, ahí estaba, frente a mí. Estaba muy erguida e iba girando su cabeza bruscamente, como si temiese algo... o buscase a alguien. No conseguía distinguir qué era, pero sostenía algo entre sus manos. Me dije a mí mismo que tenía que evitar a toda costa que me viera. Prevenido por un nuevo resplandor, aproveché el estruendo que lo sucedió para ocultarme como pude tras un árbol. Durante un instante pensé que me había descubierto, porque casi al mismo tiempo ella volvió su rostro en mi dirección. Pero entonces, sin previo aviso, se derrumbó. Se tiró de rodillas al suelo. Protegido por el tronco, rígido, la observé con incomprensión, su cuerpo estaba temblando con violencia. Al principio pensé que era por el frío, pero luego comprendí que estaba sollozando. Entonces me fijé en que el objeto que sostenía se había caído al suelo. Tuve que mirar una segunda vez, porque no podía creerme lo que estaban viendo mis ojos. Aquel objeto alargado y metálico que se había desprendido de sus manos era un arma.

Sobrecogida, ahogo una exclamación, hundiéndome en el asiento. Aunque ya estaba prevenida acerca de Cristina, me siento intimidada ante la inminencia de la verdad. Mis manos se aferran una contra otra con tanta fuerza que las uñas se clavan en mi piel. De manera instintiva, mi vista baja al vacío de la pierna derecha de Léonard. Los nervios se agolpan en mis sienes.

—No sabía qué estaba pasando. Todo estaba ocurriendo tan deprisa... Desconocía si Cristina estaba allí porque había salido de la casa persiguiendo a Aurora, y si ella también estaría cerca, perdida como estaba yo. Además estaba sintiendo mucho frío. No iba bien abrigado y la camisa empapada se me pegaba a la piel haciéndome tiritar. Las ráfagas de viento cada vez eran más fuertes, rugía con fiereza entre los árboles. Me quedé tan quieto como pude, sintiendo cómo la tensión iba agarrotándome los músculos uno a uno. Me daba miedo asomarme porque Cristina estaba frente a mí. Me aterraba sentirla con un arma, sin saber hacia dónde se iba a mover a continuación. Era consciente de que podía descubrirme en cualquier momento.

»No sé cuánto tiempo permanecí inmóvil, pero me obligué a vencer el miedo y asomarme. Se estaba haciendo muy tarde, tenía que regresar cuanto antes a la posada o Santiago se iría sin mí. Me asomé lo suficiente para ver que había desaparecido, ya no estaba en el mismo sitio. Me quedé paralizado durante los primeros instantes, mirando en todas las direcciones, preparado para que de repente apareciese ante mí. Pero transcurrieron los minutos y nada se movía a mi alrededor, así que me preparé para levantarme y huir de allí, tenía que aprovechar que la había perdido de vista. Reuniendo todas las fuerzas posibles me dispuse a salir corriendo. Mi mente actuó por delante de mi cuerpo, entumecido por la tensión y el frío. Mis movimientos no respondían a la velocidad que yo quería imprimirles, sentía que avanzaba a cámara lenta, las piernas me pesaban demasiado. Hice un esfuerzo tremendo por continuar, por no detenerme y por no mirar atrás. Sentía que Cristina podía estar apuntándome desde cualquier lugar. Entonces un profundo crujido inundó el aire, pero esa vez no se trataba de otro trueno. Cuando alcé la vista ya era demasiado tarde: algo enorme se estaba abalanzando sobre mí. Le rogué a mi cuerpo que avanzara más rápido, pero fue inútil, no conseguí apartarme a tiempo y me alcanzó. Caí de bruces al suelo embarrado en el acto, al mismo tiempo que un dolor intenso y agudo me inmovilizaba la pierna. Traté de levantarme, pero un peso enorme me aplastaba contra el suelo. Estaba atrapado. Apenas soportaba aquel dolor ardiente. Alcé como pude la cabeza y me giré para mirar hacia atrás. Un reguero de sangre se esparcía por el suelo. Mi pierna derecha estaba oculta por una rama descomunal. Ese es el último recuerdo que tengo de aquella noche. Los últimos minutos de consciencia antes de un profundo y largo sueño.

Me cuesta reaccionar. No esperaba este giro en los acontecimientos. Léonard está mirando al infinito con la mirada rota.

—Lo siento mucho, Léonard.

—Gracias.

—¿Qué fue lo que ocurrió entonces? —pregunto cautelosa con un hilo de voz.

—Yo entré en un sueño que duró meses. Cuando por fin desperté, mis padres me contaron que al día siguiente uno de los huéspedes de la posada, al reemprender su viaje, me encontró tirado en el suelo. Regresó corriendo a la posada a dar la señal de alarma. Por aquel entonces el hospital más cercano era el de Santander. Mis padres no dudaron, me subieron al carruaje y se fueron de inmediato. Llegué en un estado bastante deplorable. Los médicos no daban un duro por mí. Había perdido mucha sangre. Pero mi cuerpo luchó por mí y ocho meses más tarde abandoné aquel profundo sueño, desperté en medio de un dolor terrible. Me dijeron que la herida de mi pierna se había gangrenado y la única opción para salvarme había sido amputarla. Los calmantes y barbitúricos marcaron mis siguientes meses. Estaba despierto, pero me encontraba en un limbo entre el sueño y la consciencia, lo recuerdo muy borroso.

»No sé el tiempo exacto que transcurrió hasta que al fin recordé lo ocurrido, pero cuando lo hice grité como un loco diciéndoles a mis padres que tenía que encontrar a Aurora. Les rogué que volviesen a por ella, que la buscasen en Santillana si no la encontraban en casa. Ellos estaban muy confundidos, piensa que un buen día se habían despertado y habían encontrado una carta donde les comunicaba que me iba a Santillana con Aurora y al poco tiempo un hombre había irrumpido en la posada implorando urgentemente que le siguieran, que me había encontrado tirado en medio del barro, ensangrentado e inconsciente. Durante los meses que yo permanecí dormido, ellos tuvieron que hacer frente al dolor desde la más absoluta incomprensión. No sabían lo que había ocurrido aquella noche ni qué hacía en medio del bosque. Por qué, si se suponía que me marchaba con Aurora, ella no había dado antes la señal de alarma al ver que no aparecía. Me puse como una fiera al saber que no la habían buscado ni conocían su paradero, tuvieron que inyectarme algo para calmarme. Yo no sabía que durante el tiempo que había estado dormido la situación del país había cambiado radicalmente. Aquello fue demasiado impactante para mí, despertar de lo que para mí había sido un sueño más profundo de lo normal y descubrir que lo que me separaba de mi último recuerdo, de aquella noche reciente para mí, era un vacío de meses. Aurora llevaba mucho tiempo sin tener noticias de mí. Había estado inconsciente durante un periodo tan largo que incluso había estallado una guerra. El tiempo se había difuminado y disuelto en la oscuridad que me había envuelto desde entonces, había perdido por completo su noción y la percepción de sus límites. Fue muy duro aceptarlo.

—Fue entonces cuando comenzaste a escribir a Gloria, ¿no?

—Sí, con el estallido de la guerra ya no se podía ir sin más de un lado a otro, atravesar los caminos era arriesgar tu vida, por no hablar de mi delicado estado de salud. Así que, ante la imposibilidad de viajar, desesperado, escribí cartas a la única dirección donde podía averiguar qué había sido de Aurora. Para que Cristina no las descubriese y las abriese, me hacía pasar por un familiar de Gloria, como bien has deducido. Lo que yo no sabía es que Gloria ya se había marchado a Cuba.

—Pero..., cuando por fin te recuperaste, ¿no fuiste en busca de mamá? ¿No seguiste insistiendo?

—Por supuesto. Pero no pude hacerlo hasta que no terminó la guerra y estuve seguro de que ya no corríamos peligro. Si hubiese viajado yo solo, lo habría hecho antes, pero no podía. Dependía totalmente de mis padres para moverme y a ellos no podía ponerlos en peligro, no podía arriesgarme a que les ocurriese algo, no me lo habría perdonado nunca. Así que esperé hasta estar cien por cien seguro. Eso fue a finales del año 39. Es decir, tres años después de la última vez que había visto a Aurora. Cuando al fin pudimos regresar aquí, fui directo hacia la casa, pero la encontré tapiada, vacía. Todos habían desaparecido. En cuanto a la posada..., encontrarnos aquello fue muy duro. Estaba irreconocible. La habían destrozado. Había sido saqueada y arrasada, no sé si durante o después de la guerra. Al ver aquel desastre me hundí, sentía que por mi culpa lo habíamos perdido todo. Mis padres, sin embargo, estaban convencidos de que yo les había salvado la vida tras salvarme ellos a mí, porque de haber permanecido en la posada las cosas se habrían puesto muy feas para nosotros. En cualquier caso, fue desolador ver derruida nuestra casa, comprobar que el único lugar que me unía a Aurora se había esfumado. En el pueblo me dijeron que los dueños y parte del servicio habían emigrado a América, pero yo me negué a aceptar que Aurora se hubiese marchado tan lejos y seguí con la búsqueda. No tenía forma de contactar con Santiago, no sabía siquiera si estaría vivo y él era el único que podía saber qué había hecho Aurora aquella noche. Así que hice lo evidente, viajé a Santillana. Al fin y al cabo, aquello era lo que habíamos planeado. Quizá Aurora había continuado con lo pactado pese a que yo no hubiese aparecido y se había subido al carruaje. Por aquel entonces en Santillana no había muchos habitantes y la verdad es que no fue difícil dar con ella. Tras preguntar a varios vecinos, me condujeron a Aurora. Al parecer todas las tardes acudía al mismo lugar.

El corazón me da un vuelco al escuchar sus palabras.

—¿Qué? ¿Localizaste a mamá? —pregunto perpleja.

—Así es. Lo recuerdo como si fuese ayer, y al mismo tiempo como si lo hubiese soñado. La encontré en un prado detrás de la colegiata de Santillana, de pie, mirando hacia el horizonte. El sol del atardecer iluminaba a contraluz su figura, el viento hacía ondear su cabello. Tras tres años de dolor, de terrible angustia, no podía creerme que la tuviese al fin frente a mí. Estaba de espaldas y mucho más delgada que la última vez que la había visto, pero habría reconocido su silueta aunque hubiese estado rodeada de cientos de personas. Mis padres se hicieron a un lado y yo avancé hacia ella como en una ensoñación, recreándome en cada paso, deseando abrazarla. Me acerqué lentamente, estaba tan emocionado que por primera vez olvidé el dolor que todavía conllevaba para mí cada paso. Mi cuerpo me obligó a detenerme para recobrar el aliento antes de salvar los últimos metros hasta ella. Fue entonces cuando reparé en una niña que revoloteaba a su alrededor. Vi cómo se dirigía a Aurora corriendo y se lanzaba hacia ella con todas sus fuerzas. Fui testigo de cómo Aurora la estrechaba entre sus brazos y le daba un beso en la frente. Aquella niña eras tú, Isabel.

Al escuchar mi nombre regreso al presente. Las lágrimas humedecen mis mejillas. Absorta por las palabras de Léonard, soy incapaz de encontrar mi voz. Solo puedo esperar a que prosiga con su historia.

—Por último, vi cómo una tercera persona se unía a ti y a tu madre. Había estado tan pendiente de Aurora que ni siquiera me había percatado de su presencia. Se os acercó, te hizo cosquillas, te alzó y te subió a sus hombros. Era un hombre a quien conocía bien. Era Luis. Detuve al instante mi fatigoso avance hacia vosotros. No di un paso más. Permanecí inmóvil mientras os alejabais y la realidad se destapaba ante mis ojos. La luz dorada del sol en sus últimos instantes me cegaba, pero no lo suficiente como para no advertir que parecíais felices... Tú estabas encima de los hombros de Luis y Aurora caminaba con firmeza a vuestro lado. Así fue como comprendí que la había hecho esperar demasiado tiempo. Tres años es tiempo suficiente como para que empiece y acabe una guerra y también para rehacer una vida. No te voy a engañar, me derrumbé allí mismo. Sentí cómo me salvaban de vencerme las manos firmes de mis padres, que habían vuelto a mi lado al darse cuenta de lo que ocurría. De todos los hombres posibles había tenido que escogerle a él. Al hombre que nos había traicionado. Con todo el dolor de mi corazón, me marché de allí. Si me quedaba, corría el riesgo de contarle a Aurora lo que había hecho su marido. Y eso es algo que jamás me habría perdonado. Yo no era nadie para destrozar su nueva vida. Lo que sí me merecía era intentar rehacer mi propia vida y para ello debía tomar distancia de todo aquello. Quizá te parezca complicado, pero con el paso del tiempo pesó más la tranquilidad de saber que ella estaba bien y que era feliz.

Léonard se detiene al oír un sollozo que soy incapaz de contener al comprender su fatal equivocación.

—Léonard... —Hago un gran esfuerzo por que las palabras salgan a través de mi respiración entrecortada—. Lo siento mucho por ser yo quien te diga esto, pero creo que mereces saber la verdad...

Lucho con angustia por medir mis palabras y así amortiguar el dolor que le voy a provocar.

—Léonard, mamá nunca se casó con Luis. Aquello que viste... Luis regresó con nosotras al acabar la guerra y compró una casa en Santillana, vive ahí desde entonces. Desde hace muchos años, desde que trabajaban juntos, les unía una estrecha amistad, pero nunca ha existido nada más.

Léonard permanece varios segundos con la mirada perdida procesando mis palabras y, sin decir nada, se levanta con brusquedad del sofá y a trompicones se dirige hacia la puerta de entrada, la abre y sale al exterior. Miles de motitas de polvo se quedan en suspensión sobre su asiento vacío, agitadas por su brusco movimiento. Me quedo observándolas hipnotizada, tratando de asimilar que mi vida ha sido así porque un cúmulo de decisiones, imprevistos y errores la cambiaron para siempre.

Un quejido desgarrador me obliga a volver a la realidad. Me levanto y busco a Léonard con la mirada a través de la ventana. Se ha detenido junto a la verja de entrada, incapaz de dar un paso más, conmocionado, con el cuerpo doblado por la mitad. Profundos sollozos emanan de su garganta. Me apresuro a acercarme hasta su lado y con un poderoso impulso de cariño, le rodeo la espalda con un brazo. Bajo mi mano siento cómo sus músculos se expanden y se contraen aceleradamente, sacudidos por su respiración entrecortada. Jadea entre sollozo y sollozo. Su cuerpo entero tiembla. Su respiración se acelera, le falta el aire. Con la mayor suavidad posible le tranquilizo y con delicadeza apoyo una mano en su hombro tirando de él para obligarlo a que vuelva a ponerse recto. Cuando al fin levanta la cabeza, su mirada sigue perdida, pero le obligo a que se encuentre con mis ojos.

—¿Sabes qué fue lo último que dijo mamá antes de perder la consciencia?

Ahogando los sollozos, Léonard se queda muy quieto, temblando.

—Pronunció tu nombre. Eso fue lo último que dijo: Léonard. Ahora lo entiendo todo. Te quiso hasta el último de sus días, mamá nunca te olvidó. Y, créeme, el hecho de que ella te quisiese hasta el final solo quiere decir una cosa: que te perdonó, aunque no aparecieras aquella noche, pese a que ella nunca llegase a conocer la verdad. Significa que no te culpa de nada, que te quiso sin rencor y que solo vuestro recuerdo fue lo que le brindó paz al final de su vida.

Las lágrimas vuelven a rodar por sus mejillas, también por las mías, pero advierto cómo Léonard me observa atento a través de ellas. Su mirada ya no está perdida. La ha posado sobre mí y me mira fijamente. Mientras se muerde por dentro los labios en un intento por detener el temblor del mentón, la desolación va dando paso a la duda en su rostro. Yo tampoco soy capaz de apartar la vista de él. Su ceño fruncido, su mirada penetrante, el mentón elevado... No puedo evitar tambalearme ante el vértigo de estar leyendo en su rostro mi propia expresión. Los dos estamos observándonos reflejados en el otro. La fuerza de mis latidos me previene. Pero, antes de que pueda decir nada, es Léonard quien toma la palabra una vez más:

—¿Aurora ya estaba embarazada la noche en la que decidimos marcharnos?

La respiración se me entrecorta. El labio inferior me tiembla con violencia. Durante las últimas semanas he imaginado este momento de mil maneras diferentes, pero nunca pensé que sería él quien me reconociese a mí. Incapaz de articular palabra, me limito a responder con un leve asentimiento de cabeza y me quedo muy quieta, esperando su reacción. Él permanece igual que yo, inmóvil durante varios segundos hasta que al fin me atrae hacia sí y me abraza contra su pecho con fuerza, como si temiera perderme. Ambos reímos y lloramos abrazados, saboreando un encuentro que llevamos esperando sin saberlo toda la vida. Nuestro abrazo disipa las incógnitas que habían puesto en jaque mi vida y sana las heridas que durante demasiados años han acompañado a Léonard. Al separarnos, él sostiene entre ambas manos mi rostro y con voz temblorosa susurra:

—Créeme cuando te digo que no ha habido un día en el que no haya pensado en tu madre. Ni uno solo desde que la perdí. Saber que ella también ha seguido queriéndome desde entonces y que no hemos estado juntos debido a la peor equivocación que he podido tener... me parte el alma. Si tan solo hubiese insistido una vez más... Pero, aunque la vida no me haya dado la oportunidad de pasarla junto a ella, ahora me está ofreciendo lo más valioso que nunca he conocido y que hace mucho tiempo perdí la esperanza de que se hiciese realidad...: una hija. Así que no voy a lamentar el tiempo perdido, soy demasiado viejo para eso. Lo único que quiero, Isabel, si tú también estás dispuesta, es disfrutar de ti hasta que mi cuerpo me lo permita.

A modo de respuesta lo rodeo de nuevo con mis brazos. Los enrevesados nudos de preguntas sin respuesta en lo más profundo de mi ser al fin dejan de ahogarme. Se deshacen con suavidad, con cariño y con la esperanza de encontrar en Léonard al padre que nunca he tenido. Ahora que estoy junto a él y que sabe la verdad, respiro tranquila. Todo se va aclarando en mi mente, las densas nubes van levantándose poco a poco. Ahora sé que todo lo vivido en las últimas semanas formaba parte de un viaje que me ha llevado hasta mi padre. Léonard.

Por primera vez en mucho tiempo hoy me he despertado descansada, tras un sueño profundo y sin interrupciones. Tumbada en la cama, todavía adormecida y con el sueño sanador aún posado sobre mis párpados, me he permitido estirarme con tranquilidad antes de bajar a desayunar. Me he detenido a observar la luz dorada del sol que se filtraba a través de las cortinas y he escuchado el canto enérgico de las aves al amanecer. Después he arrastrado los pies hasta la ducha y he dejado que el agua tibia me acariciase la piel, al mismo tiempo que pensaba que la nueva habitación en la buhardilla del hotel me gustaba mucho más que la de la vez anterior. Más pequeña, pero mucho más acogedora.

Ayer se hizo tarde y decidí quedarme en la zona, no me apetecía volver de noche hasta Santillana y debía una explicación tanto a Margarita como a Graciela. Además no quería alejarme de Léonard tan pronto, necesitaba quedarme cerca de él un poco más antes de regresar a casa. Sé que hay algo que todavía tengo que hablar con él.

Después de contarles a las dueñas del hotel todo lo que había ocurrido desde mi última estancia, Graciela me ha llevado a conocer a Gloria. Ha sido un encuentro breve, marcado por su delicado estado de salud. Me ha recibido en su casa sentada en su silla de ruedas junto a una ventana, con una manta sobre sus piernas. Por un momento he creído que me estaba confundiendo con mi madre, porque cuando me ha visto su mirada se ha iluminado y ha sostenido mi rostro entre sus temblorosas manos sonriendo feliz durante varios segundos. Pero tan solo ha durado eso, porque después su mirada se ha vuelto a apagar y soltando mi cara ha dirigido toda su atención hacia el ventanal. El resto de la visita ha estado ausente, ajena a nuestra presencia.

Ahora camino junto a Léonard, atravesando uno de los prados de su propiedad, al otro lado del río. Avanzamos despacio, él marca el paso. Cada cierto tiempo se detiene mientras rememora y me explica cómo era todo hace sesenta años, cuando la posada estaba en pie y mi madre y él se enamoraron. Yo le escucho con atención, recreando en silencio el pasado. Cada vez que le miro a los ojos, cálidas oleadas me inundan al descubrir en él un pedacito de mí. De alguna manera que no puedo explicar, me siento cerca de mi madre a su lado. Puedo sentir cómo ella nos une, allá donde esté. A Léonard le hace feliz rememorar el pasado, traerlo de vuelta, puedo verlo en su mirada. Me observa con orgullo, con serenidad, tranquilo. Le pregunto si nunca pensó en rehabilitar la posada.

—Muchas cosas cambiaron con la guerra, y hay veces que lo más sabio es aceptar que ya nunca volverán a ser igual —me responde Léonard—. Esa fue la decisión de mis padres. Pero no todo fueron malas noticias para ellos, supieron reponerse. Regresaron al pueblo natal de mi madre y se hicieron cargo de un restaurante de la zona. Les fue muy bien, nunca les faltaron clientes. Pudieron construirse una nueva casa y allí permanecieron hasta que fallecieron. Yo viví con ellos una temporada, pero luego regresé aquí. Sentía que este era mi lugar.

Asiento en silencio mientras acepto su invitación para sentarme junto a él en un pequeño muro de piedra. Aunque tengo miedo de romper esta dulce calma, noto que ha llegado el momento de contarle lo que sigue inquietándome, lo que ayer quedó sin resolver.

—Léonard, ¿qué crees que es lo que atormenta a Luis de esa forma? Quiero decir que, pese a que os traicionó, Cristina se echó para atrás en el último momento.

Un matiz severo se apodera de su voz:

—Es cierto que Cristina no apretó el gatillo, pero no solo pudo haberme matado, sino que si no hubiera salido en nuestra búsqueda yo no me habría detenido, no habría tenido que esconderme y no habría pasado por ese sitio justo cuando la rama se desprendía. Así que considero a Cristina culpable de lo que me ocurrió y por lo tanto, de manera directa, también a Luis. Cristina desconocía que habíamos tomado la decisión de marcharnos hasta que Luis le enseñó la carta que iba dirigida a Aurora.

Léonard se gira para observarme y entonces su mirada y su voz se suavizan:

—En cualquier caso, es cierto que quizá su sentimiento de culpa sea desmesurado. A no ser que...

Léonard se detiene a mitad de frase. Parece estar sopesando una posibilidad. Sus ojos se agrandan y pronuncia con cautela:

—A no ser que lleve toda su vida creyendo que Cristina acabó con mi vida aquella noche.

Incapaz de procesar esta posibilidad, agito la cabeza de un lado a otro lentamente, pero Léonard continúa hablando:

—Eso explicaría su reacción al verme en el cementerio y los altibajos que según dices han marcado su historia. Según me dijiste ayer, lo llamaron a filas, ¿no? Quizá fuese poco después de lo ocurrido aquella noche y nunca descubrió la verdad. A fin de cuentas, mis padres y yo desaparecimos de un día para otro sin dejar rastro. Quizá siempre haya creído que Cristina acabó con mi vida, sintiéndose responsable de ello, debatiéndose entre contarle la verdad o no a tu madre.

—Madre mía...

Mi cuerpo tiembla al pensar que Luis lleva arrastrando toda su existencia la culpa de una muerte que no provocó. Su comportamiento huidizo, sus frecuentes cambios de humor, su carácter vulnerable, su reacción en el cementerio... ¿Es posible que Luis arrastre una carga tan terrible? Sin embargo, eso tampoco explicaría el motivo de su traición. Como si me leyese el pensamiento, Léonard se me adelanta:

—Solo Luis conoce la respuesta. Yo tampoco entiendo cómo pudo hacernos eso, ya no a mí, sino a ella, eran muy amigos. Sin embargo, yo no quiero influenciarte más de lo que ya lo he hecho, Isabel. Además, yo acabo de llegar a tu vida, mientras que Luis lleva a tu lado desde que eras pequeña. No le des demasiadas vueltas, créeme que yo ya he dado todas por ti y no acierto a comprenderlo. No dejes que lo que hizo en el pasado oscurezca a la persona que ha sido para ti. Todos cometemos errores. Lo importante es que tratemos de mejorar quienes somos con el paso del tiempo. Quédate con todas las cosas buenas que os haya aportado a tu madre y a ti durante todo este tiempo. Sé que es difícil, pero deja el pasado atrás, porque ese es el sitio que le corresponde. Gracias a que has regresado al pasado has podido encontrarme. Me has regalado tu presencia. Pero ahora debes volver al presente.

—Léonard hace una pausa antes de terminar—: Y creo que eso pasa por liberar a Luis del peso de la culpa.

Emocionada, agradezco su esfuerzo para hacer tal afirmación.

—Gracias, Léonard —le digo mientras le cojo una mano y se la estrecho con fuerza.

El calor de su piel curtida por los años me reconforta al tacto. Observo cómo mi mano, mucho más pequeña y pálida, se pierde en la de él.

—Además, creo que ahora Luis te necesita más que nunca.

Miro a Leónard extrañada.

—¿Cómo dices?

De repente regresan a mi mente las palabras de la doctora: «Fue un varón quien llamó a la ambulancia».

—¿Fuiste tú quien avisó a la ambulancia, Léonard? Pero... ¿por qué estabas con él?

—No solo a ti se te ha removido todo desde el fallecimiento de Aurora, también a mí. Durante toda mi vida me ha carcomido el motivo por el que Luis actuó de esa forma, pero, mientras él estuviese con tu madre, yo nunca me habría entrometido entre ellos para pedirle explicaciones. Sin embargo, al verlo en el cementerio sentí más fuerte que nunca la incomprensión y la rabia, y me dije a mí mismo que había llegado el momento de preguntárselo directamente. Así que me armé de valor y fui a Santillana. Acudí con la intención de exigirle la verdad, pero al llegar a la que creía que era vuestra casa nadie me abrió la puerta. Me asomé por una de las ventanas y a través de las cortinas vi que Luis estaba dentro, sentado en un sillón. Me daba la espalda, pero justo en ese momento, vi cómo su cabeza se desplomaba hacia un lado y de una de sus manos caía al suelo un bote de pastillas que se desparramaron por el suelo. Supe que algo iba mal. Me quedé por allí hasta que me aseguré de que se lo llevaban al hospital. Pude ver que lo sacaban de casa inconsciente.

Esa imagen de Luis me deja helada. Apenas soy capaz de decir en un hilo de voz:

—Gracias por llamar a una ambulancia.

Léonard advierte mi mirada ausente y posa su mano sobre mi rodilla.

—Tómate tu tiempo, Isabel. No tienes por qué ir a hablar con él inmediatamente. Puedes quedarte unos días por aquí antes de regresar, yo estaré encantado. Puedes venir a casa a comer y a cenar. O si prefieres estar sola, lo entenderé también. Pero hazme caso y tómate tu tiempo, porque estoy seguro de que aunque en tu interior quieres hacer lo correcto, la determinación necesaria para hacerlo no se puede forzar.

Los pasillos blancos del hospital me reciben en silencio. La actividad diurna ha desaparecido y ahora el edificio está en calma, silencioso. Tan solo escucho mis pisadas contra el suelo de mármol y el rumor de las televisiones junto con respiraciones pesadas y profundas, así como algún pitido al pasar por delante de las habitaciones. Subo hasta la cuarta planta y recorro el pasillo hasta la puerta 414. Tomo aire antes de empujar con sigilo la puerta entornada. La estancia está tenuemente iluminada por un tubo fluorescente. Al pasar por delante de la primera cama, me doy cuenta de que ahora la ocupa un hombre, ya dormido. Miro con cautela hacia la cama de Luis y me acerco despacio. Me siento junto a él, pero Luis, de espaldas a mí, no parece percatarse. Su cuerpo ha menguado aún más. Instintivamente, alargo mi mano para acariciarle con suavidad la cabeza. Tras varias pasadas un mechón de pelo se desprende y me quedo con él en la mano. Siento una poderosa oleada de tristeza. Esta es la prueba tangible de su sufrimiento, de la carga que ha arrastrado él solo durante años. Supongo que la culpabilidad es uno de los peores sentimientos con los que lidiar en soledad.

He hecho bien en tomarme unos días antes de venir, tal y como Léonard me aconsejó, porque ahora sé cuál ha de ser mi cometido. No estoy aquí para juzgarle, mucho menos precisamente ahora que está tan frágil. Tampoco he venido a pedirle una explicación. Desconozco si sabré algún día la razón por la que traicionó a mi madre, pero aunque no ha sido fácil aceptarlo, lo cierto es que, fuera cual fuese, son muchos los años que han transcurrido desde entonces. No puedo permitir que lo que he descubierto en los últimos días acerca de Luis empañe lo que lleva haciendo por nosotras desde que tengo memoria. La visión que tenía de él hasta hace unos días era la de un amigo fiel e incondicional de mi madre. Un apoyo imprescindible para mí. Aunque no sea propenso a hablar ni a mostrar sus sentimientos, sé que nos ha querido y cuidado como si fuésemos su familia. Así que si estoy aquí es para liberarle de la carga que le ha martirizado en silencio toda su vida y que por muy poco no ha acabado con él. Tiro al suelo el mechón de pelo y continúo acariciándole con delicadeza. Siento su respiración, pesada, fatigada. No espero a que diga nada. Soy yo quien tiene que hablar.

—Luis, he venido porque necesito contarte la verdad. No tienes que decir nada, solo escúchame, por favor.

Un tenue suspiro ahogado contra la almohada me confirma que está despierto. Reúno todo el valor que puedo y continúo:

—Creo que a lo largo de toda tu vida ha habido una noche que te ha perseguido y que ha regresado a tu mente una y otra vez. La noche en la que mi madre y Léonard decidieron marcharse.

Observo a Luis. Ha abierto los ojos.

—No sé qué viste, pero sea lo que sea, te condujo a un terrible error. Aquella noche, Luis, como recordarás, hubo una gran tormenta. Y lo cierto es que ese fue el verdadero motivo por el que mi madre y Léonard no se encontraron.

Luis se va girando muy lentamente. Mis ojos se encuentran con los suyos, que me interrogan perdidos, con desconfianza.

—El viento hizo que una rama se partiese y esta cayó sobre Léonard. Lo dejó atrapado. No sé qué fue lo que viste, pero esta es la verdad. Así que debes dejar de castigarte por ello.

La mirada de Luis, todavía perdida, recorre la habitación, sin saber dónde posarse. Su respiración se agita. Sin apartar la vista de él sigo hablando:

—Está bien, Luis, está bien. Sé por qué nunca se lo confesaste a mamá. Lo hiciste por su bien. Querías protegerla. Querías que creyese que Léonard seguía vivo antes que destrozarla contándole la verdad. No tenías ni idea de que Léonard no había muerto. Tampoco sabías que él era mi verdadero padre. Pero me has ayudado a encontrarlo y por ello te doy las gracias.

Siento temblar su cuerpo bajo las sábanas. El corazón se me encoge al verlo tan desorientado.

—Tranquilo, tranquilo.

Ante el deseo de liberarle de su largo sufrimiento, las siguientes palabras encuentran con facilidad el camino desde el corazón. Luis merece la paz de su alma, ha sufrido demasiado, ya ha pagado con creces la condena que él mismo se ha impuesto por su equivocada decisión. Es hora de que de una vez por todas pueda respirar tranquilo.

—Tienes mi perdón, Luis.

Regreso a casa exhausta. La intensidad de las emociones que me han sacudido en los últimos días me ha dejado agotada. Siguen muy presentes la pérdida de mi madre, el impacto emocional por haber encontrado a mi padre, la desconfianza e incomprensión hacia Luis... y finalmente la necesidad de curarlo. Mi cabeza da vueltas una y otra vez a todo lo que he descubierto en los últimos días acerca de mi madre, su pasado y mi propia vida. Siento que he encontrado todas las piezas necesarias para completar el puzle, pero ahora me merezco la tranquilidad necesaria para ir encajándolas en su sitio poco a poco. Tras tanto tiempo reteniendo el aire, por fin estoy dispuesta a ir soltándolo poco a poco para encontrar la calma.

Mientras cuelgo mi abrigo en el perchero dispuesta a hacerme la cena, mi mirada se posa sobre una fotografía enmarcada de mi madre y Carmen que está colocada sobre el mueble de la entrada e interrumpo mi propósito. Cojo la fotografía entre mis manos y me fijo detenidamente en mi madre. Está abrazada a Carmen, frente a la pastelería. La fotografía fue tomada el día que la reabrieron tras una profunda remodelación. Tendría por aquel entonces unos treinta años. Lleva un vestido sencillo, ceñido a la cintura con un cinturón. Parece ilusionada, los hoyuelos enmarcan su sonrisa. Pero en su mirada... ¿se advierte un matiz triste? Un matiz procedente de un lugar profundo y desconocido para mí...

Dejo escapar un suspiro. Supongo que ya no tiene sentido forzarme a ver lo que nunca percibí. No sé si algún día podré perdonarme haber convivido con ella durante tantos años sin haberme acercado al dolor que encerraba en su interior. El dolor... y el amor también. Estaba tan equivocada... Toda mi vida he interpretado erróneamente la aparente indiferencia que sentía mi madre hacia los hombres, cuando en realidad ocultaba un profundo amor hacia uno solo. Me conmueve su lucha silenciosa por dejar atrás esa parte de su pasado, su gran amor, su gran pérdida. Pensar que siempre lo afrontó todo sola... Cómo me gustaría verla una vez más para que conociese la verdad: su amor fue correspondido hasta el final.

Pienso abrumada en el cúmulo de mala suerte y de equivocaciones que frustraron su historia de amor e imagino la vida que podrían haber compartido juntos. Me emociono al recordar el impacto que sufrió Léonard al darse cuenta de su error. El dolor por no haber insistido una vez más. La impotencia por haber encontrado a mi madre justo en aquel momento, junto a Luis. Es difícil aceptar que el destino les negó estar juntos en diferentes ocasiones. Mi vida habría sido tan diferente si ellos hubiesen insistido solo una vez más...

Sopesando esta dolorosa certeza, coloco otra vez la fotografía sobre el mueble de la entrada. Me deshago de las botas de lluvia, me dirijo al sillón del salón junto al teléfono, descuelgo el auricular y marco el número de Mario.

CAPÍTULO 27

Mayo de 1992

Termino la jornada cansada, pero satisfecha. Estamos casi en verano y la afluencia de turistas se ha disparado. Esta tarde he tenido dos grupos. Contesto a sus últimas preguntas y, antes de finalizar la visita, me aplauden. Sus miradas agradecidas me reconfortan, me hacen sentir una vez más que esta es mi verdadera vocación.

Me reincorporé al trabajo en cuanto pude, poco más de una semana después de encontrar a mi padre. Desde entonces visito a Léonard todas las semanas, que se suceden veloces por más que le ruego al tiempo que no avance tan rápido ahora que estoy conociéndolo.

Atravieso una vez más la plaza de las Arenas en dirección a casa, donde Mario me espera. Hoy he acabado tarde, así que él ya habrá vuelto de Santander. No se puede decir que se haya mudado aquí definitivamente, porque entre ambos acordamos que no era necesario ponerle un nombre a las cosas. Al reencontrarnos supimos que nuestra historia todavía no se había terminado, pero para que funcionase teníamos que reconducirla, afrontarla desde otra perspectiva, sin forzar los acontecimientos. Así que esta vez es Mario el que está viviendo en mi casa y quien va y viene a trabajar a Santander. No se queda todos los días, pero lo cierto es que las noches que duerme en la ciudad me sorprendo a mí misma añorando su presencia.

Al atravesar la verja de entrada, veo a Carmen y Manuel sentados en su porche. Sonrío al verlos, cogidos de la mano, observando el horizonte, desprendiendo calma y cariño. Ellos me devuelven el saludo con la mano que tienen libre. Tengo el tiempo justo para darme una ducha e ir a recoger a Luis a la clínica. Lleva un mes en terapia. Se tomó su tiempo, pero él mismo ha decidido ir. Sus altibajos continúan, pero le está sentando muy bien. Poco a poco comienzo a adivinar a un Luis más estable.

Al entrar en casa me recibe un cálido olor a mantequilla y mermelada. Hace unas semanas compartí con Mario la receta secreta de los buñuelos de mi madre y desde entonces me los prepara cada viernes por la tarde. El olor me hace sentir en casa, me recuerda a mi madre y a mi infancia. Le doy un beso a Mario, que me recibe con una gran sonrisa, sentado junto al horno, mientras vigila el punto exacto de los pasteles. Yo también sonrío, reconfortada por su presencia y agradecida por que la casa no esté vacía. Subo a mi habitación en busca de ropa para cambiarme, pero al abrir el primer cajón del aparador me detengo. Sobre él, reluciente y limpio, está el espejo que encontré en una de las cajas de la buhardilla, ya restaurado. Lo observo una vez más satisfecha con el resultado, aliviada por haber podido preservar algo tan valioso. Bajo la oscura capa que se había posado sobre la plata, apareció un bonito dibujo de pequeñas flores y, en el centro, una fecha inscrita: 1882. Ha resultado ser aún más antiguo de lo que pensé en un primer momento. El cristal nuevo encaja perfectamente en el hueco del anterior. Su aspecto actual debe de ser muy parecido al que tuvo hace más de cien años. Desconozco si por aquel entonces ya pertenecía a mi familia o de quién sería el primer rostro que se reflejó en él. Pero de alguna forma que no sabría explicar, al mirarme en el cristal me siento conectada con mi pasado. Me imagino a las mujeres que me precedieron en mi familia observándose en él y a través de ellas me hallo a mí misma. A través de mi reflejo en este espejo viajo en el tiempo y me reencuentro con mi madre.

Con un leve suspiro, coloco el espejo en su sitio. Estoy a punto de cerrar la puerta del baño cuando la voz profunda de Mario me llega desde la cocina:

—Isabel, voy a apartar unos cuantos para llevárselos mañana a Léonard, antes de que nos los comamos.

Alzo la voz para darle las gracias y después se lo agradezco también en mi interior. Doy las gracias por la manera en que Mario me está apoyando con Léonard. Por la cercanía que ha nacido entre ambos. También agradezco que Mario haya accedido a dejarme entrar de nuevo en su vida, pese a cómo desaparecí de ella. Y, por último, le doy en silencio las gracias a mis padres. Porque si no fuese por ellos, por el amor que siempre les unirá, yo no habría sabido reconocer en mi interior el amor que todavía sentía por Mario ni habría luchado por conseguir una segunda oportunidad con él.

CAPÍTULO 28

M i querida hija:

Hoy se cumplen dieciséis años de tu llegada al mundo. Cuánta felicidad nos has regalado a tu madre y a mí desde entonces. Justo cuando perdíamos la esperanza, se cumplió nuestro ansiado deseo, nos convertiste en padres.

Es posible que este día marque un paso importante en tu vida. Se trata del principio de una nueva etapa en la que tendrás que tomar decisiones que quizá cambien el rumbo de tu historia para siempre, en la que experimentarás momentos extraordinarios, pero también deberás hacer frente al peso de tus responsabilidades. No te asustes por esto que te escribo, tan solo confía en ti. Tu madre y yo lo hacemos plenamente y sabemos que sabrás escoger la dirección correcta.

Desde pequeñita has demostrado interés y respeto por todo cuanto importa, fidelidad y cariño con los tuyos; sigue siempre así. Tu sencillez y tu naturalidad te definen y serán tus mejores aliados en el largo camino de la vida. Es fundamental que durante este viaje te permitas a ti misma dudar, errar, caer. Apóyate siempre que lo necesites en nosotros. Aprende de lo vivido y continúa caminando. Cuida de ti misma, antes que nadie. Recuerda esto siempre, Aurora, si hay alguien que puede cuidar de ti eres tú misma. Has de respetarte primero para permitir a los demás que te quieran. Has de tratar con cariño tus errores y tus miedos. Solo así encontrarás equilibrio y tranquilidad. Respeta tus momentos de vulnerabilidad, haz que sirvan de impulso.

Sé que eres responsable y que entiendes la importancia del trabajo, crees en la lealtad a la familia a la que servimos. Si tu madre y yo te hemos insistido tantas veces en recordarte dónde está tu lugar ha sido siempre por tu bien, en los tiempos que corren hay que estar agradecido por tener la seguridad que tenemos nosotros aquí. Sin embargo, tú trazarás tu futuro, podrás seguir tus pasos allá donde te lleven, siempre y cuando consideres que eso es lo acertado.

Llegado el momento, también tendrás que elegir con quién deseas pasar el resto de tu vida.

Esta decisión deberás tomarla en libertad, nunca hemos querido escoger por ti. Elige al hombre adecuado, a aquel que te merezca y te complemente. Escoge a un hombre bueno. Sé que sabes reconocer la bondad en las personas y, lo que es crucial, que eres capaz de conseguir que aflore en los demás. Valora la bondad y lucha siempre por ella, Aurora. No dejes nunca que la maldad te haga desistir.

Y recuerda siempre lo fuerte que eres. No es mi opinión esto que escribo, no es una creencia. Lo he visto con mis propios ojos, lo sé. Puede que ahora mismo todavía no lo sepas o quizá pienses que exagero. Pero en los momentos más duros recordarás estas palabras. Te sorprenderás a ti misma viendo cuánto eres capaz de soportar. Rebusca en tu interior, porque ahí siempre encontrarás la fuerza para continuar.

Brilla, pero sin apagar a los demás. Y si alguien te apaga, déjalo ir. Rodéate de quienes te hagan feliz y sumen a tu vida, olvida a quienes te hagan dudar de ti misma.

Recuerda que, sea cual sea el camino que decidas recorrer, tu madre y yo estaremos orgullosos, porque confiamos plenamente en ti.

Te queremos con todo nuestro corazón, siempre.

AGRADECIMIENTOS

Esta novela se ha hecho realidad gracias a muchas personas a las que me gustaría agradecer su ayuda y su tiempo.

Desde el primer momento Gonzalo Albert y Ana Lozano me brindaron una cálida acogida. Gracias a los dos por la pasión, el esfuerzo constante y el entusiasmo. Por el brillo en la mirada. Con vuestro trabajo hacéis sueños realidad. También a Isabel Sánchez, por la cuidadosa forma con la que ha revisado cada detalle.

Por supuesto, quiero dar las gracias a Kate Morton. Ha contribuido de una manera muy especial a esta historia con sus maravillosas novelas. Gracias por crear mundos mágicos, en ellos encontré la determinación y la inspiración para lanzarme a escribir mi propia novela. Mi querida Alice me acompañará siempre.

María del Camino participó de manera determinante en la descripción arquitectónica de *La casa de las magnolias*. Sus amplios conocimientos en historia del arte fueron para mí una valiosa ayuda. Muchas gracias, no me canso de leer tus publicaciones.

Gracias a Isaac Escalante por el café en su casa de ensueño. Esa invitación llegó en el momento perfecto, cuando más lo necesitaba. Nunca lo olvidaré.

Durante el proceso de escritura me he acordado a menudo de Francisco Castro, de ese fantástico taller literario al que tuve la suerte de acudir hace ya casi ocho años, en el que viajamos a mil lugares diferentes sin salir de una habitación. Sus palabras de apoyo al finalizar me hicieron creer que algún día esta novela se haría realidad.

Si he aprendido que el único modo que existe para alcanzar lo que uno se propone, por difícil que parezca, es con esfuerzo y trabajo, ha sido gracias al ejemplo de dos mujeres cuyas vidas son historias de lucha y superación. A tan solo una semana de empezar de cero en una ciudad nueva, Sofía Trigo me dio el consejo que necesitaba oír en ese momento y que he intentado tener presente cada día desde entonces: no pienses en intentarlo, piensa en conseguirlo. Pocos meses más tarde conocí a Paz Viña, cuyo apoyo desde que se enteró de que había empezado a escribir ha sido imprescindible para mí. Quiero darle las gracias por su infinita generosidad. Por apreciar el mundo a través de esa mirada tan especial, sabiendo ver lo que los demás pasan por alto. Por reconocer las cualidades de los demás y por no dudar en decirlas en voz alta. Gracias por la lección más importante: no rendirse nunca. Pero más que por decirla, por cumplirla en tu día a día, porque ese es el mayor ejemplo.

Patricia Vidal respondió con paciencia a cada una de las cuestiones médicas que surgieron a lo largo del proceso de escritura. Asimismo la energía positiva y la ilusión de María Díaz han sido constantes y tan fuertes que nadie diría que proceden del otro lado de un océano. Gracias a ambas por caminar a mi lado desde hace ya muchos años. Eleváis la amistad hasta lo más alto.

Gracias, por supuesto, a mi familia. A mis padres, por permitirme que eligiera con libertad mi camino, por respetar siempre mis decisiones. A mi hermano, mi mayor regalo, quien mejor me comprende.

De manera muy especial, gracias a David, por creer e involucrarse en este proyecto cuando ni siquiera existía. Por depositar en mí toda su confianza, por ser tan bueno y paciente, por ese maravilloso viaje a Cantabria en el que encontré la inspiración que necesitaba. Siempre que el camino se ha complicado, me ha transmitido la calma y la seguridad necesarias para poder continuar. Juntos seguiremos luchando siempre por nuestros sueños.

Por último y sobre todo este libro es un homenaje a mis abuelos, Sole y José Luis. Su existencia y su amor permanecerán siempre en mi alma, su legado es lo más valioso que tengo. Sé que la eternidad nos reunirá de nuevo.

Este libro
se terminó de imprimir en España
en el mes de enero de 2022